KB260405

알 수 없는 그 어떤 힘이

언제나 날 지켜주고 있어

지금까지 잊고 있었던 거야

난 행운아

죽는 날까지 살겠어

어렵지 않아 난 자신있어

한번 살아보겠어

쓰러져도 난 다시 또 일어나

다시 시작해

니가 없어도 좋아 이젠

나는 준비하고 있었던 거야

언제 어느 때 어디에서 내게 다가올 그 행운들에

조금씩 다가서고 있었던 거야

나는 행운아

나는 행운아

이젠 내게 와

나의 행운아

나는 행운아

행운아

사진제공

앞표지 | 김상윤   뒤표지 | 이일재   사인 | 장재순, 박영훈
화보 | p4/5/6/7 홍익대 창작음악 동아리 뚜라미, p329 한겨레신문사, p330 김지훈,
       p331/333/340/342/343 김상윤, p333 김현우, p333 진종훈, p334 박수진(하니TV 〈착한
       콘서트―두드림〉), p339/344 이일재

행운아

ⓒ 달빛요정역전만루홈런

초판1쇄   2011년 1월 20일
초판2쇄   2011년 2월 18일

지은이   달빛요정역전만루홈런
펴낸이   김정순
책임편집   김경태
디자인   김진영
마케팅   한승일 임정진 박정우

펴낸곳   (주)북하우스 퍼블리셔스
출판등록   1997년 9월 23일 제406-2003-055호

주소   121-840 서울시 마포구 서교동 395-4 선진빌딩 6층
전자우편   editor@bookhouse.co.kr
홈페이지   www.bookhouse.co.kr
전화번호   02-3144-3123
팩스   02-3144-3121

ISBN   978-89-5605-510-7 03810

이 도서의 국립중앙도서관 출판도서목록(CIP)은 e-CIP 홈페이지(http://www.nl.go.kr/cip.php)에서
이용하실 수 있습니다. (CIP제어번호 : CIP2011000188)

행운아

달빛요정역전만루홈런 지음

북하우스

끝맺지 못한 프롤로그

책을 썼습니다. 누가 읽을지도 모르고 별 자신은 없지만 돈을 준다길래 책을 썼습니다. 어릴 때 글짓기 대회나 가사질하면서 글 잘 쓴다고 칭찬은 많이 받았지만 아직 별로 자신은 없었는데, 아직 이런 유의 책을 낼 만한 위치가 아닌 것 같은데 다음 앨범 제작비를 만들기 위해 글을 썼습니다. 하지만 억지로 쓴 건 아닙니다. 음악은 돈 안 받아도 마음만 통하면 그냥도 해줄 수 있지만 다른 건 돈을 받아야 할 뿐입니다. 이 책이 재밌었으면 좋겠습니다. 여기저기서 글 써달라는 부탁 많이 받았지만 돈 안 주면 안 한다고 버티다 욕 많이 먹었습니다. 이 책을 도서관에서 빌려보실지 책 대여점에서 빌려보실지 교보문고에서 서서 다 읽으실지 아님 스캔본으로 보실지 모르겠지만. 돈만 되면 하루 8시간씩 글 쓸 수 있습니다. 8시간은 자야 되고 8시간은 음악 들어야 되니까 그 이상은 못 합니다. 산울림의 김창완 아저씨가 한 인터뷰가 생각납니다. 연기는 돈 줘야 하지만 음악은 돈 안 줘도 해. 근데 저는 이 알량한 음악질 이외에 잘하는 게 없군요. 허접한 외모에 빠르고 더듬는 말투

책의 맨 앞에 실리는 게 프롤로그이지만, 대부분의 저자는 맨 나중에, 본문의 원고를 탈고하고 나서 쓴다. 다시 말해, 저자의 바로 얼마 진 숨결을 느낄 수 있는 글이 프롤로그인 셈이다. 이 책, 달빛요정 역전만루홈런이 쓴 에세이의 프롤로그는 이게 다였다. 그의 컴퓨터 폴더에서 발견된 이 글은 문장 중간이 잘려나간 채로 결국 끝을 맺지 못했다.

마지막으로 달빛요정을 만난 것은 그가 필자로 참여한 『인생기출문제집2』의 대학 릴레이 강연 때였다. 인천대에서 강연을 마치고 돌아와 홍대앞 순댓국집에서 뒤풀이를 했다. 원고를 미루는 필자와 독촉하는 편집자의 관계가 늘 그렇듯, 예정보다 1년 반이나 늦어진 출간 애기가 빠질 리 없었다. 자기도 미안해 죽겠다며 꼭 며칠 내로 프롤로그와 추가원고를 다 넘기고 당당하게 술 얻어먹겠노라고 껄껄 웃던 것

이, 올해 안으로는 어떻게든 마무리 짓자고 소주잔을 들고 함께 결의를 다졌던 것이 그가 뇌경색으로 쓰러지기 바로 일주일 전이었다.

그렇게 그가 세상을 떠나고 나서, 그가 남긴 글을 세상에 내놓는다. 2009년과 2010년, 두 해 동안 쓴 글이지만 그 안에는 달빛요정역전만루홈런으로 살았던 뮤지션 이진원의 거의 모든 이야기가 담겨 있다. 그가 생전에 "내게는 고향이자 일터, 너에게는 쾌락의 전쟁터"라 불렀던 홍대앞을 엄청난 충격으로 몰아넣은 그의 갑작스러운 죽음은 이 책을 졸지에 '미완의 유고집'으로 만들고 말았다. 그러나 그는 책 작업을 단순히 음악을 갈무리하는 계기로만 생각지 않았고, 책 역시 음반만큼 자신의 독립적인 창작물이 되기를 바랐다. 출간을 눈앞에 두고 마지막으로 저자의 세심한 손길이 닿지 못했지만, 그 의도는 대부분 반영된 진솔한 원고임에는 틀림없다.

각 부의 제목도 저자가 생각해둔 것들이다. 1부는 달빛요정이 스스로 달빛요정을 소개하는 글로서, 그가 직접 자신과 관련된 키워드를 고르고 해설을 붙였다. 엄밀히 말해 2부부터는 그가 완전히 탈고하지 못한 원고들이다. 그래서 제작후기라고 할 수 있는 2부에는 발표된 노래 중 두어 곡에 대한 설명이 빠져 있다. 그럼에도 그의 노래를 이해하고 그 창작과정에 공감하는 데는 부족함이 없을 것이다. 그가 처음 글을 쓰기 시작할 때 '워밍업' 삼아 하루하루를 스케치해보라고 권했던 것이 3부의 일기다. 형식은 내밀한 일기이지만 공개를 염두에 두고 썼으며, 편집자에게 직접 보내온 것이다. 4부야말로 그의 빈자리가 고스란히 드러나 있다. 그를 둘러싼 일상과 사회에 대한 단상을 본격적으로 풀어내려고 했지만, 전해진 것은 이 세 편뿐이다. 저자 없이 원고를 정리하면서 최소한의 맞춤법 수정이 아니면 글에 손을 대지 않았다. 달빛요정의 글맛을 생생히 살리기 위해 표준어가 아닌 구어적 표현과 비속어도 그대로 노출했음을 미리 밝혀둔다. 한편 여기에 실린 사진들은 대부분 팬들이 직접 보내온 것이다. 이 책은 달빛요정이 쓰기 시작했으되, 팬들이 마무리한 셈이다.

원래 이 책은 달빛요정역전만루홈런이라는 뮤지션의 범상치 않은 삶과 음악, 그 안에 담긴 사회에 대한 통쾌하고 전복적인 시선을 그만의 위트를 곁들여 담아내려고 기획한 것이다. 그렇기에 그가 글 속에서 묘사한 달빛요정은 현실의 이진원보다 좀더 짓궂고 좀더 괴롭다. 허나 주위 사람들이 기억하는 그는 늘 유쾌하고 따뜻했으며, 누구보다도 뮤지션으로서의 삶을 즐겼고, 소중히 여겼고, 자랑스러워했다.

　책 제목을 『행운아』로 정한 데는 우선 그의 노랫말이 곧 그의 삶은 아니었음을, 언론에서 강조하는 '비참한 최후'가 그의 전부가 아니었음을 알리고 싶다는 바람이 스며 있다. 노래 〈행운아〉의 가사처럼 그는 천생 낙천적인 사람이었다. 실제로 마지막 강연 때 청중인 대학생들에게 자랑스럽게 말하기도 했다. 학창 시절 말 더듬는 버릇을 극복하고 가수가 되어서, 모든 음악적 스킬들을 조금씩은 가지고 있어서, 대기업 다니는 친구들이 부러워할 만큼의 자유와 열정이 남아 있어서, 그래서 결국 원하는 음악을 혼자 힘으로 하고 살아서, 나는 운이 참 좋다고.

　현실적인 어려움을 그대로 껴안은 채로, 하고 싶은 음악을 진정 즐기면서 해낼 줄 아는 재능, 아무도 주목하지 않는 세상살이의 궂은 모습들을 예민하게 포착해내어 한 시대와 공감할 줄 아는 감수성을 타고난 그는 분명 행운아였음을, 달빛요정역전만루홈런의 음악과 글을 오래오래 추억할 수많은 팬들은 이미 알고 있었겠지만 말이다.

2011년 1월

달빛요정을 대신하여

북하우스 편집장 김경태

요정이 예쁘다는 편견도 버려야 돼요. 요정이 왜 남자는 없을 거 같아요? 있을 거라구요, 결국엔. 내가 그런 편견을 깨는 건데, 그래서 공중파에 못 나가는 거죠. 공중파는 편견덩어리인데, 편견을 계속 인식해야 하는데, 내가 나가서 그 편견을 깨면 안 되거든요. 그러니 저도 굳이 안 나가려고 합니다. 금지곡이 많아서 나갈 수도 없구요, 하하하.

―마지막 대학 강연에서

차례

요정의 사고
인간의 언어

질문 달빛요정역전만루홈런을 영어로 어떻게 설명해야 하나요?

달빛요정 예전에 쌈지에서 공연할 때 공연 정보에는

moonlight a fairy a hard desperate full base home run이라고 해놨더라구요.

근데 위 표현은 뭐랄까, 너무 서술적인 느낌이 있구요.

달빛요정역전만루홈런의 공식적인 영어 이름은

"ROCK WILL NEVER DIE"가 되겠습니다.

−달빛요정 홈페이지 게시판 글에서

달빛요정

‘달빛요정역전만루홈런’ 이라는 길고도 허황된 이름을 가진 원맨밴드의 약칭, 또는 그 유일한 멤버의 애칭. 굳이 그 기원을 찾자면, 그가 어릴 적 학교 앞 만홧가게에서 보았던 박봉성의 어느 기업만화에 나오는, 기업의 암투 속에서 자신의 야망을 달성하기 위한 비밀조직, 소위 결사대 같은 모임 이름. 그를 아는 지인들은 어찌하여 당신과 어울리지도 않는 닉네임을 쓰느냐고 비난하지만, 적어도 ‘프린스라고 불리었던 뮤지션’ 보다는 훨씬 낫잖아. 사실, ‘달빛요정이라는 가명을 쓰며 찌질한 노래를 부르는 키 작고 배 나온 말더듬이 아저씨’ 가 현실에 가장 가까운 표현.

나는 달빛요정이다. 왜 하필 '달빛요정'이냐고? 많은 사람들에게서 그 뜻에 대한 질문을 자주 받는다. 인터뷰를 많이 했더니 이젠 모범답안도 생겼다. "'달빛요정'은 제가 PC통신 시절부터 쓰던 아이디구요, 그렇게 몇 년을 쓰다가 미래가 안 보이는 제 삶을 격려하기 위해 '달빛요정역전만루홈런'이라는 노래를 만들었어요. 그런데 이 노래가 밴드 이름에 어울린다는 생각이 들더라구요. 한 숨에 발음하기 힘든 불친절함도 마음에 들었구요." 웃는 낯에 침 못 뱉는다고 매번 참으로 친절하게 답변해주지만, 홈페이지만 한 번 훑어보고 와도 다 아는 내용 아닌가. 속으로는 열불이 난다오, 기자님들아.

　　나는 달빛요정역전만루홈런이라는 밴드를 혼자서 이끌고 있다. 요새는 공연을 위해 밴드를 조직해 한 달에 한 번 정도 공연을 하고 있어 겉으로는 홍대 바닥을 굴러먹는 많은 보통의 밴드들과 다를 바 없으나, 앨범을 만들 때는 제작의 대부분을 담당하고 있으니 원맨밴드라 불러도 그리 거창하지만은 않을 것이다. 원맨밴드라는 분류가 뭔가 음악적인 대단함을 과시하는 듯한 느낌이 들 때는 '싱어송라이터'라는 표현을 쓰기도 한다. 하지만 이 표현도 가끔은 부담스럽다. 난 노래를 잘 못하니까. 그렇다고 '음유시인'이라고 불리는 건 더 민망하다. 그래서 생각해낸 말이 '가내수공업 뮤지션'.

처음이자 마지막, 한 번만으로 그치고 말리라 생각했던 가내수공업. 그렇게 소위 '가수'로 데뷔한 게 2003년, 그 후 몇 년이 지난 지금 나는 몇 장의 정규앨범과 몇 장의 미니앨범을 낸 나름 중견이라면 중견인 뮤지션이 되었다. 그리고 그만큼의 나이를 먹었으나 나의 음악 제작방식은 여전히 가내수공업에 가깝고 형편도 그때보다 나아지지 않았다. 앞으로도 나아지지 않을 것이다. 대한민국에서 음악만으로 평균적인 수준의 삶의 질을 누린다는 건 불가능하다. 상판이 좋든가 몸빨이 좋든가 말빨이 좋든가 춤을 잘 추든가 인간관계가 넓든가 아니면 최소한 웃기기라도 하든가.

하지만 나는 음악으로만 살기로 하였다. 서른 넘어서 처음이자 마지막으로 기념앨범을 내기로 결심할 때도, 3집을 낼 때쯤에 찾아온 허탈함에 몸서리칠 때도 결론은 결국 역시 나는 음악을 하면서 살아야겠다는 것. 그러려면 나는 많은 걸 포기하면서 살아야 한다. 구질구질하게 사는 법에 익숙해져야 한다.

빚을 내서 1집을 만들었다. 그 빚을 지금도 갚고 있다. 대한민국 평균의 남자는 평생 빚을 갚으며 산다. 나도 마찬가지. 친구들은 차를 사고 집을 사고 애 키우는 데 빚을 지지만 나는 음악을 하기 위해 빚을 졌다. 어울리지 않는 비싼 옷을 10년 할부로 산 셈이다. 평생을 갚아야 할지도 모른다. 나는 뮤지션의 신분을 갖기 위해 평생 갚아야 할 큰 빚을 졌다. 하지만 언젠가는 대박이 날지도 몰라. 그 로또만큼의 확률을 향한 내 욕망의 흔적, 달빛요정역전만루홈런.

그렇다, 달빛요정역전만루홈런은 욕망이다. '73년생 이진원'이 아닌 내가 스스로 붙인 이름을 갖고 싶었던 욕망. 현실의 이진원은 대한민국 하위 70퍼센트의 인간이다. 그래서 나는 무대에서 달빛요정의 탈을 쓰고 평균치의 인간이 된다. 노래하는 이진원은 달빛요정이다.

야구

아홉 명이 한 팀이 되어, 투수가 던지고 타자가 방망이로 때린 공을 수비수가 받으면 아웃, 받지 못하면 안타, 구장을 넘기면 홈런, 금 밖으로 날리면 파울이 되는 스포츠.

최소 18번 광고할 기회를 갖는 지극히 자본주의적인 스포츠이자 미국적인 스포츠. 미국의 건방진 패권주의는 싫지만 미국의 음악은 거부할 수 없듯이, 야구도 내겐 거부할 수 없는 쾌락. 수많은 스포츠처럼, 인간들이 공을 갖고 노는 '그깟 공놀이' 일 뿐이지만 어떤 한 팀을 응원하는 순간 공 하나에 환희와 비탄을 오간다. 타율이 3할이면 훌륭한 타자가 되고, 승률이 5할이어도 포스트시즌의 기적을 보여줄 수 있는, 가장 인생을 닮은 스포츠. 누구나 역전만루홈런을 꿈꾸지만 아무나 칠 수 없는 법. '야구의 신' 만이 땀을 보상해준다.

인생은 아무도 모른다. 야구 역시 아무도 모른다. 야구는 끝날 때까지 끝난 것이 아니라는 요기 베라의 말처럼, "야구는 9회말부터"라는 오래된 말처럼, 인생도 알 수 없는 법. 인생이란 순간을 준비하는 과정일지도 모르니.

쿠데타로 정권을 잡으신 '29만 원 영감'께서 집권 초기 흉흉한 민심을 수습하기 위해 3S정책을 적극 추진하였다는 걸 그 시대를 살았던 사람이라면 많이들 알고 있을 것이다. 컬러TV와 VTR의 보급, 영화 산업 육성(스크린Screen), 이를 기반으로 한 에로영화의 전성시대(섹스Sex), 힘들이지 않고 지역주의까지 조장할 수 있었던 프로야구 출범(스포츠Sports).

나야말로 이 3S정책에 길들여진 사람이다. 1982년 프로야구 출범 이후 20년 넘게 매일 아침 전날의 프로야구 기록을 뒤지며 하루를 시작하고 있고, 선생님 몰래 전교를 돌아다니는 포르노테이프의 순서를 기다리던 까까머리 중학생이었으며, TV를 자유롭게 볼 수 있게 된 스무 살 이후에는 온갖 연속극에 빠져 젊음을 낭비하였고, 자취생활을 시작한 이후에는 생각날 때마다 비디오 대여점에서 에로영화를, 인터넷이 발전한 이후에는 손쉽게 포르노를 구할 수 있는 루트를 알고 있는 서른여덟의 노총각. 내가 29만 원 영감의 우민화 정책에 길들여진 착한 국민이라는 걸 깨달은 지는 이미 오래. 영화 〈아일랜드〉에서의 이완 맥그리거는 자신이 복제인간임을 깨달은 이후 자신의 정체성과 존엄성을 위해 목숨을 건 탈출을 감행하지만, 나는 그저 내가 3S에 길들여진 수많은 이들 가운데 하나라는 걸 깨달은 이후에도 그

쾌락의 세계를 떠날 생각이 없다는 게 다를 뿐.

　때는 바야흐로 1982년. '국민' 학교 3학년이었던 나는 스포츠 따위에는 전혀 관심이 없는, 그저 동화책을 좋아하는 평범한 소년이었다. 운동과 놀이의 즐거움보다는 글을 읽으면서 공상에 빠지는 걸 더 좋아했다. 나이에 어울리지 않는 그런 학구적인 나의 모습을 본 어른들에게서 "그놈 참 어린 녀석이 기특하게 글 읽는 걸 좋아하는군. 나중에 큰일할 녀석일세"라는 말을 듣고 싶었는지도 모르겠다. 나는 그렇게 또래와의 교류 없이 사회성이 결핍된 채로 살고 있었다.

　정확히는 기억나지 않지만 4월이었을 것이다. 프로야구 개막은 4월이니까. 지금은 사라진 동대문야구장에서 벌어진 프로야구 출범 원년의 개막전. 삼성 라이온즈 대 MBC 청룡. 시구는 29만 원 영감(지금 같으면 꿈도 못 꿀 일이다. 잠실야구장 3만 명을 어떻게 다 수색하고 검사하랴. 그러니까 덕을 쌓아야지). 학교에서 돌아와서 생전 처음으로 야구라는 게임의 중계를 봤는데 이게 꽤 재미가 있는 거다. 사실 그전부터 고교야구와 실업야구가 인기였다고는 하지만 난 야구의 룰에 대해서는 잘 몰랐다. 학교에서 배웠던 발야구를 통해서 야구라는 스포츠가 있다는 걸 알고 있긴 했다. 발야구보다 복잡했지만 게임을 보는 데는 별 문제가 없었다. 그때는 세상이 모르는 것투성이였으니까. 그리고 운명의 9회말. 이종도의 끝내기 역전만루홈런. 짜릿했다. 내 인생 최초의 게임은 한국 프로야구 역사상 가장 짜릿했던 게임이었다. 그렇게 나는 MBC 청룡의 팬이 되었다. 나는 지금까지 MBC 청룡의 유민遺民이다.

같은 해 가을. 세계야구선수권대회에서 김재박의 개구리 번트로 만든 동점, 한대화의 역전 스리런. 운명의 8회에 나온 이 두 장면은 내 기억이 더듬을 수 있는 가장 먼 곳에 위치한 감동적인 순간이다. 프로야구 원년 개막전의 역전만루홈런과 김유동의 한국시리즈 대활약이 짜릿한 경험이었다면 세계야구선수권대회 우승은 내 인생 첫번째로 누렸던 감동의 순간이었다. '국민' 학교 3년을 다니면서 아, 나는 벌써 애국자가 되어 있었던 것이다(3S 중 스포츠의 본령이 이 '애국심 마취'가 아니었을까).

내 일상은 야구에 맞춰져 있다. 평일 오후 여섯 시 삼십 분. 게임이 시작된다. 게임이 재미없을 땐 중간에 밥도(!) 해먹는다. 결과가 일찍 정리가 되면 TV를 켜놓고 작업도 한다. 밤 열 시쯤 게임이 끝나면 다른 세 게임의 하이라이트를 본다. 인터넷 야구 커뮤니티에 들어가서 이 글 저 글 '눈팅'을 하다보면 어느덧 새벽 한두 시. 아침엔 메이저리그를 본다. 그러고 나면 해가 중천이다. 그리고 잠이 든다. 이런 사이클로 근 몇 년을 살고 있다.

프로야구는 시즌이 시작되면 게임이 6개월 넘게 매일 이어진다. 프로축구는 일주일에 한 번 하는 스포츠지만 야구는 일주일에 한 번 쉬는 스포츠다. 거기에 포스트시즌은 대략 한 달. '뮤지션'이라는 프리랜서 자유직을 직업으로 삼은 이후 10월에는 거의 TV를 끼고 살고 있다. 미국인들의 4대 프로스포츠라는 미식축구, 농구, 아이스하키, 야구. 그중에서 야구는 거의 일상에 가까운 스포츠다. 이해가 간다. 우리야 8개 팀이 치고받으며 시즌을 치르지만 그네들은 30개 팀이 한 해에 162게임을 치르는 대장정. 게다가 역사는 무려 100년(가까운 일본도 70년이 넘었다). 매일 볼 수 있는 각본 없는 드라마. 난잡한 인간관계가 난무하는 막장드라마 따위가 가을의 전설, 그 감동에 비교할 수 있으랴.

노래를 듣는 모든 사람들이 노래를 만들 수는 없는 것처럼 야구를 보는 모든 사람들이 야구를 할 필요는 없는 법. 야구는 내게 일상이며 판타지. 음악을 직업으로 삼으며 음악에 대한 나의 판타지는 깨졌지만 야구를 대하는 나의 환상은 깨지지 않을 것 같다. 신을 팔아 먹고사는 목사처럼 나는 음악을 팔아 먹고산다. 음악은 내게 한때는 종교였지만 이제는 생활. 야구는 그 생활의 건조함을 채워주는 다양한 변주.

만약 내가 야구를 좋아하지 않았더라면 세상이 조금 달라졌을까? 나는 가내수공업 뮤지션이 아닌 멀쩡한 직장인으로 살아가고 있을까? 아니, 그래도 뮤지션이 되었다면, 최소한 '달빛요정역전만루홈런'이라는 밴드는 없겠지만, '달빛요정'이라는 이름 때문에 공연 때마다 세일러문 코스프레를 해야만 하는 비극적인 운명을 살게 되었을지도 모르겠다(그때도 살림살이는 나아지지 않았을 테니 돈만 된다면 무엇이든 했겠지).

그러니 당신, 10월에는 날 찾지 말아요. 한국시리즈도 봐야 하고 월드시리즈도 봐야 하니까. 나는야 무직의 야구 매니아. 야구가 없는 월요일은 슬퍼라.

LG 트윈스

고구려가 망하고 그 유민들이 발해를 세웠듯, MBC 청룡의 유민들은 대부분 LG 트윈스의 팬이 되었다. 그때, 베어스로 갈아탔다면 90년대의 기쁨은 없었을 것이나 21세기의 고통도 없었을 것이다. 2002년도에 그 말도 안 되는 전력으로 준우승을 짜낸 김성근 감독을 해고한 이후 LG 트윈스는 한 번도 가을야구를 해보지 못했다. 6668587. 혹시, '야신野神의 저주'는 아닐까. 밤비노의 저주는 풀려서 보스턴 레드삭스는 월드시리즈 우승을 두 번이나 했는데 시카고 컵스에 걸린 염소의 저주가 풀릴 때쯤이면 LG 트윈스도 우승할 수 있을까.

6668587 2003년부터 2009년까지 LG 트윈스의 시즌 최종순위.

밤비노의 저주 1920년 보스턴 레드삭스가 베이브 루스(밤비노)를 뉴욕 양키스로 트레이드한 이후 월드시리즈에서 우승하지 못했다. 2004년 우승함으로써 이 징크스는 깨졌다.

염소의 저주 시카고 컵스가 마지막으로 월드시리즈에 진출했던 1945년, 홈구장인 리글리 필드에 염소를 끌고 들어오려던 팬이 이를 저지당하자 다시는 이곳에서 월드시리즈가 열리지 않을 것이라는 독설을 퍼부은 데서 유래되었다. 시카고 컵스는 2003년 플로리다 말린스와의 내셔널리그 챔피언십 시리즈에서 3승 1패로 앞서고 있다가 내리 3연패, 월드시리즈 진출에 실패한다. 6차전에서는 3대 0 승리를 눈앞에 둔 8회 수비상황에서 파울 플라이 아웃이 될 수 있었던 공을 바트만이라는 관중이 건드리는 바람에 파울로 선언되고 이후 8점을 내주며 역전패했다. 이를 '바트만의 저주'라 부른다. 시카고 컵스의 마지막 월드시리즈 우승은 1908년이다.

내가 야구를 처음 접했던 때는 지금처럼 저녁마다 케이블TV에서 전 경기 야구중계를 해주는 시절이 아니었다. 1년에 한두 번 정도 친구들과 어울려 야구장에 갔고 몰래 숨겨간 소주를 까먹으며 일탈의 자유를 맛보던 고딩 시절, 1990년 MBC 청룡은 LG 트윈스에 매각된다. 청룡은 애초부터 팔려갈 운명의 팀이었다. 원년부터 응원하던 팀이 옷을 바꿔 입으니 왠지 서운했다. 만약 그해에 LG 트윈스가 한국시리즈 우승을 하지 못했더라면 나는 지금쯤 다른 팀을 응원하고 있을지도 모른다.

1990년 백인천 감독이 이끌던 트윈스도 좋았지만 역대 최강의 트윈스는 이광환 감독 아래 우승했던 1994년이었던 것 같다. 당시 나는 대학에 입학해서 2년 동안 술만 처마시다가 입대(정확히 말하자면 소집)하여 무료한 방위 생활로 하는 일 없이 시간을 보내고 있었다. 그때 LG 트윈스의 신바람 야구는 한 줄기 빛이었다. 매일 아침 동사무소에 출근해서 스포츠신문을 열독했다. 유지현, 김재현, 서용빈 신인 3인방의 대활약, 이상훈, 정삼흠, 김태원으로 이어지는 선발투수진에 마무리 김용수까지. LG 트윈스 팬이라면 그때가 가장 행복했던 시절이었을 것이다. 부자는 망해도 3년. 우승은 없었지만 계속 즐거운 시즌들을 선사하며 서서히 몰락. 2002년 기적의 한국시리즈 진출 이후 현재까지 LG 트윈스는 암흑의 시절을 보내고 있다.

역대 최고의 유격수이자 이제는 사라진 현대 유니콘스에서 총 4회의 한국시리즈 우승을 거두었던 MBC 청룡 출신의 프랜차이즈 스타 김재박 감독을 3년, 15억 원이라는 거액으로 데려왔지만 계약기간 끝나는 올해(2009년), 역시 7위로 마감할 것 같다. 2008년에는 꼴찌였고 2007년에는 5위였다. 이순철 감독께서 망쳐놓은 팀을 재건, 계약기간 중 한 번은 가을야구를 할 수 있을 줄 알았는데…… 그래도 올해 8연승 할 때까지만 해도 참 즐거웠다. 이후 투수진이 무너지면서 하위권으로 추락했지만 '페타신'의 완벽한 스윙과 선구안, 봉중근 열사의 투혼, 신인급 선수들의 성장 등이 그나마 위안거리였다. 그야말로 '개박살' 날 상황이었다가 끝까지 쫓아가는 몇몇 게임들은 LG 트윈스의 나아진 모습이라고 생각한다(물론 쫓아가기만 하고 결국은 져버린 게임들이 많지만).

트윈스 팬들은 시즌이 끝나야 행복해진다. 내년에는 정말 4강에 갈 수 있을 거라는 기대감으로 겨울을 보내지만 현실은 언제나 하위권…… 내년에는 이상훈의 시구도 보고 싶고 언젠가는 우리의 영웅, 영구결번 김용수가 감독이 되는 것도 보고 싶다. 달빛요정이 좀 유명해지면 시구도 한번 해봤으면 좋겠다. 우승 같은 건 바라지도 않아,

그저 덤이라고 생각하니까. 하지만 우승하면 팬서비스로 공짜 공연 한번 해야지.

덤으로 보는 달빛요정의 한국 프로야구 구단 선호도

LG 트윈스   애증의 대상.

우리 히어로즈   돈 많이 벌어서 이 팀을 인수하고 싶다. 구단주가 되는 것도 내 꿈 중의 하나. 선수들보다 마스코트인 턱돌이가 더 맘에 든다.

SK 와이번스   김성근 감독이 그립다.

롯데 자이언츠   꼴찌동맹 '엘롯기'를 저버린 배신자들, 도깨비 같은 팀 컬러가 매력.

기아 타이거즈   역시 '엘롯기'를 저버린 배신자들, 하지만 부럽다. 아 아 김상현……

한화 이글스   리빌딩하려면 시간 꽤 걸릴 듯, 류현진 어깨가 빠질지도 몰라.

삼성 라이온즈   당연하다는 듯 4강에 올라가는 게 맘에 안 듦.

두산 베어스   LG 팬이라면 어쩔 수 없음.

야구만화

누구나 세상의 주인공을 꿈꾼다. 하지만 나는 오혜성도 마동탁도 아니었다. 내 삶은 그저 주인공의 넉넉한 친구 역할이었다. 아낌없이 주는 나무. 주인공의 성장을 위한 장치. 나는 국가발전을 위한 소모품일 뿐이었다. 경부고속도로를 만들다 죽어간 사람들이랑 비슷한 신세. 하지만 야구만화 주인공의 이야기를 따라가다보면 나는 어느 순간 오혜성이 되어 있었다.

야구라는 게임은 결과에 집중하게 되지만 야구를 소재로 한 만화는 과정을 즐기는 쾌락이 있다. 『반지의 제왕』 『해리 포터』만이 판타지는 아니다. 야구만화도 대부분은 판타지. 시속 200km를 던지는 투수가 등장하기도 하고 10할 타자가 등장하기도 한다. 게다가 여자 주인공들은 세상에 없는 완벽한 인물. 사랑하지 않을 수 없다. 예쁜데다 착하기까지 하니까(하지만 문제는 어장관리. 현실의 모든 여자들이 그러지는 않는데 만화 속의 여주인공은 왜 언제나 어장관리를 하는 것일까). 야구는 좀 뒷전이어도 좋아. 남자 주인공이 좀더 극적으로 여자 주인공을 '획득'하는 짜릿한 감동이 필요해. 새드 엔딩은 참아줘. 까치가 엄지 때문에 장님이 된 걸로 충분하니까.

야구는 짜릿하다. 사실 순수하게 게임 자체를 즐길 수도 있지만 프로토 배당률 때문에 흥분할 수도 있는 게 스포츠이니 짜릿하긴 해도 감동은 덜하다. 야구 자체보다 더 감동적인 건 야구만화. 중고등학교 때는 야구보다 야구만화를 더 많이 봤던 것 같다. 야구만화를 통해 야구의 복잡한 룰을 하나둘씩 알게 된 것 같기도 하다. 야구의 룰은 하루아침에 외워서 알아지는 게 아니다. 내 기억 속의 첫번째 야구만화는 역시 『공포의 외인구단』. 얼마 전에는 드라마로 만들어졌는데, 왠지 망할 것 같아서 (어여쁜 김민정이 나오는데도) 보질 않았다. 추억은 추억으로 남겨놓는 게 더 아름다우니까. 이보희의 '엄지'가 황당했던 〈이장호의 외인구단〉으로도 충분히 안타까웠으니까. (굳이 여기서 언급할 필요는 없지만 여유 있는 지면을 통해 얘기해보자면 『공포의 외인구단』이라는 원제가 〈이장호의 외인구단〉으로 바뀐 것은 '공포'라는 단어가 국민들에게 공포감을 조성할 수 있다는 이유로 심의에 걸려서라고 한다. 에잇, 더러운 세상.)

80년대는 우리나라 야구만화의 전성기였던 것 같다. 이현세, 허영만, 이상무, 고행석 등 대부분의 만화가들이 야구만화를 그렸다. 하지만 언젠가부터 만홧가게에 잘 가지 않게 되면서 어떤 만화가 유행이고 재미있는지 흐름을 놓쳐버렸다. 국산 만화보다 일본 만화가 더 많아진 것 같다는 느낌을 받긴 했다. 그래서 의식적으로 일본 만화를 멀리했는데 여기저기서 '강추'를 받아서 보게 된 것이 아다치 미쓰루의 만화들. 『터치』『H2』 등 만화를 좀 본다는 사람들이라면 한 번쯤은 들어봤을, 야구만화를 가장한 연애만화. 이전까지 봤던 만화들과는 뭔가 달랐다. 밋밋하다기보다는 담백한 느낌이 드는 절제된 화면과 대사. 아, 일본 만화 볼 만하구나. 요새는 한국 만화가 별로 없는 데다 야구 역사가 훨씬 길고 야구에 대한 애정도 훨씬 깊은 일본에 야구만화가 넘쳐나는 게 부럽기도 하고 안타깝기도 하다. 다양한 소재가 돋보이는 근래의 일본 야구만화도 볼 만하긴 하지만 필살수비, 드라이브볼, 더스트볼이 난무하는 80년대의 순수한 우리 야구만화가 가끔 그립기도 하다. 구영탄이 200km짜리 볼을 던지던 『전설의 야구왕』을 소장할 수 있는 길은 진정 없는 것인가.

나는 하루에 한 게임씩 야구를 본다. 그게 안 되면 야구만화를 본다. 행복한 삶이라고 생각한다. 세상이 아름다워서가 아니다. 그건 오해다. 야구만화를 읽는 나는 행복하지만 세상은 짜증난다. 그것이 바로 나의 노래.

박찬호

한국인 최초, 최고의 메이저리거. 달빛요정과 같은 73년생 동갑내기. 우리는 이제 한국 나이로 서른여덟. 한창 열심히 일할 나이. 결혼도 하고 아이도 기르는 게 당연한 나이.

　나는 그의 믿음직한 허벅지도 사랑했고 똥줄 타는 롤러코스터 피칭도 즐겼다. 박찬호는 내가 가장 사랑하는 남자. 다소 고리타분한 것 같지만 정의롭고 올바르게 보이는 그의 말 한 마디, 한 마디 모두를 닮고 싶었다. 박찬호는 내가 가질 수 없는 세상의 남자. 그와 나를 연결해주는 유일한 고리는 같은 해에 태어났다는 것뿐이지만 나는 그를 친구라고 부른다.

때는 바야흐로 1997년. IMF라는 고난의 시기. 5일마다 등판하는 박찬호의 게임은 국민적인 열광을 불러일으켰다. 나 역시 애국자 아니었던가. 게다가 무직의 야구 매니아. 도저히 뛰어넘을 수 없을 것 같았던 메이저리그에서 박찬호가 던지는 100마일에 가까운 강속구는 짜릿한 희열이었다. 졸업하기 전에는 밤새도록 술을 마시고도 학생회관에서 야구를 보기 위해 아침 일찍 학교에 가는 기적을 나에게 내렸고, 졸업하고 나서는 자취방에 케이블TV를 달게 해준 내 친구(물론 요금은 내가 냈지만).

제구력은 엉망이지만 공 하나는 빨랐던 청주 출신 한양대 야구부 박찬호는 1994년 130만 달러라는, 당시로서는 엄청난 계약금과 연봉을 받고 LA 다저스에 입단한다. 게다가 마이너리그를 거치지 않고 메이저리그로 직행하는 메이저리그 역사상 열일곱번째 선수로 주목받는다. 하지만 역시 메이저리그는 호락호락한 곳이 아니었다. 마이너리그로 강등. 절치부심 끝에 드디어 1996년 4월 시카고 리글리 필드에서 2회부터 구원투수로 등판해 메이저리그 첫 승을 거둔다(그때 우리나라 방송들 꽤 난리 쳤지). 그리고 그다음 등판에서는 선발투수로 감격의 첫 승. 그해 박찬호는 롱맨 및 제6선발로 활약하며 다저스 마운드의 새로운 희망으로 떠오른다. 1997년부터는 풀타임 메이저리거로서 다저스 마운드의 한 축을 담당했고 5년 연속 10승을 기록하며 전성기인 2000년에는 18승이라는 놀라운 성적을 거둔다. 2002년 텍사스 레인저스와 FA 계약 이후 고질적인 부상으로 부진을 면치 못하다가 2005년 샌디에이고 파드레스로 트레이드. 중간 계투 및 땜빵 선발로 쏠쏠한 활약. 이후 뉴욕 메츠와 LA 다저스를 거쳐 2009년 현재는 필라델피아 필리스의 선수로 뛰고 있다. 시즌 초에는 선발로 등판했지만 시즌 중반 이후부터는 중간계투진의 '믿을' 맨으로 대활약 중. 전성기가 지났다고는 하지만 아직도 현역 국내 투수들 중에 박찬호의 구위를 능가하는 선수는 찾아보기 힘들다.

'IMF라는 힘든 시기에 불타는 강속구로 국민들의 시름을 덜어준 한국인 최초의 메이저리거'라는 평범한 평가로는 부족하다. 2009년 1월, 박찬호는 국가대표 은퇴 기자회견을 했다. 박찬호의 위상에는 맞는 기자회견이었지만 국가대표 은퇴라는 게 굳이 자리를 마련해서 할 만큼 거창한 것은 아니라고 생각한다. 박찬호는 그 자리에서 눈물을 보였다. 남자의 눈물이었다. 지난 몇 년간의 부진으로 추락한 위상. '코리안 채노 팍'이 아닌, 한국인 박찬호로 태극마크를 달고 후배들과 함께 뛰고 싶은 마음은 가득하지만 어려운 현실. 그 복잡한 심경들이 얽혀 뜨겁게 흘러내리는 눈물. 누가 박찬호를 울렸는가.

뒤늦게 깨달았다. 박찬호의 정의로운 캐릭터를. 단순히 애국심 운운하며 나올 만한 성질의 것이 아니었다. 저런 사람이 있을 수 있구나. 한때 박찬호가 대한민국 1등 신랑감이었던 건 그가 단순히 돈이 많아서가 아니었다. 이재용이나 정몽준이 1등 신랑감이었던 적은 없지 않는가. 정의로운 부자는 없다. 하지만 스포츠를 통해 돈을 버는 건 다르다. 그건 모두 자신의 능력으로 만들어낸 것이다. 그 능력과 위치를 만들어준 주위 사람들의 도움도 있었겠지만.

박찬호는 1973년생 소띠 중에서 순수하게 자기 능력과 노력으로 성공한 첫번째 인물이 아닐까. 요새로 말하면 김연아, 박태환 같은 캐릭터. 박찬호와 비슷한 시기에 박세리라는 걸출한 골프선수도 있었지만 나의 우상은 오직 박찬호뿐(골프는 차가 있어야 가능한 운동 아닌가. 나는 차도 없고 돈도 없잖아. 오직 시간만 있을 뿐). 박세리가 박세리 키즈를 만들어냈듯이 1982년 한국 프로야구의 개막은 73년생 걸출한 야구선수들을 만들어냈다. 어린 시절 박찬호보다 잘나갔던 동갑내기 투수들은 모두 은퇴를 했다. 임선동, 조성민, 염종석, 정민철…… 타자 박재홍 정도만 살아남아 있을 뿐이다. 73년 소띠의 청춘은 갔지만 나는 그 젊음을 기억할 것이다. 박찬호는 나를 모르겠지만 나는 박찬호를 잘 안다. 당신은 나의 영웅이자 우상이었고 내 청춘의 친구였으니까.

　자랑스러운 친구를 가졌다는 것만으로도 위로가 될 때가 있다. 내게는 박찬호의 모든 게 동경의 대상이었다. 에이스로서의 전성기도 있었고 '먹튀' 라는 비난도 받았고 이제는 한물갔다는 평가도 받았지만 그런 게 인생 아니던가. 너무 흔한 말이지만 올라갈 때가 있으면 내려갈 때도 있는 법. 박찬호는 20대를 열정으로 활활 불태웠고, 부진의 긴 터널을 지나 부활의 날갯짓을 펼치고 있다. 달빛요정의 20대 역시 열정으로 타올랐으나 그것은 이룰 수 없는 꿈, 헛된 욕망이었다. 내가 꾸었던 꿈은 이 땅의 꿈이 아니었다. 나는 이상을 실현하고 싶었지만 현실에 맞서 결국 패배하였다. 좌충우돌, 질풍노도의 20대를 걸쳐 간신히 획득한 뮤지션의 지위. 그것은 과연 젊음과 바꿀 만한 값어치가 있는 것인가.

　자랑스러운 나의 친구 박찬호. 그도 조만간 진짜 은퇴를 할 것이다. 언제가 될지는 모르겠지만 미국 애들이 셈하는 나이로 마흔까지만 뛰었으면 좋겠다, 메이저리거로. 아직까진 중간 불펜에서 한두 이닝 정도 책임져줄 구위는 유지하고 있는 것 같다. 약팀에 가면 선발도 할 수 있을 것 같다. 올해는 필리스에서 모든 야구선수들의 로망인 우승반지를 끼고 내년에는 선발 보장된 팀에서 10승 10패 정도만 해주면 난 정말 매일매일이 행복할 것 같다. 은퇴하기 전에 한국에서 뛰고 싶다는 인터뷰를 종종 하는 것 같은데 몇 년이 지난 후 지금보다 못한 구위로 한국리그에서 뛰면 보기 좋게 털릴 것 같으니 KBO로 오는 건 참아줬으면 좋겠다. 우상이 무너지는 걸 보는 건 너무 가슴 아프기 때문이다. 그래, 한국에서 선수로 뛰는 것까지는 이해해줄 수 있을 것 같다. 미국에서 말도 안 통하는 애들이랑 게임 하느라 얼마나 힘들었을까. 하지만 정치만은 말아줘, 제발 부탁이야.

　나는 영웅의 시대를 함께 살았다. 영광이었다. 행복했다. 친구야, 언젠가 한번 만나면 사인 좀 부탁해.

서태지

달빛요정은 92학번. 서태지는 92년 4월에 MBC 〈특종 TV연예〉에서 데뷔했다. 7.8점이라는 최하점수를 받았지만 서태지는 한 달 만에 대한민국을 평정한다. 민중가요나 알고 있던 형들 앞에서 나는 〈난 알아요〉를 부르며 회오리춤을 추었다. 새로운 세대가 등장하기 시작했다. 엄숙하고 근엄했던 위선의 시대가 가는 듯했지만 현실은 20년이 지나도 여전하다. 서태지는 꽁꽁 숨어서 몇 년 만에 한 장씩 음반을 내며 얼굴을 비추고 있지만 한국의 대중음악은 더 싸구려가 되었으며 방송은 사회통념이 허락하는 내에서 최대한의 자극을 찾는다. 서태지는 헤비메탈 키드. 다양한 음악적 시도의 결과물을 들려주었지만 결국은 락.

소위 '팝'이라 부르는 영미권의 대중음악을 틀어주는 라디오 프로그램이 사라지기 시작했던 시기는 전문 DJ가 아닌 연예인이 라디오를 진행하기 시작했던 시기와 일치한다(그래도 요즘처럼 스무 살 간신히 넘은 어린것들이 시답잖은 농담이나 지껄이면서 한 시간을 보내지는 않았다). 힙합이나 R&B, 랩을 일찍 접한 미국 교포들이 한국으로 건너와 음악을 하던 시기와도 비슷하다. 80년대 후반부터 90년대 초반 정도라고 생각된다. 이 시기는 대한민국이 오랜 군사 독재정권에서 벗어나 무언가 새로운 문화에 목말라하던 시기. 젊은 층들은 무의식적으로 과거와의 단절을 원했던 것이다. 그래서 등장한 것이 서태지. 서태지에 대한 음악적인 평가는 의견이 분분하지만 당시 영미권에서 유행하던 음악을 가장 한국적으로 소화했던 뮤지션이라는 사실에 반기를 들 사람도 별로 없을 것이다.

서태지를 음악적으로 평가하는 데 종종 간과되는 부분은 바로 그의 노랫말에 대한 것이다. 들고 나온 음악이나 패션이 너무 혁신적이었고 충격적이었기 때문에 사람들은 그의 노랫말에 대해 그다지 후한 점수를 주지 않았다. 나 역시 서태지 초창기 노랫말에 대해 그 내용적인 면에서는 별로 하고 싶은 말이 없다. 딱 그 나이 대의 감수성. 하지만 별 내용 없는 노랫말이 음악과 결합되는 순간의 놀라운 시너지 효과. 서태지의 초창기 앨범은 소위 '라임'이라 불리는 가사의 리듬이 살아 있다. 이전까지의 한국 대중음악이 주로 멜로디에 치중한 것이었다면 서태지를 시작으로 한국 대중음악은 음악에서 리듬이 주는 효과에 대해 주목하게 된다.

초창기의 서태지에게서 가장 높이 평가되는 부분은 바로 한국어로 노래한다는 점이다. 그 노래와 랩에 리듬이 살아 있다는 점이다. 리듬은 흥을 돋우는 도구. 한국어로 된 노래를 들으며 신나게 춤출 수 있는 시기가 온 것이다. 요새의 전문적인 래퍼들은 서태지의 랩 실력에 의문을 가질 수도 있겠지만 이전에 거의 아무것도 없는 백지 상태에서 그런 수준의 한국어 랩을 만든다는 것. 얼마나 치열한 고민과 노력의 흔적인가. '풋처핸접' '체키라웃'만 내내 외쳐대는 학예회 수준의 랩은 아직도 존재한다. 손발이 오그라들 따름이다. 공연장에서 가끔 힙합밴드를 볼 때도 눈이 질끈 감긴다. 온몸에 닭살이 돋아서 공연장을 나가곤 했다.

솔로 활동 이후 서태지 음악 역시 모두 들을 만하다. 명반(개인적으로 꼽는 서태지 최고의 음반은 서태지와아이들 3집. 〈발해를 꿈꾸며〉 〈교실 이데아〉 〈널 지우려 해〉 등이 수록되었다. 댄스에 가까운 1, 2집에 비해 강력해진 사운드가 낯설었던 탓인지 이전 앨범들보다 판매량이 저조했지만 최소 100만 장은 팔았다고 한다)이라 칭할 만한 것은 없지만 즐길 수 있는 노래들은 많다. 소위 '이모코어emocore'에 가까운 음악. 강력한 기타리프 위에 서태지 특유의 난도질된 드럼사운드, 그리고 멜로디는 좋지만 안타까운 서태지의 보컬. 보컬에 자신이 없는 건지 개인 취향인지 모르겠지만 가사집을 보고 나서야 가사를 알아들을 수 있는 안타까움이 있다. 다른 가수가 그랬으면 욕을 한 바가지 했을 것이다. 그래도 서태지니까 한번 접고 가는 거다.

너무 팬들을 위한 음악만 하는 경향이 있다. 그만큼 팬이 많긴 하다. 그래도 서태지를 처음 듣는 사람을 위한 배려도 해줘야지. 오만인가 자신감인가. 아니면 팬에 대한 지나친 믿음인가. 음반마다 충성도를 시험해보는 걸까. 모시던 형님이라(달빛요정은 서태지보다 무려 한 살이나! 어리다) 모든 음반을 구입했지만 90년대의 감동은 없다. 나도 뮤지션 서태지에게 자극받아 컴퓨터 음악에 관심을 가졌고 온갖 시행착오 끝에 음반도 내게 됐다. 가끔 내 노래의 멜로디에서 서태지의 그것이 등장하기도 한다고 한다. 어릴 때 듣던 음악에 영향받는 건 누구나 마찬가지. 오늘은 춤추던 서태지가 그립다.

늙어서 그런 걸까. 새로 듣는 음악은 많이 듣게 되지 않는다. 형님도 늙어간다. 팬들도 늙어간다. 수많은 팬들을 거느린 거대한 왕국의 지배자 서태지. 달빛요정은 스스로가 주민이자 행정관인 1인 왕국의 왕. 수교를 맺고 싶다. 사인 한 장이면 충분해요. 부르기만 해주세요. 달려갈게요.

세대를 정의하는 기준은 다양하다. X세대, Y세대, N세대 등의 용어는 모두 외국에서 온 것이다. 대한민국의 X세대와 미국의 X세대는 정의하는 내용부터 다르다. 미국의 X세대가 기성세대의 관습과 질서에 저항하며, 비틀즈, 히피, 반전운동 등의 현상으로 나타났다면, 우리나라에서 X세대라는 용어는 기존 세대를 부정하지 않는 한도 내에서의 '신세대' 혹은 '신인류'라는 의미에 더 가깝다. 기성세대를 부정해서는 안 되는 일이니까(우리가 부정할 수 있는 건 오직 북한뿐이다). 광고를 통해 유행된 말인 만큼 소비 조장의 이미지를 갖고 있기도 하다. 결국 마케팅 차원에서 사용된 말에 젊은 애들이 놀아난 것이다.

대학에 들어가니 신입생이라고 여기저기서 노래를 시켰다. 요새는 그런 문화가 없을 것이다. 그때만 해도 선배들이랑 술 마실 때 복학생 형들이 취해서 막내들에게 노래 시키고 젓가락 두드리고 그랬다. 그때마다 나는 서태지 노래를 불렀다. "난 알아요, 이 밤이 흐르고 흐르면"으로 노래를 시작하면 좌중은 그야말로 폭소였다. 선배들이 기대했던 건 민중가요였을 것이다. 1992년은 민중가요의 마지막 시기. 형들은 386이었고 나는 X세대였다. 그래서 난 특이하고 이상한 놈이 되었다(그렇게 난 지금까지 특이하고 이상한 놈으로 살고 있다. 달빛요정역전만루홈런으로도 충분히 특이하고 이상하다).

나는 X세대에 속하기도 하지만 N세대에 속하기도 한다. 386은 그 이름만큼 컴퓨터에는 젬병이다(시간이 많이 흘렀으니 요새는 좀 나아졌으려나). 386은 컴퓨터를 갖고 놀 줄 모른다. 일을 위해 억지로 사용할 뿐이다. 하지만 나는 컴퓨터를 통해 돈을 벌고 다양한 유흥을 즐긴다. 컴퓨터와 인터넷이 없었다면 달빛요정역전만루홈런은 존재하지 않았을 것이다. 달빛요정이라는 이름은 그저 우스운 필명이 되었을지도 모른다.

나의 생활방식은 N세대에 가깝지만 사고방식은 고리타분한 386에 가깝다. 개인주의적이다 못해 이기적인 성향을 보이며 네트워크를 통해 집단적인 광기를 보이는 N세대가 이해가 되기는 하지만 그걸 다 받아들일 수는 없다. 거대한 벽 사이에 낀 듯한 느낌이 드는 때가 있다. 나는 386이기도 N세대이기도 했지만 둘 다 아니기도 했다. 재일교포들이 받던 느낌과 비슷한 걸까. 일본에서는 '조센진'이라 욕먹고 한국에서는 '쪽빠리'라고 욕먹는. 프로야구 초창기, 삼미 슈퍼스타즈의 에이스 장명부가 했던 말이 있다. "내 고향은 현해탄."

그래도 386은 대한민국에 민주주의를 선물했는데 X세대는 무엇을 남겨야 하는가. 우리가 물려줄 건 '공구리' 친 강들밖에 없는가. 역시에 부끄러워하는 거 무의미한 일인가. 살아 있을 때 호의호식하다가 좋은 묏자리에 묻히면 장땡인가. X세대를 상징하는 서태지의 그 수많은 팬들은 왜 행동하지 않는가. 애 키우느라 정신이 없는 건가.

좋든 나쁘든 386세대는 끝났다. 노무현은 죽었고 남겨진 사람들 역시 모두 변절할 것이다, 그들의 친구들처럼. 형들은 이제 민중가요를 부르지 않는다. 변절한 386이 내게 말한다. 어이, X세대, 노래나 하나 불러봐. 나는 나의 노래를 부를 것이다. 아는 게 이것밖에 없다고 변명할 것이다. 변절자들을 위해 새로운 노래를 만들어야겠다. 변절자 숙청의 메시지를 어떻게 즐겁게 심을 수 있을까. 변절자들이 즐겁게 숙청을 받아들일 수 있는 노래를 어떻게 하면 만들 수 있을까.

알아서 기는 법을 배웠어야 했는데 그런 건 아무도 가르쳐주지 않았다. 쪽팔려서일 거다. 알아서 배웠어야 했는데 음악에 미쳐 지내느라 바빠서 신경 쓸 여력이 없었다. 음악하는 놈들은 원래 싸가지가 없는 줄 알고 그냥 지나가는 일이 많았다. 내가 싸가지가 없는 건 음악을 해서가 아니라 내가 X세대이기 때문이다. 다른 X세대는 모두 도태되어 그저 생활인이 되었다. 도태된 386은 X세대를 함께 끌어안고 자폭했다. 달빛요정은 X세대 최후의 생존자. 그게 정말 나 혼자만은 아니길.

주성치와 함께라면 행복했어, 널 잊을 수 있었어. 모든 게 좋았어. 오 맹달도 날 위로했어. 지워버려, 사랑할 수 없다면 그냥 떠나보내. 괜찮아, 모든 건 다 좋아질 거야. 주성치와 함께라면. 더 이상 물러설 곳도 뒤돌아볼 곳도 없어. 느끼고 생각한 대로 사는 거야.

—〈주성치와 함께라면〉 중에서

나를 주성치의 세계로 이끈 건 〈서유기〉였다. 〈월광보합〉과 〈선리기연〉, 2부작으로 구성되어 있는 대작. 1편에서는 주성치 특유의 황당한 개그가 난무하다가 2편의 마지막에서는 가슴 아픈 사랑에 눈물을 흘릴 수밖에 없어진다. 그전에도 주성치의 존재를 알긴 했지만 그의 영화를 한 번도 본 적은 없었다. 비디오가게에서 시간 때우기 용도로 빌려다 보는 유치한 영화일 거라는 생각을 하긴 했다. 하지만 〈서유기〉 이후 나는 일명 '성치월드'의 주민이 되었으며 '성치교'의 신자가 되었다. 시간이 날 때마다 하루에 한두 편씩 주성치의 영화를 빌려다 보았다. 거기엔 새로운 세상이 있었다.

홍콩 영화에는 70년대 초반 몇 편의 영화로 전설이 된 이소룡이 있었고 그 이전부터 아직도 계속되고 있는 춤추는 듯 화려한 무협영화가 있었다. 살아 있는 전설이라고 할 수 있는 성룡이 있었고 주윤발의 쌍권총으로 상징되는 홍콩 누아르가 있었다. 가히 아시아의 할리우드라고 부를 만 했다. 하지만 80년대가 홍콩 영화의 위대한 시대였다면 90년대는 몰락의 시대였다. 97년 홍콩의 중국 반환을 앞두고 위대한 홍콩 누아르의 시대가 종말을 고할 무렵 유치한 개그 코드로 무장한 싸구려 영화들이 쏟아져 나오게 된다. 그때 탄생한 캐릭터가 주성치. 사람마다 호불호가 분명하게 갈릴 만한 황당하고 유치하고 지저분한 개그 코드들. 초창기의 주성치 영화는 다소 억지스러운 면이 있었다. 하지만 〈서유기〉 2부작을 기점으로 일반인들도 수긍할 만한 당위성 있는 개그를 선보이기 시작한다. 그전까지의 주성치가 연기자였고 개그맨이었다면 〈서유기〉 2부작 이후의 주성치는 감독과 각본을 함께 하는 개그영화의 아티스트로 거듭나게 된 것이다.

이후 〈식신〉 〈희극지왕〉 등 90년대 홍콩 영화를 대표하는 작품들을 발표하다가 〈소림축구〉을 통해 자신의 영화인생에 방점을 찍는다. 주성치의 초창기 매니아에서부터 주성치를 좋아하지 않았거나 모르던 사람들도 모두 웃고 즐길 수 있는 주성치 영화의 완성형 〈소림축구〉 이후 〈쿵푸허슬〉에서는 너무 CG에 몰두한 나머지 개그와 액션 모두를 잃는 실수를, 〈장강 7호〉에서는 뜬금없이 착한 개그를 선보이는 만행을 저지른다. 성룡 영화에서 와이어 액션이나 CG를 보게 되는 배신감이라고 할까. 다음 영화가 〈쿵푸허슬〉 2편이라고 하는 것 같던데 또 CG로 도배를 한 알맹이 없는 영화가 나올 것 같다. 부동산 재벌이 되더니 인간에 대한 감각을 상실한 걸까.

이소룡과 쿵푸에 대한 주성치의 애정은 알겠지만 내가 주성치를 사랑했던 건 주성치가 영화에서 보여주던 삶에 대한 애정과, 세상만큼 비루한 그의 저질 개그 때문이었는데. 내가 〈주성치와 함께라면〉

이라는 노래를 부르는 게 부끄럽지 않았으면 좋겠다. 베토벤의 〈영웅〉이 처음엔 나폴레옹을 위해 만들어졌던 것처럼 내 노래의 제목도 내용도 다 바뀔지 모른다. 노래라는 게 일단 만들어놓으면 녹음해서 발표할 때까지 어떻게 바뀔지는 알 수 없는 노릇이다. 당장 내일이라도 돈 100만 원에 팔려갈지도 모르는 운명의 노래. 이래서 예술가를 좋아하고 사랑하고 믿는 건 힘든 일이다. 나도 언젠가는 변절할 것이다. 커트 코베인이 그렇게 죽었다.

주성치의 영화는 오맹달과의 화해가 없다면 다시는 옛 영광을 누리지 못할 것이다.

술

먹고 싶을 때는 언제나 먹을 수 있었다.

먹기 싫을 때는 거의 없었다.

바빠서 못 먹었을 뿐.

첫 음주는 중학교 소풍 때. 맛이 쓰기만 했지 별 감흥이 없었다. 고등학교 시절에도 소풍이나 수학여행 때 한두 잔씩 먹었는데, 나름 범생이었던 시기여서 죄책감에 시달리기도 했다. 가장 술을 많이 먹었던 건 학력고사 100일 전. 소위 '백일주' 랍시고 소주를 서너 잔 먹었는데 몸이 건강할 때라 그런지 별로 취하지도 않아서 독서실에 가서 공부까지 했다.

본격적으로 술을 마시기 시작했던 건 대학에 합격한 이후. 누가 뭐라는 사람이 없었다. 단지 돈이 부족했을 뿐. 대학에 입학하니 형들이 술을 사줬다. 동아리에서도 먹고 과에서도 먹고 고등학교 동창들과도 먹다보니 군대 갈 때까지 2년 동안 술 안 먹은 날이 30일밖에 안 된다.

복학하고 나서부터는 횟수가 줄기 시작한다. 취직할 생각은 없었지만 졸업은 해야 했으니까. 알바도 해야 했으니까. 졸업을 하고 이일 저일 할 때는 친구들이 취직준비로 다들 바빠서 후배들이랑 먹었다. 많진 않지만 소수였기 때문에 내가 많이 샀던 것 같다. 음반을 만들기로 결심하고 작업실에 틀어박혀 살 때는 며칠씩 작업을 하다 음악이 맘에 들어 한잔, 맘에 안 들어 한잔. 그렇게 마셨다. 그러다 친구들이 하나둘씩 결혼을 하니 집사람 눈치 보느라 예전처럼 맘 놓고 술 마시기가 힘들어졌다. 요새는 음악하는 친구들과 자주 먹는다. 대한민국의 낙후된 음악 현실을 안주로. 소속된 집단이 하나 더 생긴 셈.

백수 모드로 일상을 보내다 한 달에 한두 번 공연이 있을 때면 뮤지션이 된다. 연습이 끝나면 거의 음주를 한다. 공연이 끝나고 그냥 집에 가기엔 왠지 좀 아쉽다. 새벽 세 시쯤 만취되어 집으로 돌아와 다음날 내내 엎어져 잔다. 그렇게 주말을 보내거나 가끔은 옛 친구들의 전화를 받고 나가 20년 동안 했던 똑같은 농담으로 저녁시간을 보낸다. 만날 같은 농담을 해도 지겹지 않다. 친구니까.

월요일은 뮤지션들과, 화요일은 쉬고, 수요일은 직장인들과, 목요일은 쉬고, 금요일은 연습하고 나서, 토요일은 약속 잡거나 공연 뒤풀이로, 일요일은 휴식. 하지만 매번 이렇게 되지는 않는다. 나도 일을 해야 하니까. 이런 격일제 음주 일정을 한두 번 건너뛰다보면 대략 일주일에 두 번 정도 음주를 하는 듯하다. 가끔은 3일 연속 달리기도 하는데 이럴 경우 음주 이외의 시간은 거의 잠만 잔다고 보면 되겠다. 20대에는 아무리 술을 먹어도 다음날이면 멀쩡해지곤 했는데 서른이 넘어가니 체력이 받쳐주지 않음을 느낀다. 이제는 의미 없는 음주로 시간을 버리는 건 자제해야 할 듯.

인간의 삶, 기쁨과 슬픔의 순간에는 언제나 술이 함께한다. 대학에 붙었을 때도 술을 마셨고, 군대에 갈 때도 술을 마셨고, 졸업을 할 때도 술을 마셨고, 사랑할 때도 버림받았을 때도 술을 마셨다. 음반이 나올 때마다, 공연을 할 때마다 술을 마셨고, 모르는 사람과 처음 알게 되었을 때도, 오랜 친구와 간만에 만나게 되었을 때도 술을 마셨다. 가끔은 술이 나를 마신다. 가끔은 추억을 삼킨다. 추억이 모자라지 않으니 이젠 자꾸 맛난 안주를 찾는다. 맛난 술을 찾는다. 버는 만큼 마시는 것 같다. 지갑이 두둑할 때는 사치스런 것들을 먹을 때도 있지만 집에서 굴러다니던 동전을 긁어모아 라면국물에 소주 한 병을 먹던 때도 있었다. 깽판도 몇 번 쳐봤다. 누구에게나 철없는 시절은 있는 법. 순간을 누리리라. 잔을 높여라, 우리 젊음과 청춘에 축배를 들어라.

감자, 고구마에 비견될 수 있는 구황식품. 가장 간편하게 먹을 수 있는 데다 심지어 밑반찬도 필요 없다. 김치가 있으면 좋고 없어도 그만. 찬밥이 있으면 한 그릇 푸짐하게 말아먹고 포만감에 잠들 수도 있다. 게다가 천 원 안쪽으로 한 끼를 해결할 수 있다. 아아, 라면은 인류 최대의 축복.

자취를 시작한 지 10년이 훨씬 넘었다. 92년에 대학 입학, 95년경 부모님이 시골로 내려가신 후 외갓집에서 살다가 소집해제하고 1년쯤 넘어 3학년 때부터 친구 세관이와 함께 자취를 시작했던 게 96년 무렵. 자취를 시작하는 모든 대학생들이 그렇듯 나도 처음에는 부모님의 간섭에 벗어난 자유로운 생활과 TV에서 나오는 멋진 원룸의 생활을 꿈꿨다. 하지만 현실은 언제나 시궁창. 지긋지긋한 교통지옥에서 벗어난 걸 빼면 나의 구질구질한 삶은 계속됐다. 집에서 무언가를 해먹는다는 건 가끔 친구들을 불러 소주 안주로 고기나 구워먹는 일이 전부였고 뭔가를 해먹어보겠다고 이것저것 만들어놓으면 절반은 버리기 일쑤. 학교식당에서 끼니를 해결하는 게 가격 대비 성능으로 가장 좋은 선택이었다.

그러다보니 대학을 졸업하게 되었다. 걸어서 5분이면 학교식당에 갈 수 있지만 직업도 없이 매일 학교식당에서 밥을 먹는 건 매우 낯 뜨거운 일. 그래서 배달음식을 시켜먹기 시작했다. 주로 먹었던 건 가장 만만했던 중국음식. 매일 같은 데서 시켜먹기는 좀 그래서 세 군데 정도의 중국집에서 번갈아 가면서 시켜먹었다. 어떤 집은 자장면이 맛있었고 어떤 집은 짬뽕이, 또 어떤 집은 볶음밥이 맛있었다. 요일별 할인도 자주 이용했다. 아무리 음식점을 바꿔가며 먹어도 결국에 지겨웠다. 집 앞에 모르는 중국집 전단지가 붙어 있으면 꼭 한 번씩 시켜먹어봤지만 하루 한 끼 이상을 중국집 배달음식으로 먹는다는 건 정말 끔찍한 일 같았다. 그렇게 배달음식이 질려오면 또 음식을 이것저것 해보지만 결국엔 다 버리고 만다. 음식이 맛이 없어서가 아니다. 큰 맘 먹고 밑반찬을 만들고 찌개를 끓이면 왜 그렇게 바깥에서 술 먹고 밥 먹을 일이 생기는지.

결국 가장 간편하게 먹을 수 있는 건 라면이었다. 나는 이미 하루에 한 끼씩 시중에 판매되는 모든 라면을 종류별로 먹어봤다. 앞으로 새로 나올 라면들도 분명 한 번씩은 다 먹어볼 것이다. 생존의 본능이자 호기심의 해결. 내 삶은 언제나 이런 식이다. 생존의 치열함과 유희의 본능이 뒤섞인 진지하지 않은 삶(나는 새로운 인류일지도 몰라). 하지만 경건하지 않은 내 삶의 태도에 돌을 던질 자 누구냐. 기껏 끓여놓고 설레는 맘으로 방으로 옮기다 넘어져 널브러진 면발을 눈물로 치워본 자라면 기꺼이 그 돌을 맞아주겠다. 그것은 진정한 면식수행의 길.

역시 라면의 지존은 신라면. 가장 흔하게 팔리는 라면이다. 나도 꽤 오랫동안 즐겨먹었다. 독특한 매운 맛이 일품이었으나 언제부터인가 맛이 바뀐 것 같다. MSG 무첨가 이후로 추정된다. 그래서 이것저것 다 사먹어보다가 촛불정국 때 농심 불매운동 이후 아예 싹 끊었다. 가끔 생각날 때면 열라면, 맛있는라면, 진라면 매운맛 등으로 대체가 가능하다. 어차피 매운맛 내는 모든 라면들이 옛날 맛 같지 않다(역시 음식에는 미원이 필요한 것일까).

농심 불매운동 이후 많은 라면들을 다른 회사의 라면들로 대체해서 먹었다. 짜파게티가 좀 아쉬웠지만 짜자로니도 먹을 만하고 편의점에서 파는 생짜장면이 맛 자체로는 더 훌륭하니까. 하지만 도저히 대체할 수 없는 게 있었다. 처음 나왔던 때보다 면발도 다소 얇아지고 국물 맛도 약간 바뀌었지만 다른 라면회사에서 흉내 낼 수 없는 독특한, 오동통면으로 대체해보려고 했으나 결국 실패한, 위대한 라면 너구리만큼은 도저히 끊을 수가 없었다. 다른 라면들처럼 계란이나 파 등의 첨가물을 허락하지 않는 도도한 녀석.

여름에는 비빔면이다. 비빔면의 지존은 역시 팔도. 도시락면과 함께 팔도라면 혹은 한국야쿠르트의 상징이다. 러시아에서 그렇게 잘 팔린다는 도시락면은 예전의 맛을 거의 유지하고 있는 것 같다. 농심 사발면의 맛도 예전 같지 않은 지금 도시락면이 용기라면의 지존이라고 생각하고 있지만 안타깝게도 쉽게 볼 수 있는 라면이 아니다. 중형급 슈퍼마켓, 대형마트에서나 볼 수 있는 레어 아이템. 러시아 애들이 도시락면을 그렇게 좋아한다는데 러시아 애들 입맛이 나랑 맞는 걸까. 아니면 러시아 애들이 독주를 즐기는 것만큼 나도 술을 자주 먹어서 그런 걸까.

비빔면이나 짜파게티처럼 끓인 후 물을 따라내고 면만을 비벼서 먹는 라면들에 불만이 있다. 양이 모자란다는 것. 아쉬움에 하나 더 끓여먹으라는 상술인지 열량 때문인지는 잘 모르겠지만 어쨌든 양이 좀 모자란다. 두 개는 너무 많고 하나는 적으니 1.5개 분량 정도로 나와주면 좋겠지만 결코 그럴 일은 없을 듯. 그래서 찾은 방법은 두 개를 사서 1.5개 분량만 먹고 나머지 0.5개의 면은 잘 짱박아두었다가 오뎅과 야채를 푸짐하게 넣어서 라볶이를 해먹는 것. 하지만 0.5개의 라면을 처리하기 위해서 너무 많은 시간과 노력이 드는 것 같아 보통은 두 개를 먹는다. 그러곤 포만감에 빠져 잠이 든다. 돼지가 되어가는 것이다.

하지만 나는 달빛요정이다. 라면의 열량과 요정의 판타지 사이에서 고뇌하는(술이나 줄이시지!), 아아, 이것은 마치 수행의 길, 구도자의 길과 같구나. 언제쯤 끝날지 알 수 없는 면식수행의 길.

p.s. 언급되지 않은 라면들아, 슬퍼 말아라. 어차피 너희들의 운명은 기획

단계에서부터 정해져 있었다. 각 회사의 주력라면이 질릴 때쯤 호기심에 한 번쯤 먹어주는 별미일 뿐. 호기심조차 사라지면 너희들은 단종될 것이다. 그래도 너희들은 아직 생산되고 있지 않느냐. 이미 사라져간 수많은 라면 선배들을 생각하라. 그들이 그랬던 것처럼 자취생의 친구가 되어다오. 배고픈 자들의 고마운 한 끼가 되어다오. 시대가 바뀌어도 살림살이는 나아지지 않는구나. 라면들아, 시대를 착취하는 것들의 선거캠프에서 복통을 일으켜라. 그렇게 장렬하게 전사하라.

 노래방

대한민국 드라마, 영화의 노래방 장면은 뻔하다. 직장 회식에서 넥타이 머리에 두르고 '오바' 하면서 상사한테 잘 보이려는 장면. 사랑에 상처받은 주인공이 분위기 썰렁하게 발라드 부르는 장면. 스트레스 풀려고 〈말 달리자〉 부르는 장면. 결국, 맨정신에는 못 가는 곳.

아무래도 노래방은 선뜻 가게 되지 않는다. 흡연과 음주가 제한되는 밀폐공간을 선호하지 않는 것도 있지만, 한 달에 한 번씩 공연을 하고 두세 번 연습, 한 달이면 최소 여덟 시간은 정식으로 노래를 부르는 셈인데 굳이 노래방까지 갈 필요는 못 느끼니까. 집에서도 기타를 붙들고 흥얼거리는 때가 많으니까 굳이 그 좁고 답답한 노래방에 가서까지 노래를 부를 생각이 들진 않는다. 그래도 1년에 한두 번은 간다. 가기 싫지만 끌려간다. 술을 마시면 노래방에 가자는 친구들, 꼭 있다. 몇 번을 거절하고 나면 미안해져서 한 번은 같이 가게 된다.

가게 되면 노래방에 신곡으로 등록된 내 노래를 한 번씩 들어본다. 반주가 궁금해서. 친구들이 알아서 틀어주기도 한다, 낄낄대면서. 아직도 내가 가수이자 작곡가라는 게 신기한 것 같다. 듣기만 하긴 뭐해서 대충 불러보기도 한다. 어색하다. 사실 내 노래 말고는 신곡을 모른다. 90년대 초반 노래방이 처음 생겼을 무렵에는 참 열심히 갔는데. 이제 갓 스무 살이 넘은 놈들 열 명이 떼로 들어가 〈손에 손 잡고〉를 합창하던 시절도 있었다. 김현식을 부르고 김광석을 부르고 서태지를 부르고 듀스를 부르고 김현철을 부르고 이승환을 불렀더니 서른이 훌쩍 넘는 나이가 되었다. 하여, 이젠 조용필을 불러도 부끄럽지 않은 나이가 되었구나.

보다 많은 실패와 고뇌의 시간이 비켜갈 수 없다는 걸 우린 깨달았네

이제 그 해답이 사랑이라면 나는 이 세상 모든 것들을 사랑하겠네

이렇게 함부로 인용해도 되는지는 모르겠지만, 이 글은 달빛요정이 최고로 꼽는 노랫말이다. 양인자 작사, 김희갑 작곡, 조용필 16집에 수록된 〈바람의 노래〉. 노래방 분위기를 엄숙하게 만드는 곡이지만 아랑곳하지 않고 갈 때마다 부른다. 내가 부르는 노래들이 다 그렇다. 〈어디선가 나의 노랠 듣고 있을 너에게〉(015B), 〈내가 선택한 길〉(손성훈), 〈너에게 간다〉(윤종신). 역시 노래방에서는 술 취한 상태에서 버럭버럭 질러줘야 제맛. 그래서 술김에 몇 곡 부르고 나면 목이 쉬기도 한다. 그래도 가수인데 목 관리는 좀 해줘야 하는데 말이다. 하지만 가슴을 때리는 킥 소리에 몸을 맡기는 락페스티벌이 나에겐 행복한 노래방이다.

회사 다니는 친구들은 드라마에서처럼 노래방, 가라오케 등에서도 직장 상사들을 위해 충성을 한 적이 있다고들 했다. 어떤 상사는 그걸 또 즐긴다고도 했다. 안 돼! 그건 음악에 대한 예의가 아니라구! 전무님, 상무님, 부장님. 돈 몇 푼 쥐여드릴 테니 룸살롱 가서 딸 같은 계집애들 무릎이나 베고 노세요. 회식은 신성한 거니까. 공짜로

밥 먹고 체해서야 되겠습니까.

그나저나 크라잉넛은 〈말 달리자〉 저작권료로 얼마나 벌었을까.

〈절룩거리네〉는 노래방 분위기 다운시키는 데 최고라던데.

마초

랜디 마초맨 새비지Randy 'Macho Man' Savage. 80년대 미국 프로레슬링 WWF에 나오던 근육질 캐릭터(프로레슬링 선수 중에 근육질이 아닌 건 거인 캐릭터밖에 없긴 하다만). 늘 들고 나왔던 각목이 그의 트레이드 마크였고 미녀 엘리자베스와 링(프로레슬링의 '링'은 '무대'라고 봐야지)에서 결혼을 하기도 했다. 야구를 좋아하는 여자는 요새 꽤 늘어난 것도 같은데 프로레슬링 좋아하는 여자는 보지 못했다. 거한들이 빤쓰만 입고 무대를 뛰어다니고, 가끔은 피가 철철 나도록 싸움질하는 척하는 게 무식해 보이고 징그러워서 그런 걸까. 남자들은 쭉쭉빵빵한 여자들이 바지인지 빤쓰인지 알 수 없는 걸 입고 돌아다니는 거, 좋아하는데 말야.

주말 아침이면 AFKN에서 레슬링을 중계해주던 80년대 어린 시절부터 20년 넘게 프로레슬링을 봐왔지만 나는 광팬은 아니다. 케이블TV를 처음 설치했던 몇 개월은 TV 보는 게 너무 좋아서 매일 그 시간을 기다리며 보긴 했다. 90년대 중반의 줄거리가 괜찮았던 것도 같다. 지금은 몇몇 유명 캐릭터들만 대략 알고 있을 뿐이다. 몇 년 동안 보지 않았어도 두어 번만 보면 근 몇 년의 줄거리를 다 알게 된다. 어차피 다 그놈이 그놈이다. 한번 정해진 피니시 기술은 바뀌지도 않는다. 마초들은 사는 게 바빠서 새로운 캐릭터를 받아들일 시간이 없다. 그래서 환갑이 다 돼가는 헐크 호건이 복귀하면 그렇게 열광하는지도 모르겠다(돈 떨어지면 복귀해서 알바 뛰고 가는 영감탱이). 언젠가는 달빛요정의 앨범 커버에 프로레슬링 사진을 넣을 계획도 있다. 마흔 전에는 낼 수 있으면 좋겠는데. 그야말로 '혐짤주의'.

　가끔 달빛요정 노래가 마초적이라는 말을 듣는다. 그때마다 얘기한다. 어쩔 수 없었다고. 여자(들)한테 상처받은 남자가 마지막으로 기댈 곳을 찾기는 너무 힘들었다고. 스스로 강해져야 했다고. 마초로 사는 건 나 자신을 지키기 위한 피할 수 없는 선택이었던 거라고. 그리고 되묻는다. 내가 마초로 살아서 뭐 문제될 게 있냐고. 난 앞으로도 그렇게 살 거라고. 사나이의 삶을 무시하지 말란 말이야.

게다가 현실의 이진원은 마초가 아니라 그저 오타쿠.

달빛요정의 노래 세계를 이루는 기본 요소는 외인구단 + 영웅본색 + 은하철도 999. 사랑에 상처받지만 언제나 사랑을 꿈꾸는 남자들의 이야기. 하지만 〈은하철도 999〉를 마초이즘 안에다 싸잡아 넣으려는 건 아니다. 〈은하철도 999〉는 소년과 청춘과 세계에 대한 거대한 대서사시. 까치는 장님이 되고 엄지는 미쳐버리는 비극적인 결말이 충격적인 만화『공포의 외인구단』. 그 비슷한 시기에 영화 〈영웅본색〉이 나왔다. 중학교 앞 삼류극장에서 몇 번이고 본 것 같다. 주윤발의 쌍권총과 롱코트가 멋졌고 담배 피우는 모습도 완전 멋졌다 (담배 피우는 모습이 멋진 서양배우 1등이 제임스 딘이라면 아시아권에서는 주윤발, 한국에서는 김민종 되겠다. 만약 우리나라 공중파에서 흡연 장면이 금지만 안 되었더라면 민종이 형은 우리나라 최고의 배우가 되었을지도 모른다. 드라마 〈머나먼 나라〉에서 그 멋진 모습을 감상할 수 있다). 레슬링하고 총질하고 담배 피우면서 폼 잡는 건 분명 마초적이다. 하지만 이건 페미니즘에서 얘기하는 남성 우월적인 세계관과는 다른 얘기이다. 그야말로 늠름하고 멋진 남자가 되고 싶을 뿐. 인간도 동물인데 어떻게 본능을 거세할 수 있단 말인가.

달빛요정의 마초이즘을 안티페미니즘으로 오해만 하지 않았으면 좋겠다. 나, 여자한테 만날 지기만 한다. 다 내가 못난 탓이다. 더 이상 상처받고 울먹거리기 싫다. 난 그냥 소심한 마초일 뿐. 레슬링 보고 격투기 보고 주윤발을 그리워하는 방구석 마초. 달빛요정의 노래는 남성 중심적인 게 아니라 남자의 이야기라 그런 거다. 여자 작사가들이 쓰는 말랑말랑한 사랑 얘기들에 내가 공감하지 못하는 것처럼(이런 제길, 어떻게 세상을 사랑만 먹고 사나요, 어떻게 사랑만 노래하며 사나요). 세상 모든 사람들이 같은 생각을 할 수는 없는 거잖아.

나중에 마누라 생기면 얼마나 잔소리를 해댈까. 여자들은 남자들이 게임에 몰두하는 걸 한심하게 본다고 하던데. 하지만 세상에 야구 같이 보고, 게임 같이 하고, 술 대작하고, 맞담배 피우면서 헤비메탈 공연 같이 볼 여자친구는 없을걸.

기타

남자에게는 장난감이 필요하다. 내게 기타는 어린 시절부터 갖고 놀던 장난감이자 현재의 무기. 기타로 곡 쓰고 노래 불러서 돈을 버니까 직업상의 '장비'이기도 하다(하지만 기타를 단순히 '장비' 취급을 하는 기타리스트는 없을 것이다. 나는 기타리스트가 아니지만). 나무로 만들어진 모든 악기가 그렇듯 연주하는 사람의 손때를 타면서 같이 늙어가고 주위환경에 민감하게 반응하는, 말 안 듣는 여자친구처럼 섬세한 물건. 2009년 지산 밸리 락페스티벌에서 패티 스미스는 기타를 가리키며 외쳤다. "This is our weapon!" 그러곤 기타줄을 손으로 잡아서 끊는 퍼포먼스. 너무 멋져서 눈물이 다 났다. 나의 기타도 내가 당당하게 해주는 무기.

『고독한 기타맨』. 허영만의 만화 제목이다. 이 역시 지금까지도 허영만과 찰떡궁합을 보여주는 스토리 작가 김세영과 함께했다. 소재가 스포츠에서 음악으로 바뀌고 다소 가벼워졌다는 것을 빼고는 전작 『제7구단』『카멜레온의 시』와 거의 비슷한 분위기의 만화였다. 예술가의 삶을 구도자의 길에 비유했던 것 같은데 이 책의 영향으로 나는 아무도 알아주지 않는 구도의 길을 혼자서 가고 있는지 모르겠다. 하지만 이번 새해 첫날 아침, 혼자서 떡국을 끓여먹으며 저무는 해에게 맹세하였다. 예술은 다음 세상에.

『고독한 기타맨』을 읽던 때는 내가 음악에 빠져들던 시기였다. 지금은 모두 폐간된 몇몇 음악잡지들을 통해 음악에 대한 갖가지 정보를 흡수했다. 나도 친구들처럼 반짝거리는 일렉트릭기타를 갖고 싶었지만 어머니는 사주지 않았다. 하지만 틈만 나면 졸랐다. 지금처럼 중고생 알바를 쉽게 찾아볼 수 있는 시절이 아니었기에 집에서 돈을 타서 사야만 했다(삥을 뜯을 수는 없지 않는가. 안 뜯기기만 하면 다행이지). 그러다가 고등학교에 들어가서 5등 안에 들면 기타를 사준다는 약속을 받아냈다. 그렇게 산 나의 첫 기타. 일렉기타가 사고 싶었지만 혹시라도 락밴드 한다고 설쳐댈까봐 통기타를 사주었던 엄마의 계략 때문에 나는 지금 포크 비슷한 음악을 하고 있는지도 모르겠다. 이미 오래전에 어딘가에서 땔감이 되었겠지. 너와 함께했던 5년, 참 즐거웠다. 행복했다. 누구에게나 아련한 첫사랑의 기억은 왠지 설레고 가슴 아픈 법.

고등학교 때 기타를 띄엄띄엄 치면서 대략의 코드를 익혀서 간단한 노래는 반주할 수 있는 정도의 수준이 되었다. 대학에 입학해서 통기타를 연주하는 음악 동아리에 들어갔지만 기타는 못 치게 하고, 일만 시키고 술만 먹여서 기타가 치고 싶을 땐 주로 과학생회실에 갔다. 거기선 내가 제일 잘 쳤기 때문에 뭐라 하는 사람이 없었다. 거기서 혼자 노래도 몇 곡 만들었고 그렇게 만든 노래로 그해 가을 문과대학 가요제에서 1등도 먹었다. 노래는 내가 안 불렀지만 내 자작곡이 처음으로 인정받는 순간이었다(아직도 난 내가 노래를 부르면 안 된다고 생각한다. 하지만 어쩔 수 없잖아. 아무도 안 불러주는데).

대학교 2학년이 되니까 동아리에서 공연을 해야 된다는 압박이 들어왔다. 친구 때문에 묻어 들어간 나는 스스로를 '위대한 메탈 갓Metal God의 종'이라고 생각하고 있었기 때문에 밝고 아름다운 노래에 몰두하는 시대의 반역자들과 음악으로 섞이고 싶진 않았다. 하지만 1년 동안 술 마시면서 친해진 동기들이 있었기에 공연에 합류, 지긋지긋한 동아리 생활을 졸업 때까지 이어간다. 공연 때 내가 주로 했던 건 편곡과 건반 연주였다. 기타가 치고 싶었지만 기타는 다들 칠 줄 알아서 나한테까지 차례가 돌아오지 않았다. 재미도 없고 실력도 없었지만 피아노를 쳐야만 했다. 제일 잘 치는 사람보다는 못 쳐도 남들 반주해줄 실력이 된다는 이유로. 억지로 피아노를 치긴 했지만, 그 덕에 코드 이론을 어렴풋이나마 파악하게 된 것이다. 그때 익힌 이론으로 손이 작은 나를 위해 약식 기타 운지를 스스로 만들게 된다. 손이 큰 사람들은 못 따라하는 운지이다. 다른 사람들이 똑같이 잡고 연주해도 나 같은 소리가 안 나는 코드가 있다는 데 큰 자부심을 느끼고 있긴 하지만 음악하는 데 큰 도움은 안 된다.

하지만 나는 위대한 라큰롤의 슬레이브slave. 기타가 필요했다. 그래서 군 제대하고 휴학 후 했던 첫 아르바이트의 첫 월급으로 하얀색 스콰이어Squire 텔레캐스터를 중고로 구입했다. 싸구려 앰프도 하나 구입했다. 당시 유행하던 그런지 음악의 영원한 아이콘인 커트 코베인이 사용한다는 이펙터 BOSS DS-1도 같이 샀다. 이젠 락스타가 되는 거야! 그루피들아 다 엉겨라, 크하하! 그렇게 헛된 욕망을 품고 한 달 정도 집에 처박혀서 놀았던 것 같다. 그때 나온 노래가 〈어차피 난 이것밖에 안 되〉. 역시 작곡은 악기의 영향을 받는 것 같다. 통기타로 노래를 만들면 옛날 포크 풍이 되고 피아노로 노래를 만들면 발라드 풍이 되고 일렉기타로 노래를 만들면 왠지 락에 가까워진다. 하지만 나의 첫 일렉기타는 1년 뒤 팔려간다. 기타를 처음 배운다는 중학생 녀석이 어머니와 함께 와서 사갔는데 그 녀석은 요새 뭘 하며 살려나.

본의 아니게 포크락을 표방하는 뮤지션이 되면서 음반에 기타들이 많이 들어가기 시작했다. 기타라는 악기는 태생적으로 완전한 악기가 아니다. 음정이 불안한 게 당연한 악기인데, 비싼 기타는 왠지 음정이 더 잘 맞을 것 같다는 환상을 갖게 된다. 그리하여 온갖 악기 사이트를 뒤적거리는 습관이 들게 되었다. 좋은 기타로 작업을 하면 더 좋은 음반을 만들 수 있을 것 같다는 착각. 하지만 구질구질하게 작업한 1집이 제일 좋은 평가를 받는 건 뭘까?

신품이든 중고든 기타를 사면 그 녀석에 적응하기까지 몇 개월은 걸리는 것 같다. 기타마다 다른 소리를 갖고 있지만 결국 연주자의 소리를 내게 되는 것이다. 웬만큼 경지에 오른 기타리스트들은 어떤 기타를 갖다줘도 결국 자기 소리를 낸다. 기타 특성보다는 손맛이 중요하니까. 물론 연주자가 느끼는 미묘한 차이는 있을 것이다. 하지만 듣는 사람한테는 다 똑같게 느껴진다는 것. 나도 중고기타를 몇 번 사서 써봤는데 새것보다 길들이기가 더 힘이 들었다. 전 주인이 치던 소리가 남아 있는 것이다. 내 연주에 맞게 이것저것 손을 좀 보다보면 며칠은 금방 지나간다. 그러는 와중에 그 기타로 새 노래를 한두 곡 만들게 된다. 그러면 그 기타는 내 것이 된다. 그렇다고 해서 내가 그 기타의 주인이 된 것은 아니다. 단지 그 기타가 내 소리를 내는 것을 허락해줬을 뿐. 지금 내가 모시고 있는 기타들은 적어도 내가 원하는 소리를 내주고 있다.

3집 앨범에 실린 〈치킨런〉의 주인공은 기타를 팔고 눈물을 흘렸다. 그런 구질구질한 노래를 만들어 발표하는 나는 기타가 하나씩 늘어난다. 갖고 싶은 기타가 두어 대 더 있으니 언젠가는 결국 사고야 말 것이다. 올 가을에 3.5집 미니앨범을 만들고 나면 기타를 하나 더 살 것이다. 3.5집이 다 팔리고 나면 또 기타를 살 것이다. 그리고 4집 작업을 할 것이다. 지난 몇 년의 경험으로 깨달은바 기타라는 건 앨범 작업을 시작할 때 사면 안 된다. 앨범 작업이 끝나고 나서 1년 정도 쳐줘야 그 기타 소리를 알 수가 있는 것 같다. 가끔은 이런 기타 혹은 악기에 대한 집착이 월세를 살아도 외제차를 모는 심리와 같은 것 아닐까 하는 생각도 한다. 집도 갖고 싶고 작업실도 갖고 싶고 차도 갖고 싶고 기타도 갖고 싶다. 나의 종교는 라큰롤, 내가 모시는 신은 지름신.

누구에게나 순간을 추억할 수 있는 음악이 있다. 남진, 나훈아, 이미자, 심수봉, 조용필에서부터 소녀시대, 카라, 원더걸스에 이르기까지. 뮤지션으로의 연주실력은 허접하지만, 나도 음악을 좀 많이 들었던 편이다. 연주실력 대신 들었던 음반을 바탕으로 음악을 하고 있다는 생각도 가끔 든다. 나름대로 머릿속에 축적한 데이터베이스도 갖고 있다. 가끔 부정확한 정보로 입력되어 있다는 걸 깨닫기도 한다. 꺼내본 지 10년은 넘은 듯한 LP 500장과 CD 500장, 박스 안에 고이 모셔져 있는 200여 개의 테이프와 컴퓨터 안 MP3 파일들. 많은 음악을 들었고 앞으로도 듣겠지만 다시 듣게 될 음악은 결국 똑같다. 새로운 음악을 듣는 것 역시 스트레스 받는 일이다.

음악이라면 가리지 않고 다양한 장르를 듣긴 하지만 아무래도 선호하는 장르가 있긴 하다. 불타는 헤비메탈도 좋고 '샤방'한 포크음악도 좋고 힙합도 좋고 일렉트로닉한 음악도 좋지만 가장 선호하는 장르는 소위 어덜트 컨템포러리 계열의 락이다. 락밴드이긴 하지만 건반도 정식 멤버로 함께 활동하고 건반 연주자가 작곡에도 적극적으로 참여하는, 리듬보다는 화성이 풍부한 밴드들. Chicago, Eagles, Toto, Journey, Abba 등의 음악을 들으면 편안함을 느낀다. 요새는 이런 음악을 하는 밴드들이 없어서 좀 아쉽다. 80년대 중반 소위 '팝메탈' 시절부터 음악을 들었던지라 Bon Jovi나 Motley Crue 유의 음악도 가끔 듣는다. 근래는 영미권 락 신의 그나마 유행이라 할 수 있는 거라지락garage rock 계열의 음악들. 즐거움을 위해서 듣는 음반들이다.

즐겁기도 하지만 음악작업에 도움을 받기 위하여 듣는 음반들도 있다. 유명 프로듀서나 유명 엔지니어가 참여한 음반들은 확실히 때깔이 다르다. 음악적으로도 감동적이지만 소리 또한 예술이다. 마이클 잭슨의 모든 음반은 당대 최고의 소리를 들려준다. 이젠 죽어서 더는 그 소리를 들을 수 없다는 게 너무 안타깝다. Rest in peace, MJ. 사운드의 기준으로 삼는 음반들이 대여섯 장 정도 있다. 새로 나온 음반들을 계속 들어가면서 그 기준을 계속 바꿔가야 되는데 게을러서 그런 건지 요새 음악에 감동을 못 느껴서 그런 건지 90년대의 음반이 많다. 근래에 사운드에 감탄했던 음반은 예전에 Santana의 'Smooth'를 불렀던 Rob Thomas의 2009년 앨범. 아래 다섯 장이 지난 몇 년간 내가 레퍼런스로 삼았던 음반들이다.

Heavy – Collective Soul (Dosage, 1999)

Think about Me – Goo Goo Dolls (Gutterflower, 2002)

Bombtrack – Rage against the Machine (Rage against the Machine, 1992)

천 일 동안 – 이승환 (Human, 1995)

One Step Closer – Linkin Park (Hybrid Theory, 2000)

가끔은 라이브 음반들을 모아서 듣는다. 공연을 몇 년 했더니 공간의 느낌을 잘 표현해주는 음반들이 좋다. 주로 좁은 클럽에서만 공연을 하다보니 거대한 스타디움에서 10만 명을 앞에 놓고 공연하고 싶은 갈증을 라이브 음반을 들으며 해소하는 건지도 모르겠다. 개인적으로 최고로 꼽는 라이브 음반은 아직도 음악 DVD의 레퍼런스라고 할 수 있는 Eagles의 'Hell Freezes Over'. 연주 및 소리가 너무 훌륭해서 라이브 음반이라고 믿고 싶지 않다. 재녹음이 아주 잘됐다.

Child in Time – Deep Purple (Made in Japan, 1972)

Layla – Eric Clapton (Unplugged, 1992)

Electric Eye – Judas Priest (Priest... Live!, 1987)

Mr.Crowley – Ozzy Osbourne (Tribute, 1987)

Still in Love with You – Thin Lizzy (Life, 1983)

변해가는 그대 – 이승환 (반란, 2005)

Love Song – Tesla (Five Man Acoustic Jam, 1990)

Hotel California – Eagles (Hell Freezes Over, 1994)

근 몇 년간 가장 감동 깊게 들은 한국 노래는 브로콜리너마저의 〈앵콜 요청 금지〉. 재미 삼아 보아, 원더걸스, 소녀시대, 카라의 노래를 카피해서 공연 때 연주하긴 하지만 노래가 좋아서, 부르고 싶어서 카피한 건 진짜 몇 년 만인지 모르겠다. 대학 동아리가 연주하는 듯한 풋풋한 느낌이 좋다. 마치 내 친구가 만든 노래 같다고나 할까. 앨범의 보컬을 맡았던 계피 양이 탈퇴한 게 좀 아쉽긴 하다. 어쨌든 나는 브로콜리의 팬이다. 나중에 만나게 되면 사인 좀 받아야겠다.

동물원의 사악한 모습이 달빛요정이라면, 브로콜리는 동물원의 21세기 버전이라고 생각한다. 빨리 달빛요정의 잘생긴 버전이 나와야 나도 좀 엮여서 돈 좀 만져볼 텐데. 아, 장기하가 있구나. 하지만 장기하는 달빛요정의 서울대 버전. 달빛요정은 장기하의 초라한 버전, 비굴한 버전, 가난한 버전.

음악

모든 소리는 음악이 된다. 짧은 한숨도 노래가 된다. 달빛요정에게 음악이란 유희이자 쾌락이며 삶의 이유이자 목적, 그리고 이제는 수단이 되었다. 누군가 내뱉은 악플로 남겨져도 좋아. 이건 뭐 안티도 없고 인기도 없으니. 악플을 먹고 부자가 될 테야. 돈 걱정 없이 음악을 만들고 싶어. 그전까지만 어떻게든 버텨보자.

음악에는 돈이 든다. 그것도 아주 많이. (물론 세상에 돈 안 드는 일은 별로 없다.) 음악을 취미로 하든 직업으로 삼든, 어쨌든 음악에는 돈이 든다. 달빛요정의 음악은 남들보다 돈이 적게 든다. 자랑스러운 일은 아니다. 그 누구도 내게 음반 제작비를 투자하지 않을 거라는 걸 잘 알았기에, 음반을 싸게 만드는 법을 혼자 터득했다. 하여, 나는 결코 망하지 않을 것이다. 벌지도 못할 것이다. 플러스 마이너스 제로. 그것이 달빛요정 음악의 경제적 목표. 지금까진 잘해왔다. 욕심 부리지 않을 거다. 결국 달빛요정 음반의 음질은 앞으로도 나아지지 않을 거다. 아쉽지만 어쩔 수 없다. 가질 수 없는 사랑을 가슴에 담고 안타까워하는 건 이미 오래전에 할 만큼 다 해봤는걸. 하지만 아직도 사랑으로 사랑을 노래하고 노래로 노래를 노래하고 있다. 가난하면 싸게 만들면 되는 거지 뭐. 달빛요정 음악에 돈 처바른다고 마이클 잭슨 음악이 나오는 건 아니니까. 결국 진심은 통하는 법. 나는 아직 인간을 믿고 있나보다. 멍청하게.

단순하기 짝이 없는 달빛요정의 음악은 아이러니하게도 컴퓨터의 도움을 많이 받았다. 컴퓨터의 발전과 함께 음악 제작의 시스템도 변화하고 있는 것이다. 축음기라는 게 나온 지 이제 150년 정도. 상용화되어 LP가 나오기 시작한 지는 이제 50년, CD가 나온 지는 아직

30년이 채 되지 않았다. 저장매체뿐 아니라 음악을 녹음하는 방식도 많이 바뀌었다. 라이브에서 연주하듯 모든 연주자와 가수가 한 번에 녹음하는 전통적인 방식에서부터 요즈음처럼 컴퓨터를 이용해 많은 트랙들을 정리, 편집할 수 있게 된 시기까지 온 것이다. 요새는 네트워크가 연결된 상태라면 한국에서 드럼을 치고 미국에서 노래를 부르고 동시에 프랑스에서 기타를 칠 수 있는 시대가 되었다(불과 10년 전에는 상상도 못 했던 일!). 녹음실의 장비들은 많이 간편해졌고 가격도 저렴해졌다. 요새는 많은 뮤지션들이 집에서 어느 정도 정리해서 음반작업을 한다. 집에서 할 수 없는 작업만 녹음실을 이용하는 것이다. 어느 정도 열정만 있다면 자기 이름을 건 앨범 한 장쯤은 갖기가 쉬워진 셈. 달빛요정의 1집 앨범은 순수 자체제작 음반으로, 마스터링과 프레싱을 제외한 모든 것을 내가 했다(그 잘난 가내수공업 뮤지션!). 그래서 그런지 가끔 집에서 음악작업을 하기 위해서는 어떤 게 필요하냐는 질문을 받는다. 음악에는 돈이 들지만, 다음은 내가 아는 한 가장 적은 돈으로 음반을 낼 수 있는 방법이다.

먼저 노래가 있어야 한다. 여기서는 작사, 작곡, 편곡이 완료되어 있다는 전제 하에서 시작한다. 집에 컴퓨터가 없다면 길에 나가서 노래를 불러라. 그렇게 하다보면 언젠가는 기획자를 만나 음반 낼 일이 있을 것이다. 요새는 집에 컴퓨터 한 대쯤은 다 있을 테니 음악작업을 시작하려면 일단 음악작업용 소프트웨어와 녹음을 하기 위한 오디오 인터페이스가 필요하다. 컴퓨터에 달려 있는 내장 사운드 카드로도 웬만한 작업을 할 수 있긴 하지만 좀더 선명한 보컬녹음을 하고 싶다면 마이크 프리앰프가 내장되어 있는 10만 원대의 오디오 인터페이스를 구입하는 게 정신건강상 좋다. 음악작업용 소프트웨어는 Cubase, Nuendo, Sonar 등 다양한 제품이 많이 있다. 음악을 직업으로 삼을 예정이라면 처음부터 ProTools를 배워두는 게 좋다. MBOX2나 MBOX2 MINI를 구입하면 ProTools 소프트웨어가 같이 딸려온다. MBOX라는 제품이 ProTools를 돌리기 위한 거대한 복제방지장치라고 보면 될 것이다. 아무리 아끼려고 해도 음악작업용 소프트웨어+오디오 인터페이스의 조합에 대략 50만 원 정도를 사용하게 된다. 가장 저렴하게 음악작업을 할 수 있는 소프트웨어로는 Reaper라는 공개 소프트웨어가 있다. 공개라는 말에 혹해서 설치해서 몇 번 사용해봤는데 상용 소프트웨어와 별반 차이를 느끼지 못했다. Reaper를 사용하면 오디오 인터페이스를 중고로 구입할 경우 여기까지 드는 돈은 10만 원.

이제 본격적으로 음악작업에 착수하면 된다. 소프트웨어는 각종 공개용 프로그램을 찾아본다. 공개 소프트웨어라도 다들 어느 정도 일정수준에 올라와 있기 때문에 실제 음악작업에 쓰는 데 아무런 문제가 없다. 다들 많이 쓴다. 공개용 프로그램들 중 기부를 원하는 프로그램들이 몇몇 있긴 한데 써보고 좋으면 나중에 해주면 된다. 드럼이나 베이스 등은 마우스와 키보드로 찍을 수 있지만 피아노 입력은 아무래도 불편하다. 그렇다면 49건반짜리 미디지원 건반을 구입한다. 중고로 10만 원대라면 별 무리가 없다. 이 정도면 기타 치고 피아노 치는 반주는 완성할 수 있다. 보컬 입력을 위해서는 모두 가장 많이 쓰는 SM58을 추천하지만 이것을 카피한 제품들도 나쁘지 않다. 단지 '뽀대'가 안 날 뿐. 나 같으면 카피품을 사겠다(짝퉁이 아니라 비슷한 특성의 저가형 타사 제품). 5만 원이면 충분하다. 여기까지 드는 돈은 최대 25만 원.

컴퓨터 살 때 같이 주는 1만 원짜리 스피커도 음악 감상에 나쁘진 않지만 해상도나 표현력에서는 아무래도 모자란다. 더 많은 소리를 듣고 싶으면 모니터링용 스피커를 구입한다. 가격대는 천차만별. 100만 원짜리도 1천만 원짜리도 있다. 잘 검색해보면 5만 원대에서도 썩 괜찮은 스피커를 구입할 수 있을 것이다. 여기까지 드는 돈은 30만 원.

예산 30만 원으로 열심히 음악을 만든다. 좌충우돌 시행착오가 많을 것이다. 어쨌든 맘에 들 때까지 작업을 한다. 후회는 없어야 하니까. 만든 곡이 한두 곡인데 빨리 음악을 발표하고 싶다면 디지털 싱글을 전문으로 취급하는 회사를 알아본다. 어차피 CD는 만들어봤자 팔리지도 않는다. 계약조건은 다들 비슷하다. 무명의 뮤지션이 디지털 싱글로 만질 수 있는 돈은 한 달에 1천 원 정도. 기분 엿같겠지만 다들 그렇게 음반을 낸다. 아니꼬우면 통신회사들과 싸우든가.

그래도 CD는 있어야 된다고 생각한다면 마스터링과 프레스를 해야 한다. 전문 마스터링 스튜디오에서는 앨범 한 장당 100만 원 정도가 들고 프레스는 1천 장에 100만 원 정도가 들 것이다. 다양한 옵션이 있긴 하다. 음질이 별 상관없다면 마스터링 단계를 거치지 않아도 되고 전문 마스터링 스튜디오가 아닌 개인이 아르바이트로 하는 소규모 마스터링 스튜디오를 이용해도 된다. 가격대는 천차만별. CD는 최소 500장 단위로 찍어야 되는데 아는 사람들에게 돌릴 용도로 100장 정도만 필요하다면 집에서 CD를 구워서 파는 것도 나쁘지 않다. 그러다 어느 날 장기하처럼 확 뜰 수도 있는 거니까. 기념음반의 수준이라면 50만 원으로 앨범 하나가 나오게 되는 것이고 사람들한테 잘 들리길 원한다면 150만 원 정도, 1천 장은 팔 생각이 있다면

250만 원 정도의 예산이 필요하다.

　음악에는 돈이 많이 든다. 하지만 카메라도 그렇고 자동차의 경우도 그렇듯 제작비 5천만 원으로 만든 음반이 50만 원으로 만든 음반보다 백 배 더 좋지는 않다. 달빛요정 1집은 500만 원 정도의 제작비가 들어간 음반이다. 마스터링＋프레스＋악기 값을 포함해서(1년 동안 들인 인건비는 제외, 결국 손해인 건가). 아직도 잘 팔리고 있으니 본전은 충분히 뽑았다. 하지만 이건 정말 행운이고 로또다. 나는 음반을 내려고 10년을 혼자 준비했다. 그래서 음반 내는 것 이외에는 아는 게 아무것도 없다. 별로 불편한 건 없다. 모든 건 열정이다. 열정은 돈으로 살 수 없다. 평가받기가 힘들어서 그렇지. 하지만 진심이 들어간 음반이라면, 충분히 감동적이다.

　구질구질하게 사는 게 지겨울 만도 한데 아직도 포기를 못 했다. 음악은 내게 맹목적인 종교가 된 걸까. 위대한 뮤지션이 될 생각은 이미 오래전에 접었다. 나는 대중가수일 뿐이니까. 소희의 통통한 볼에도, 티파니의 눈웃음에도, 이파니의 커다란 가슴에도 음악은 있는 거니까. 내 음악이 내 삶 어느 순간의 기록인 것처럼 누군가의 순간에 내 노래가 기억되면 영광일 뿐인 거니까.

인디뮤지션

달빛요정은 뮤지션이다. 그리고 그 앞에 흔히들 '인디indie' 라는 말을 붙여 '인디뮤지션' 라 평한다. 원치 않는 훈장 같은 것이다. '인디' 라는 접두사는 사실 자본으로부터 독립되었다는 뜻의 'independent' 에서 나온 말이지만 다양한 뜻으로 해석이 가능하다. 인기가 없다는 말일 수도 있고 자의식이 과잉된 어려운 음악을 하면서 음악으로 자위를 하며 사는 부잣집 녀석임을 뜻할 수도 있다. 자본주의라는 게 결국 돈 놓고 돈 먹기. 거대 기획사들만큼 자본 동원력이 없는 중소규모의 기획사들이 별것 아닌 뮤지션을 아티스트 급으로 포장할 때 써먹기도 한다.

모든 댄스뮤직이 쓰레기는 아니듯 모든 인디뮤직이 다 예술인 것은 아니다. 실력 없는 놈들이 모여서 청춘을 허비하기도 한다. 인디로 포장해서 시작했던 친구들 중 운이 좋은 경우, 소위 '메이저' 음악신으로 진출해서 화려함을 맛보지만 경제적으로 얼마나 도움이 되는지는 모르겠다. 적어도 나보다는 많이 벌겠지. 음악은 괜찮아서 인디신에서는 꽤 유명해졌지만 나이가 많고 못생겨서 죽을 때까지 인디만 해야 하는 달빛요정과 같은 신세를 가진 친구들도 몇 있다. 절대 동의하지 않겠지만.

나의 기상시간은 대략 오후 두 시쯤. 밥을 먹으며 어제의 드라마를 시청한다. 서너 시쯤 되면 작업을 한답시고 이것저것 만들어보고 지우고를 반복한다. 음악을 들으며 인터넷(주로 야구 및 음악 관련 사이트)을 하기도 한다. 앨범 작업을 할 때는 이 시간대에 큰 소리 나는 작업을 해야 일이 된다.

그러다보면 어느덧 여섯 시 반. 프로야구가 시작하는 시간이다. 보통은 밥을 시켜먹지만 일주일에 한 번쯤은 꽤나 공들여서 요리를 하기도 하고 공연 전날이면 다음날을 위해 거창하게 고기를 구워먹기도 한다. 저녁식사와 함께 야구를 보다가 승부가 일찍 기울면 다시 책상머리에 앉아 작업을 하든가 음악을 듣든가 한다. 하지만 TV를 끄지는 않는다. 야구라는 건 9회말 투 아웃부터 시작될 수 있는 스포츠이기 때문에.

소리를 줄여놓고 뭔가 딴짓을 하다 밤 열 시쯤 게임이 끝나면 월화수목 드라마를 본다. 가끔은 미국 드라마나 일본 드라마도 본다(어릴 때는 텍스트 중독이라고 생각할 정도로 책을 많이 읽었는데 늙으니까 영상물 중독이 되어간다). 열두 시부터는 그날 열린 프로야구 네 게임의 하이라이트를 본다. LG가 이겼을 경우 게임을 복기하기도 한다.

그러다보면 어느덧 새벽 한 시. 슬슬 출출해질 시간. 라면을 끓여먹거나 집 앞 기사식당에 가서 끼니를 해결한다. 또다시 음악을 듣거나 만들거나, 가끔 장비에 대한 아쉬움을 느낄 때면 인터넷 악기 관련 중고장터를 뒤적거린다. 아침 여섯일곱 시경 취침. 가끔은 메이저리그를 보느라 오후 한 시쯤 취침하기도 한다. 이것이 매일의 일상. 뮤지션이라기보다는 아무래도 야구 매니아의 삶. 뮤지션이라는 직업을 갖고 있지만 수입이 거의 없으니 그저 수많은 무직의 야구 매니아 중 한 녀석일 뿐.

뮤지션으로의 삶이 없는 것은 아니다. 일주일에 한 번 정도 연습을 한다. 나름 중요한 공연이라고 생각할 경우나 녹음이 있을 때는 일주일에 두 번 연습할 때도 있다. 그 이상은 정식 밴드가 아니라서 힘들다. 스케줄 잡기가 여간 힘든 게 아니다. 세션비도 거의 못 주는데 내 멋대로 일정 잡는 건 동료들에게 너무 미안하니까.

한 달에 한두 번 공연을 한다. 음악에 대한 열정은 있다고 생각했지만 공연에 대한 열정은 별로 없었다. 그런데 하다보니 이게 꽤 즐겁다. 음악도 음악이고 나이도 나이인지라 어린 친구들처럼 방방 뛰면서 놀 수는 없지만 무대 위에서 한 판 신나게 놀고 나면 행복해진다. 무대라는 게 중독성이 있다는데 그 맛을 알아버린 것 같다. 공연을 오래 안 하면 해야 할 것 같은 의무감도 생긴다. 자의 반 타의 반으로 인디뮤지션이 된지라 다른 인디밴드들처럼 주기적으로 공연을 해야 한다는 생각은 없지만 인디뮤지션의 탈을 쓰고 홍대앞에서 음악하는 흉내를 내려면 어느 정도 밴드의 모양새를 갖추고 있어야 한다. 이런 내가 나태해 보이나? 하지만 난 1년에 한 장씩 꼬박꼬박 판을 내는 성실한 가수인걸. 게다가 난 앨범 작업을 거의 혼자서 다 하잖아. 수입이 없다고 나태할 거라는 편견은 좀 버리길.

매달 23일이면 저작권료가 나온다. 월급날이다. 50곡 넘게 발표한 3집 중견가수인데 나오는 저작권료는 남들에게 밝히기 부끄러운 수준. 가스, 전기, 휴대폰, 케이블TV 요금에 1집 만들 때 빚진 카드값을 내고 나면 남는 게 거의 없다. 모자라기도 한다. 그러면 또 뭘 하나 팔아야 하는데 이젠 더 이상 뭘 팔지 않으려고 잘 사지도 않는다.

음악을 하지 않는 사람들은 내게 말한다. "네가 음악을 하게 될 줄이야." 기분 좋을 때는 그 말이 음악을 해서 부럽다는 말로 들리기도 하지만 기분이 나쁠 때는 네까짓게 무슨 음악을 한다고 설치는 거냐는 말로 들리기도 한다. 나도 내가 '가수'의 삶을 살게 될 줄은 몰랐다. 음악의 언저리에서 살고 싶긴 했다. 음악평론 같은 글질이나 해볼까 하는 생각도 꽤 했다. 곡 팔아먹으면서 살까도 생각해봤는데 아무도 내 노래를 안 불러주니 결국 내가 부르고 놀다가 여기까지 와

버렸다.

홍대입구에서 인디뮤지션으로 사는 건 별 어렵지 않다. 싸구려 술집에는 딴따라들이 넘쳐나니까 나도 거기에 숟가락 하나 더 얹으면 되는 거다. 문제는 홍대입구가 슬슬 지겨워지고 있다는 것. 욕망과 쾌락으로 넘실대는 곳을 본거지로 삼을 나이는 지났으니까. 다시 태어나도 음악을 해야 한다면 인디뮤지션으로 살아남는 법을 터득하기 위해 오랜 세월을 보내기보다는 그만큼의 오랜 세월을 뮤지션으로 살아 있고만 싶다. 뮤지션이라는 직업을 갖기 위해 너무 많은 것을 잃었다. 너무 많은 것을 버렸다. 잊혀지기 전에 너무 쉽게 멀리 떠나왔다.

불행을 팝니다

팬1 두목. 나 스무 살이에요.

어제 모의고사 봤어요.

근데 세상의 주인공은 진짜 내가 아니에요?

달빛요정 글쎄요. 적어도 제 껀 아니더군요.

…

팬2 달빛요정님의 노래는 제게 큰 힘이 되었습니다.

이제 좀더 열심히 저의 마지막을 준비할 수 있을 것 같습니다.

어차피 세상의 주인공은 내가 아니니까요. 감사합니다.

달빛요정 그래도 내 삶은 내 것이니까요. 화이팅.

−달빛요정 홈페이지 게시판 글에서

Infield Fly

2003. 2. / 2004. 4.

작곡가로 먹고살아보겠다고 작업실을 만든 지 1년이 다 돼가도록 곡 팔아먹은 건 손에 꼽을 정도였던 2002년. 메이저 음반사와 기획사의 언저리를 굴러다니며 느낀 건 역시 한국사회에서는 '연줄'이 중요하다는 것. 근데 난 음악계에 아는 사람이 없잖아. 내 노래를 써줄 사람이 아무도 없잖아. 게다가 음악도 거지같잖아. 그래, 난 음악으로 먹고살 수 없을 거야. 그만하자, 아쉽지만. 그렇게 음악을 포기하기 위해 만들기 시작한 앨범. 사람들한테 내 음악을 맞추는 건 그만하자, 내가 듣기 좋은 음악을 만들면 나 같은 놈들 몇 명은 좋아하겠지 하는 심정으로 그동안 만들었던 노래 10곡을 골라 작업을 시작했다.

원래는 〈절룩거리네〉로 시작해 〈달빛요정역전만루홈런〉으로 끝나는 전반부의 느낌으로 앨범 하나를 만들고 싶었다. 1.5집의 〈어차피 난 이것밖에 안 되〉, 2집의 〈제육볶음의 비밀〉 〈나는 매일 조금씩 단단해져〉 〈길동전쟁〉 〈혼자만의 에로티시즘〉, 3집의 〈내가 뉴스를 보는 이유〉 〈길동전쟁 2〉 등 대학 시절에 만들었던 노래들도 이 앨범의 후보곡들이었으나 모든 악기를 혼자서 미디로 표현하기엔 너무 힘들고 노래가 아깝다는 생각에 시작단계에서 간단한 가이드 녹음만 해보고 작업을 중단했다. 뒷부분에 실린 노래들이 어느 정도 작업이 되어 있던지라 시간을 아껴보자는 의도도 있었다. 시간이 좀더 있었다면 이 후보곡들이 모두 한 앨범에 들어간 위대한 명반이 되지 않았을까? 하는 건방진 생각도 가끔 해본다.

Infield Fly

거의 1년에 가까운 시간을 들여 노래 10곡을 얼추 정리했는데 앞부분과 뒷부분이 너무 따로 논다는 생각이 마구 들었다. 앞면은 삶에 대한 노래가, 뒷면은 사랑에 대한 노래가 실린, EP 두 장이 합쳐진 LP처럼 들리면 좋겠는데…… 그러나 현실은 MP3와 CD가 대세. 앞부분과 뒷부분을 구분할 수 있는 연주곡을 하나 넣어야겠다고 생각하고 앨범 뒷부분의 구질구질한 러브송들을 위해 〈Happy Birthday, Layla〉를 만들었고 이 노래를 만들고 나니 맨 앞에 인트로를 하나 넣는 게 앨범의 균형상 맞는 것 같아서 만든 구색 맞추기의 용도로 만든 곡이라고 할 수 있겠다.

이 곡을 만들기 전에 생각하고 있던 앨범 제목은 '달빛요정역전만루홈런'이었으나 앨범을 다 만들어놓고 들어보니 이건 홈런이 아니라 파울 플라이 같다는 절망감을 갖게 되었다. 어쨌든 앨범을 내기로 하고 1년을 작업했으니 내기는 내야겠다는 생각에 〈절룩거리네〉 앞에 등장할 효과음을 만들다가 야구중계를 보게 되었다. 인필드 플라이. 한 게임에 한두 번씩은 나오는 상황이다. 내야수가 쉽게 잡을 수 있는 플라이볼이라고 판단되면 심판은 그 공에 대해 인필드 플라이 선언을 한다. 무사 혹은 1사 상황에서 주자가 있는 경우 내야수가 일부러 볼을 떨어뜨려 병살 플레이를 시도하는 것을 방지하기 위해 나온 규정이다. 문득 1년 동안 만들어온 내 음반이 파울 플라이가 아니라 인필드 플라이 같다는 생각이 들었다. 홈런을 노리고 타석에 들어섰지만 결과는 내야 뜬공. 심판은 그 공을 내야수가 잡기도 전에 아웃이라고 선언한다. 최소한 진루타라도 쳤어야 했는데. 이 음반은 내 인생에서 어떤 의미를 갖게 될까. 채 세상에 나가기도 전에 폐기처분되는 건 아닐까. 나는 이 세상에서 어떤 존재일까. 나의 음악은 이 세상에서 어떤 의미일까. 이런 불안함이 표현된 제목 〈Infield Fly〉.

노래라고 하기보다 효과음에 가까운 이 곡에는 백워드 마스킹 backward masking 기법이 사용되었다. 기법이라고 하기엔 이젠 너무 단순한 기술이다. 음원을 거꾸로 재생하면 된다. 컴퓨터로 음원을 편집하는 것이 대세인 요즘에는 너무 쉽다. 관중들의 응원소리와 'Infield Fly!'로 들리는 부분은 붉은악마의 '대~한민국'이라는 구호를 거꾸로 돌린 것이다. 2002년 월드컵은 그때까지 내 인생에서 다시 못 올 최고의 감동이었지만 온 나라가 미쳐 돌아가는 꼴은 좀 맘에 안 들었다. 기쁘긴 하지만 미디어에 놀아나면 안 돼! 그런 생각으로 그 기법을 시도해봤는데 썩 들을 만한 음원이 나왔다. 시도는 언제나 해볼 만하다. 요즈음은 매너리즘에 빠진 듯한 느낌이 든다. 그래서 쉬고 있다. 빨리 음악을 만들고 싶다는, 신나게 노래 부르고 싶다는 열망에 사로잡혀보고 싶다.

절룩거리네

이 노래 때문에 1집 앨범을 만들었다고 할 수 있겠다. 되도 않는 발라드, 댄스 같은, 내 스스로 생각하기에 돈이 된다고 생각하는 쓰레기 같은 곡들을 습작으로 마구 뽑아내던 어느 날. 참으로 처량한 내 신세를 한탄하며 만취하였던 지난밤의 거친 음주. 언제나 그렇듯 해가 중천에 떠서야 일어나 주린 배를 채울 것을 찾았으나 언제 뜯었는지 알 수 없는 생수병에 남은 한 모금의 물로 숙취를 위로하고 다시 침대에 누워 어제의 프로야구 하이라이트를 멍하니 바라보던 오후. (그래도 이때는 야신 김성근 감독님께서 LG 트윈스에 계시던 시절이라 지금처럼 자포자기한 심정으로 야구를 보진 않았지. 아아, 그리운 그 시절이여!)

습관적으로 기타를 손에 잡고 뚱땅거리며 흥얼거리다 무심결에 "시간이 흘러도 아물지 않는 상처, 보석처럼 빛나던 아름다웠던 그대"라는 부분을 만들게 되었고 30분 정도 뚱땅거리다가 〈뚱땅거리네〉라는 제목의 노래를 하나 만들었다. 썩 맘에 들진 않았다. 그러면 그렇지, 또 사랑타령이구나. 그렇게 대략의 뼈대만 만들어놓고 가사를 메모해두고 다시 잠을 잤든가 짬뽕밥을 시켜먹었든가 그랬을 것이다. (얼마 전까지만 해도 그렇게 내버려둔 노래가 참 많았다. 시간이 너무 많이 지나 멜로디는 잊어버리고 가사로만 존재하는 노래, 멜로디로만 존재하는 노래, 코드와 리듬으로만 존재하는 곡들이 이후 앨범에서 부활하기도 한다.)

그렇게 노래가 기억에서 지워져갈 무렵, 케이블TV에서인지 비디오를 빌려서 보았는지는 정확하지 않지만 이창동 감독의 영화 〈박하사탕〉을 보게 되었다. 설경구가 철로 위에서 "나, 다시 돌아갈래"라고 절규하는 장면으로 유명한 작품. 나는 이 영화에서 사회와 국가에 의해 희생되는 개인의 역사를 상징하는 주인공 김영호가 절룩거리는 장면에 주목했다. 당시의 내 처량한 (지금도 별다를 바 없는) 신세가 그 절룩거림에 감정이입되었던 것 같다. 내 인생도 시대를 따라가지 못하는 절름발이 인생이구나, 지금의 나는 이 나라에서 절름발이 인생일 뿐이야. 많은 걸 생각하게 하고 결국 씁쓸해지는 이창동 감독의 영화들을 보고 나서 휑한 마음을 추스르고 작업실로 향했다.

그곳에서 며칠 전 만들었던 노래가 생각났다. 그렇게 만들어진 제목이 〈절룩거리네〉. 원래 만들었던 제목 〈똥땅거리네〉만 바꿔도 노랫말이 대충 맞았다. 그렇게 대략 완성된 노래를 불러보니 노래가 좀 짧은 것 같았다. 후렴을 반복하고 난 뒤 마지막에 뭔가 다른 느낌이 짧게 들어가면 더 좋을 것 같았다. 예전에 만들다 만 노래가 생각났다. 제목도 없이 엉성한 멜로디와 가사만 있던 노래. "내 발모가지 분지르고 월드컵 코리아, 내 손모가지 잘라내고 박찬호 20승." 나는 뭘 어떻게 해서 살아야 할지도 모른 채 구질구질하게 살고 있는데 세상은 나 없이도 참 잘 돌아가는구나, 하는 당시의 내 울분이 표현된 이 부분을 집어넣으니 제법 노래다운 노래가 만들어졌다. 이로써 전체 구성과 가사, 멜로디, 코드 완성.

본격적인 작업에 돌입하여 남들에게 들려줄 만한 데모를 만드는데 이틀 정도의 시간이 걸린 것 같다. 친구들에게 들려줘봤더니 가사가 웃기거나 무섭다는 반응이 대부분. 아아, 역시 내 노래는 이런 취급밖에 받지 못하는 것인가, 하는 절망감에 몸서리치다가 그 당시 꽤나 열심히 들락거리던 음악동호회에 곡을 올려봤다. 오오, 이런 폭발적인 반응이라니! 힙합이나 R&B처럼 리듬이 중요한 음악을 하는 사람들에게서 리듬이 좀 심심하다는 평가를 받은 것 이외에는 가사를 듣고 울었다느니, 귀에 쏙쏙 박히는 데다 한번 들으면 계속 머리에서 떠나지 않는 중독성이 있다느니 하는 그때까지의 내 음악인생에서 최대의 찬사를 받았다.

약간의 우쭐함을 갖게 된 나. 이런 우쭐함이 얼마 만이던가. 이 정도의 반응이라면 꽤 비싼 값에 팔 수 있겠다는 생각이 들었다. 그리하여 약간 손질을 해서 나름 말끔하다고 생각되는 데모를 들고 그 당시 내가 알고 있는 모든 기획사, 음반사 및 프로 작곡가들을 찾아다녔다. 그러나 반응은 생각했던 것보다 별로였다. 곡은 괜찮은데 가사가 이상하니 바꿔보자는 반응. 하지만 난 이 노래의 가치는 가사의 진정성에 있다고 생각했기에 씁쓸하게 발길을 돌릴 수밖에 없었다. 이 노래의 멜로디는 바꿀 수 있을지 몰라도 가사는 절대 못 바꿔! 그러니 결국 내가 직접 부르는 수밖에 없었다. 그래서 결국 〈절룩거리네〉, 이 노래를 발표하기 위해 만들어진 음반이 1집 앨범이다.

생전 처음, 그것도 혼자서 처리하는지라 각종 시행착오가 많았던 마스터링, 인쇄, 프레스 작업을 거쳐 드디어 내 손에 1집 앨범 2천

장이 배달되었다. 아찔했다. 100장짜리 스무 박스를 작업실에 들여놓으니 작업실에 거대한 산이 하나 생긴 듯한 느낌이 들었다. 이것은 내가 넘어야 할 산인가, 나는 이대로 이 산에 막혀 있을 것인가.

지금은 음반을 소량으로 찍어주는 곳이 많이 생겼지만 당시는 2천 장 이하로 찍어주는 곳이 없었다(찾지 못했을 수도 있다). 170만 원이나 되는 거금을 3개월 할부로 결제할 때의 계획은 1천 장은 평생 팔고 1천 장은 친구들에게 나눠주거나 앞으로 알게 될 사람들에게 뿌리는 것이었다. 평생 팔면 1천 장은 팔 수 있을 거야, 하지만 어떻게 팔지? 결국 인터넷밖에 없었다. 그래서 홈페이지를 만들었다. 92년도에 대학에 입학해 PC통신을 시작, 인터넷만큼은 꽤 열심히 하고 있었고(덕후 인생의 시작), 초라하지만 개인 홈페이지를 계속 운영해오고 있었던 터라 홈페이지 만드는 건 별로 어려운 일이 아니었다. 그렇게 만들어진 달빛요정역전만루홈런 홈페이지(www.rockwillnever die.com)가 2003년 2월 6일 시작된다.

음반을 만들고 한 열흘 정도는 친구들과 선배들에게 강매질하고 술 얻어먹으면서 보냈다. 한 사람한테 열 장씩 팔고 또 필요한 만큼 주면서 박스 하나 정도를 소진한 것 같다. 이젠 진짜 익명의 누군가에게 팔아야 할 때! 그러나…… 별로 많지도 않은 음악 관련 웹진에 홍보글을 올리고 나니 내 할 일은 다 한 것 같았다. 그렇게 자포자기하며 며칠을 보냈다(술이나 처마셨겠지 뭐, 이때만 해도 연이은 음주가무에도 지치지 않는 체력이 있었으니).

그러던 어느 날 뜬금없이 홈페이지 방문객이 폭주하는 것이다. 오호라! 내 노래의 진심이 드디어 세상에 닿은 것인가! 허나, 진심이 닿긴 했는데 내 노래 때문만은 아니었다. 지금은 활동하지 않는 웹툰 작가 싸이미니의 웹툰 배경음악으로 〈절룩거리네〉가 쓰였고 친절하게도 링크까지 걸어준 덕에 그 링크를 타고 온 사람들이 방명록에 글도 남기고 음반까지 구입하는 일이 벌어진 것이었다. 평생을 팔 것 같았던 음반이 홈페이지 개설 일주일 만에 100장이 팔렸다. 입이 찢어졌다. 매일 얻어먹기만 하던 게 미안해서 친구들을 불러 고기를 샀다(이때부터 즐거움의 술자리엔 고기가 함께해야 한다는 강박관념에 시달려왔는지도 모르겠다. 어쨌든 나는 육류를 사랑한다). 인터넷 게시판이나 방명록, 메일로만 연락하고, 정작 한 번도 만나뵌 적 없는 싸이미니 차승민 님께 이 자리를 빌려 감사드린다(결혼하고 여행기를 하나 더 내신 것 같던데, 잘 지내시죠?).

인터넷을 기반으로 한 사이버 가수로 소문이 나서 그런지(아아, 웃기고도 슬프다, 진작에 사이버 캐릭터를 만들었으면 지금처럼 외모로 자학하는 개그를 남발하진 않았을 텐데) 첫 인터뷰는 컴퓨터 음악 관련 잡지 (월간 『PA』)였고 두번째 인터뷰는 전문 컴퓨터 잡지(월간 『PC사랑』) 였다. 나쁘지 않았다. 지금도 인터뷰는 언제나 대환영이다. 나도 앨범 나오면 '앨범활동'이라는 걸 한번 해보고 싶다(그러나 조중동은 꺼져주삼. 지금까지 했던 것도 다 물러내!).

그렇게 1년이 흘렀다. 아직도 나는 미련을 버리지 못한 채 작업실도 그대로 유지하고 있었고 새 노래들도 몇 곡 만들었다. 하지만 아무래도 이젠 슬슬 이 거지같은 딴따라질을 그만둘 때가 된 것 같았다. 1년 동안 700장을 팔았으니 나쁘지 않은 성과. 그만하자. 여기까지 만족하자. 이제 앞으로 10년은 열심히 산업역군의 신분으로 좆나게 일이나 하다가 뒈지든가, 마흔 살까지 살아 있다면 2집이자 마지막 앨범을 내는 거야. 그런데 전화가 왔다. MBC 라디오 〈고스트네이션〉이란다. 라디오에 출연해달란다. 대학 입학 이후 라디오는 거의 듣질 않아서 그런 프로그램이 있는 줄도 몰랐지만 진행자가 신해철이라는 말에 감격해서 냉큼 출연 약속을 했다. 그때까지 내가 만나본 연예인 중 최고의 지명도가 아닌가. 이런 건 냉큼 물어야 돼!

며칠 뒤에 녹음을 하러 여의도 MBC에 갔다. 국민학교 때 견학 갔던 이후 처음. 작가를 만나서 이런저런 얘기를 듣고 기다리고 있는

데 옆방에서 최양락 아저씨가 어수선하게 개그를 치고 있었다. 신기했다. 나도 드디어 화려한 엔터테인먼트의 세계로 들어서는 것인가! 하는 흥분에 온몸이 떨리면서 더욱 긴장을 해서인지 녹음할 때 바보처럼 착하게만 굴었다. 지금 같으면 진짜 까불었을 텐데. 게다가 신해철 형님은 완전 달변. 어릴 때부터 좋아하고 존경하던 뮤지션이라 그런지 더 떨렸다. 머리가 백지같이 하얘진 상태로 한 시간 정도 녹음을 하고 MBC를 나오는 길에서야 정신을 차렸다. 첫 공중파 진출을 축하하기 위하여 여의도에 있는 친구 누군가를 불러서 술을 마신 것 같은데 잘 기억나지 않는다. 놈들 중의 하나일 거다. 내 인간관계라는 게 뻔하니까.

녹음 후 2주일 정도 지나서 방송이 나간 2004년 2월 22일. 달빛요정 홈페이지가 다운됐다. 덕분에 홈페이지에서 들을 수 있게 해놨던 노래들을 막아버렸더니 원성이 자자했다. 하지만 어쩔 수 없었다. 홈페이지 용량을 늘리려면 그 당시 내 재정상태로는 감당할 수 없는 돈이 들어가니까. 당시 〈고스트네이션〉에서는 매주 일요일 인디밴드의 곡들로만 순위를 매기는 '인디차트'라는 코너가 있었는데 〈절룩거리네〉가 소개되자 그다음주에 바로 1위를 해버렸다. 순위에 없던 상태에서 1위를 한 거니까 이건 거의 비틀즈, 엘비스, 마이클 잭

슨에 버금가는 기록이 아닌가. 나도 꽤나 흥분했던 것 같다. 방송이 나간 후 일주일 만에 평생 팔려고 맘먹었던 1천 장 중 남아 있던 300장을 다 팔았다. 금세 부자가 될 것 같은 기분이었다. 친구들을 주고 남은 나머지 CD들도 2주 만에 다 팔았다. 총 판매량 1599장. 3주 만에 900장을 판 셈이다. 그 3주 동안 나는 매일 50장씩 CD를 포장하고 우체국에 다녀오는 즐거운 노동으로 하루를 보냈고 저녁에는 고기 먹고 맥주 마시며 하루를 마감하는 내 인생의 가장 행복했던 시절을 보낸 것 같다.

물론 이 노래마저 희화화하는 사람들도 있었다. 친구 결혼식 피로연이 생각난다. 모두 한두 잔씩 기분 좋게 걸치고 갔던 노래방. 10년 만에 만난 친구들(친구라고 하긴 그렇고 그냥 좀 아는 사이)이 내가 음악을 하고 있다는 게 신기했는지, 네 노래 한번 불러보라고 난리를 쳤다. 억지로 부르고 있는데 내 등 뒤에서 낄낄거리며 절룩거리는 춤을 추고 있는 게 아닌가. 나, 그때 충격 많이 받았다. 이 노래는 지금 우리의 수준에서는 금지곡이 되는 게 맞다는 생각이 들었다. 심의한 어른들께 감사드린다. 역시 어른들께서는 현명하셨다. 내가 아무리 진심을 담아 노래해봤자 그 절룩거리는 춤을 추던 친구들 모두 좋은 대학을 나와 남부러울 것 없는 곳으로 시집 가서 외제차 몰고 다니며 쇼핑을 즐기는 풍요로운 삶을 누리고 있다는 것. 그런 사람들이 한나라 당 뽑겠지. 그런 사람들이 이명박 뽑았을 거라고 생각한다. 난 소주 안주로 뻥튀기나 사먹으련다.

〈절룩거리네〉 얘기를 하다보니 글이 길어졌다. 그만큼 〈절룩거 리네〉는 내게 있어, 달빛요정에게 있어 중요한 노래다. 그래도 이 노 래가 금지곡이 아니었더라면 하는 아쉬움은 지금도 있다. 그랬더라 면 이 노래는 대한민국 모든 청춘을 위로하는 노래가 되었으리라.

361 타고 집에 간다

이 노래가 1집 앨범의 3번 트랙이 된 건 순전히 제목에 3이 들어가기 때문이다. 가끔은 이런 단순한 생각으로 앨범을 만들기도 한다. 요새 는 단독공연이 아니면 잘 부르지 않는 노래. 이런 노래는 기타 한 대 반주로만 노래하는 게 제일 맛깔스럽기도 하거니와 50분 남짓 연주 하는 클럽 공연에서 나 혼자서 이 노래를 부를 때 밴드 멤버들이 가만 히 서 있기 좀 뻘쭘해하는 것 같기도 해서 앵콜 때만 부른다. 이제 집 에 가실 시간이니 361 타고 집에 가실 분은 가시라는 의미도 있다. 물 론 요새는 361번이 홍대앞을 다니지 않는다. 서울 버스노선 개편 이 후에 이 노래를 들은 사람들은 내가 강남에 사는 줄 알더군. 중고등학교를 그쪽에서 다녔으니 낯선 동네는 아니지만 가끔씩 놀려먹는 강남 출신 인디뮤지션이란 칭호는 좀 민망하다. 아들 대학 보내고 시골로 내려가신 부모님이 빚내서 얻어주신 전세방 깨고 작업실 만들어서는 다 까먹고 현재는 홍대앞 월세방을 전전하는 거렁뱅이에 불과한 게 나의 현실.

이 노래를 처음 만들었던 때, 나는 두번째 휴학 중이었다. 두 번의 휴학 중에 나는 참 많은 아르바이트를 했는데 그때 하던 알바는 국방일보에서 신문을 분류하는 일이었다. 힘든 일은 공익근무요원들이나 현역들이 다 하고 나는 그저 차 타고 우체국에 왔다 갔다 하는 일. 그러고 보면 세상에 돈 벌 일이 참 많다. 자존심이 문제일 뿐. 어찌됐든 알바 때문에 아침마다 용산에 가려면 집 앞에서 7번 버스를 타야 했다. 3개월 정도 일한 것 같은데 그 3개월 동안 출퇴근하면서 계속 가사를 생각했다. 원래 생각했던 제목은 〈자취생 귀가기〉, 그다음 생각한 제목은 〈7번 버스 타고 집에 간다〉. 그런데 둘 다 입에 잘 붙지 않는 거다. 문득 홍대 정문 앞에는 두 개 노선만 다닌다는 게 생각났다. 그래서 붙여본 제목 〈361 타고 집에 간다〉. 왠지 입에 더 잘 감겼다. 그래서 확정. 오직 달빛요정만이 만들 수 있는 스타일의 노래제목은 단지 입에 잘 감긴다는 이유만으로 탄생한 것이다.

이 노래와 비슷한 스타일의 노래를 자의 반 타의 반 꽤 많이 만들었다. 2집의 〈혼자만의 에로티시즘〉은 대학 시절 만들었던 노래지만, MBC 휴먼다큐멘터리 〈사랑〉에 쓰인 〈오즈〉, SBS 드라마 〈사랑해〉에 쓰인 〈사나이〉는 의뢰를 받고 만든 노래이다. 두 노래 다 〈361 타고 집에 간다〉를 지목해서 비슷하게 만들어달라는 주문이 있었다. 그런데 이런 식의 노래들은 일단 리듬이 다 비슷하고 그에 따라 사용할 수 있는 코드도 한정되어 있어서 매번 난감했다. 귀에 잘 박히는 가사가 필요한 스타일. 그래서 나 혼자 상상한 스토리에 꾸역꾸역 노래를 붙여 간신히 오케이 사인을 받았다. 둘 다 어느 정도 머릿속에 구상이 되어 있던 노래들이라 창피하지 않을 정도의 가사와 멜로디가 나와준 것 같다. 역시 돈 버는 음악은 힘이 든다. 현재 구상중인 3.5집에도 이런 스타일의 노래가 들어간다. 〈입금하라〉. 이제는 이런 스타일 노래를 만들어달라고 하면 과감히 거부하고 싶지만 입금의 유혹 앞에 나는 언제나처럼 무너지겠지.

이 노래의 화자는 복학생이다. 이 노래를 만들 당시의 내 상황이기도 하다. 보통의 내 노래들은 어떠한 사실과, 그에 대한 상상과 공상이 뒤섞여 있는 곡들이 많은데, 이 노래는 100퍼센트 그 당시 나의 일기이다. 361번 버스를 타고 학교를 왔다 갔다 하는지 알바를 다니는지는 알 수 없지만 매일 이 버스를 타고 다녀야만 하는 복학생. 불투명한 미래가 언제나 불안하다. 이제 얼마 안 있으면 사회가 나가야 한다. 더 이상 학생이라는 신분으로 세상을 피할 순 없다. 그런데 물가는 계속 오르는데 세상살이는 나아지지 않는다. 버스는 언제나 만원이고 길은 매일 막히는데 애꿎은 보도블록만 매년 들어내고 다시 깐다. 그 돈으로 길을 넓히든가 버스를 늘리든가 하면 안 되나. 그러다 문득 다른 생각이 든다. 아니꼬우면 차 몰고 다니면 될 거 아냐. 역시 문제는 결국 나였구나. 나는 쓰레기야.

오랜만에 오락실에 들렀다. 어릴 땐 백 원짜리 동전 몇 개만으로도 참 행복했었지. 그런데 왜 이리 오락들이 다 어려워. 오락실 구석자리에 숨어 몰래 '보글보글'을 해보니 옛 실력 아직 죽지 않았군. 그런데 아무도 구경해주지 않아. 아아, 부끄럽구나. 이 나이에 '보글보글'이라니. 기분전환하러 왔다가 오히려 더 꿀꿀해져 있는데 입구에 레이싱 게임이 보이네. 그 옛날 '아웃런'만큼 재미있을까. 면허 따고 연수도 받았는데 예전보단 더 잘하겠지. 근데 웬걸, 왜 이리 어려워. 언제쯤 나는 내 차를 가질 수 있을까.

똑같은 신세한탄을 술안주로 공유하는 친구들을 만나서 한잔 걸치고 자취방으로 돌아온다. 불을 켜니 바퀴벌레들이 휘리릭 도망간다. 그래 너희들도 먹고 살아야지. 나 잘 때 침대 위로 올라오지만 말아라. 내일 입고 나갈 옷을 빨아야 하는데 귀찮다. 에이, 그냥 하루 더 입지 뭐. 씻지도 않고 누워서 텔레비전을 켜니 〈은하철도 999〉가 나오고 있다. 극장판인가. 예전에 보던 거랑은 그림이 많이 다른걸. 한참을 보다보니 옛날 주제가가 생각난다. "기차가 어둠을 헤치고 은하수를 건너면"으로 시작되는 노래도 있었고 "말 좀 해다오 은하철도야, 내 갈 곳이 어디냐"로 끝나는 노래도 있었지.

아침. 또 늦잠이다. 헐레벌떡 일어나 어제 입었던 옷을 다시 주워 입고 집을 나선다. 어제 타고 내렸던 버스에 또 오른다. 그런데 또 역시 막힌다. 엔진이 터져버릴 때까지 밟아보고 싶구나. 지평선이 보이는 하이웨이를 나 혼자서만 달리고 싶구나. 아아, 나는 어디로 가야 하나, 어떻게 살아야 하나.

앨범 속지를 가득 채우는 어마어마한 분량의 가사. 줄거리라면 줄거리이고 의식의 흐름이라면 흐름일 수 있는 내용의 이 노래를 나는 한때 포크-랩folk-rap이라고 불렀다. 어쩌면 이때의 나는 래퍼가 되기를 원했는지도 모르겠다. 내 노래가 음악적으로는 그다지 훌륭하지 않다고 생각하고 있었지만(지금도 내 음악은 별로라고 당당하게 얘기한다) 가사는 꽤 잘 쓴다고 생각하고 있어서였을까. 하지만 현실의 나는 말도 잘 못하는걸. 부정확한 발음에 더듬기까지 하는걸. 그런데 하고 싶은 말은 너무 많아. 늦었지만 발음교정학원에 다녀볼까. 에이 관두자, 사는 데 별 불편함 없는걸 뭐. 나는 초라하고 구질구질하게 살 인생에 딱 맞는 외모와 말투를 가진 거야. 이 시기의 내 사고는 자학에서 출발한 것 같다.

3개월 동안 용산으로 출퇴근하면서 노랫말만 만들었다가 나중에 멜로디를 붙인 노래다. 처음의 노랫말 분량은 지금보다 엄청 많아서 정리하고 쳐내느라 고생도 많이 했다. 발표된 곡은 '구질구질한 세상아, 버스에서 다시 보자' 이후 후렴을 반복하고 끝나지만 쳐내고 쳐내서 최후까지 남았던 부분에서는 복학생이 1학년 신입생 여자를 좋아하다가 차이는 내용이 있었다. 근데 이건 내 이야기도 아니고 굳이 이 노래에서까지 사랑 얘기를 넣고 싶지도 않고, 게다가 너무 길기도 해서 과감히 쳐내버렸다. 잘한 것 같다. 지금도 공연 때마다 가사 헷갈려서 고생한다.

달빛요정의 노래 중 가장 서사적이라고 할 수 있겠다. 대한민국 가요 역사상 이런 서사성을 갖고 있는 노래는 아마 없을 거라는 자부심을 갖게 되는 노래다. 물론 랩이라면 가능하겠지만 멜로디가 있는 일반적인 '노래' 의 가사로는 이런 서사적 표현력을 넘어서는 것은 앞으로도 없을 거라고 건방도 많이 떨어봤다. 장기하의 〈싸구려 커피〉와 닮았다는 얘기도 많이 들었다. 비슷한 감성이 맞는 것 같다. 장기하의 자취방이 청소 안 한 풀옵션 원룸이라면 달빛요정의 자취방은 10년을 살아도 벗어날 수 없는 반지하 월세방이라는 차이.

스끼다시 내 인생

20대 중반. 처음 나간 동창회. 공부만 열심히 하던 반장은 서울대를 나와 돈 많이 주는 회사에 취직했는데 이놈 대화의 소재가 대부분 유흥업소 이야기. 안마는 어디가 좋고, 룸살롱 어디가 물이 좋고 2차까지 훌륭한지. 똑똑한 녀석이 공부만 하느라 늦게 색에 눈을 떴구나. 그래, 다 때가 있는 거란다. 그러다가 우연히 듣게 된 짝꿍 얘기. 좋아해서 괜히 괴롭혔는데, 참 많이 울렸는데, 잘 사는지 가끔 생각했지. 대학을 졸업하자마자 부잣집 재취로 시집을 갔는데 알고 봤더니 남편이 성불구였다는 소문. 전부인에게서 낳은 아들이 하나 있는데 전남편 씨가 아니고 전부인이 외도해서 낳은 아이라는 소문. 새엄마인 짝꿍과 의붓아들은 다섯 살 차이가 나는데 아들이 새엄마를 좋아해서 그 고통을 못 이겨 약을 먹었다가 간신히 살아났다는 소문. 그런데 알고 봤더니 짝꿍이 대학 다닐 때 사귀던 남자의 아버지가 짝꿍 의

붓아들의 친아버지라는 소문. 결국 짝꿍의 의붓아들은 배다른 형제의 옛 여자친구를 사랑했던 동시에 새엄마를 사랑했던 거라는 사실. 이런 상황이 〈스끼다시 내 인생〉의 원래 줄거리였다. 오오, 이것은 참으로 아침드라마스럽기도 하고, '19금' 스럽기도 하고, 에로영화스러운, 그야말로 '개족보'의 진수가 아닌가. 노래가 엄숙해야 한다는, 인생이 진지해야 한다는 편견을 깨려는 의도로 참으로 재미있고 즐거운 허무맹랑한 줄거리인데, 이걸 노랫말로 만들려니 쉽지가 않았다.

〈361 타고 집에 간다〉를 만들면서 복잡하고 서사적인 노랫말의 코드 진행은 간단하고 쉬워야 한다는 걸 깨달았다. 더 쉬운 코드 진행을 만들었다. 두 마디 코드패턴이 끝없이 반복되는 무한패턴. 그리고 가사와 멜로디를 붙이기 시작했다. 써놓은 가사가 워낙 많다보니 5절 넘게 가사를 쓰고도 모자랐다. 뭐가 좋은지 나쁜지, 뭘 남기고 뭘 쳐내는 게 맞는 건지 헷갈리는 상황에까지 이르렀다. 진도가 잘 안 나가다보니 이런 찌라시 같은 노래를 만들면서 키득거리고 좋아하는 내 팔자가 기구하게 느껴졌다. 이럴 땐 그냥 내버려두는 게 상책. 그렇게 며칠이 지났다. 신촌 역에서 상수 역 집으로 돌아오는 마을버스를 탔다가 깜빡 잠이 들었다. 간밤에 잠을 못 자 피곤해서였을 것이다.

깨어나니 한 바퀴를 돌아 신촌 역에서 한참 전인 아현동이었다. 기사 아저씨 너무 하네, 좀 깨워주지. 그렇게 구시렁거리며 버스에서 내려 터덜터덜 집으로 걸어오는데 문득 내 삶이 마을버스 노선을 쳇바퀴처럼 도는 초라한 인생으로 느껴졌다. 그렇게 달빛요정의 2대 금지곡 중 한 곡의 후렴가사가 탄생했다.

스끼다시 내 인생
스포츠신문 같은 나의 노래
마을버스처럼 달려라
스끼다시 내 인생

웃긴 노래로 많이 알려진 노래다. 〈절룩거리네〉를 아는 사람은 〈스끼다시 내 인생〉도 알지만 〈스끼다시 내 인생〉을 아는 사람은 〈절룩거리네〉를 모르는 경우도 많다. 노래방에서 이 노래를 배운 사람도 있었다. 가사가 좀 헷갈리긴 하지만 가사야 모니터에 나오는 대로 따라 부르면 그만. 후렴부분을 두어 번 반복하다보면 처음 듣는 사람도 쉽게 따라 부를 수 있는 멜로디. 게다가 빽빽 소리 질러서 스트레스 풀기 딱 맞는 음역대. 노래를 처음 만들었던 의도와는 전혀 다르게 우스운 노래가 된 게 아쉽긴 하지만 어쩌랴. 사람들이 그렇게 이해하고 사용한다면 내가 어쩔 수는 없는 일. 이 노래가 웃긴 사람들은 그나마 행복한 사람들이라고 생각한다. 이 노래의 현실은 엄연히 이 나라에 존재하고 있는 슬픈 현실. 그걸 아예 몰랐거나 아니면 당연하게 받아들였거나 어쨌든 너는 이미 행복한 사람. 행복하지 않으면 안 되는 사람. 하지만 난 그 사람들이 불쌍하다. 그 사람들이 날 웃기게 여기는 그만큼.

'스끼다시'라는 정체불명의 왜색적인 외래어만 아니면 국어 교과서에 실려도 좋을 만큼의 수준을 자랑하는 달빛요정 노랫말의 역작. 사실 난 아직도 〈절룩거리네〉와 〈스끼다시 내 인생〉 두 곡으로 먹고사는 게 맞는 거 같다.

행운아

김광석의 〈불행아〉에 바치는 헌정곡. 원곡은 김의철의 〈저 하늘에 구름 따라〉. 박정희 시절 발표되었던 노래인지라 당시 음반사 사장이 검열통과를 위해 임의로 붙인 제목이라고 한다. 나중에 김광석과 노래를찾는사람들이 이 노래를 다시 부르면서 원래의 제목을 찾게 된 기구한 운명의 노래이다. 나는 이 노래를 대학교 동아리에서 처음 들었다. 70년대의 냄새가 나는 칙칙한 분위기의 노래였지만 묘한 매력이 있었다. 그냥 듣는 것보다는 기타 반주와 함께 노래를 부를 때 그 감동이 더 진한, 포크음악의 정수 같은 노래랄까. 당시 내가 굴러다니던 동아리가 포크음악에 뿌리를 둔 곳이어서 90년대 초반 발매된 〈김광석 다시 부르기〉 1집과 2집을 본의 아니게 참 많이 들었다. 대학을 졸업할 때쯤 되니 나도 모르게 김광석의 거의 전곡을 외우게 되는 상황이 벌어졌다. 이건 아냐, 내게는 오직 Rock! 이제 이 동아리를 멀리해야겠다는 다짐을 하긴 했는데 나의 20대를 가득 채워주고 비춰준 광석 형님한테 좀 미안한 생각이 들었다. 그래서 헌정곡을 만들기 시작했다.

30대 초반 꽃다운 나이에 유명을 달리한 형님께 신나는 노래를 바치고 싶었다. 경쾌한 멜로디를 흥얼거리며 희망찬 가사를 붙여나갔다. 사랑타령이나 신세한탄이 아닌 긍정적인 마인드로. 일단 제목을 먼저 정했다. 〈행운아〉. 행운이 내게 와달라는 간절한 소망이기도 하고 나는 행운아라는 강력한 자기암시가 함께 표현된 중의적 표현이다. "알 수 없는 그 어떤 힘이 언제나 날 지켜주고 있어"로 시작하는 긍정적 자기최면이 이 노래가 말하고자 하는 바. 희망적인 미래에 대한 열망이 가득하지만 그 열망이 현재의 비관적인 현실에 근거

하고 있다는 건 이율배반적인 것이라고 할 수도 있겠다. 그 희망적인 미래조차 땀의 대가가 아닌 행운일 수밖에 없는 추악한 세상에 살고 있다는 현실인식에서 출발한 노래. 즐겁고 신나도 내 노래는 하나같이 서글프다.

달빛요정역전만루홈런 (bootleg mix)

9회말 주자 만루, 투 아웃 투스리 풀카운트의 긴박한 상황. 점수는 4대 7로 뒤지고 있다. 나에게 주어진 마지막 기회. 리그 최고의 마무리 투수가 던진 150km 강속구를 그대로 받아 넘긴다. 순간 정적. 초록색 그라운드, 까만 밤하늘을 가로질러 백스크린을 그대로 맞추는 역전만루홈런! 주인공은 바로 나, 찬양하라 위대한 그 이름 달빛요정!

야구만화의 한 장면을 보는 듯한 노래를 만들고 싶었다. 영화 〈내추럴〉의 마지막 장면처럼 홈런 타구가 조명을 깨뜨려 폭죽처럼 터지는 환희의 느낌을 내 노래로 갖고 싶었다. 더불어 자꾸만 골방으로 침몰해가는 내 인생을 위한 찬가를 만들고 싶었다. 나의 인터넷 아이디 '달빛요정' 만큼이나 허황된 밴드 이름 '달빛요정역전만루홈런' 은 그렇게 탄생했다. 달빛요정역전만루홈런의 자학은 솔직한 자기연민인 것이다.

〈절룩거리네〉〈스끼다시 내 인생〉과 비슷한 시기에 만들어진 이 노래는 두 노래와는 다르게 밴드적인 성향이 강한 노래다. 하지만 나는 아무도 알아주지 않는 골방 뮤지션. 기타는 꾸역꾸역 연습해서 채워넣었지만 샘플링된 음원으로는 자연스러운 밴드의 느낌이 나지 않았다. 그래서 한동안 잊고 있었던 '락 스피릿'을 다시 찾기 위해 음악영화 몇 편을 빌려보았다. 역시 락음악엔 10만 명이 가득 찬 거대한 공연장의 함성과 가슴을 울리는 드럼 소리가 필요해! 빌렸던 음악영화들 중 관객의 함성이 길게 녹음된 영화를 DVD로 다시 빌렸다(어떤 영화였는지 정확히 기억나진 않는다, 유명한 영화는 아니었다). DVD에서 소리만 추출해서 함성만 나오는 부분을 편집/가공, 5분짜리 함성 샘플을 만들었다. 드럼 소리로 며칠을 고민하던 작업파일에 섞었더니 공연장에서 불법으로 녹음한 듯한 느낌이다. 나쁘지 않은걸? 그래서 붙은 부제가 bootleg(해적판) mix. 깔끔하게 녹음했더라면 현장감이 살지 않아 노래의 의도가 표현되지 않았을 거라고 생각한다.

고교야구 중간 광고나 한국시리즈 예고편 광고에도 쓰였던 자랑스러운 노래다. 앞으로도 자주 애용해주셨으면 한다. (그런데 이런 경우 저작권료는 안 나오나요? 저작권협회에 문의하니 황당해하면서 귀찮아하던데. 뭐, 괜찮아요. 모든 협회는 회원을 위한 게 아니라 임직원을 위한 것이라는 걸 깨닫게 됐으니. 예전에는 몰랐어요, 국회가 국민을 위해 존재하는 줄 알았죠. 아이, 참 착하기도 한 국민이었던 거예요.)

Happy Birthday, Layla

존경해 마지않는 천재 뮤지션 류이치 사카모토의 앨범 중 우리나라에서 가장 유명한 앨범 〈1996〉에 실린 'Merry Christmas, Mr. Lawrence'의 패러디이자 류이치 사카모토에게 바치는 오마주가 곧 제목이다. 짧은 연주곡이며 이후 나올 우울한 노래들의 예고편이기도 하다. 'Layla'는 늘그막에 팝스타로 거듭나 한몫 잡으신 에릭 클랩튼 할배의 옛 사랑이기도 하다. 친구였던 조지 해리슨의 부인 패티 보이드와의 삼각관계는 팝 역사상 가장 유명한 스캔들 중 하나. 이때 탄생한 애절한 노래가 바로 'Layla'. 한창 약질을 하실 때라 그런지 목소리도, 기타 연주도 모두 감정이 과잉되어 있는 게 매력적인 노래. 후반부의 기나긴 기타 애드립은 사랑에 상처받은 모든 영혼들의 심금을 울린다. 여자들한테도 그럴지는 잘 모르겠다. 나는 마초일지도 모른다. 염색체 XX들 중 이기적인 유전자가 특화된 것들에게 상처를 너무 받아서 자기방어를 위해 마초가 된 것일지도 모르겠다. 마초인 척하는 것일 수도 있다. 달빛요정에게 Layla는 단수형이기도 하고 복수형이기도 하다. 달빛요정에게 노래를 만들 계기를 만들어줬던 몇몇의 여인들을 통칭하여 Layla라고 부른다. 한 노래에 모든 여인들이 섞여서 등장하기도 한다. 나이가 서른을 넘으면서부터 느끼는 건데 염색체 XX와 XY의 공존은 쉬운 일이 아니다. 어쨌든 고맙다. 너희들도 내게 감사하라. 너희의 청춘은 이미 끝이 났으나 나의 노래에 젊음으로 남아 있잖아. 앨범을 구매하렴. 사인은 해줄게.

슬픔은 나의 힘

기형도의 대표작이라 할 수 있는 「질투는 나의 힘」에 바치는 오마주. 80년대 한국 락음악의 메카였던 파고다예술관이 파고다극장으로 바뀐 자리에서 심장마비로 비극적인 죽음을 맞이 한 시인. 서른 살 젊은 나이에 많지 않은 시와 산문으로 과거완료되었으나 시대를 초월하는 청춘의 감수성으로 20주기인 2009년에도 현재진행형으로 평가받는 행복한 시인. 고교 시절, 기형도의 유고시집 『입 속의 검은 잎』과 『기형도 산문집 ─ 짧은 여행의 기록』을 거의 외우다시피 많이 읽었다. 그 이후에도 1년에 한두 번씩은 꺼내서 읽어본다. 수백 번 읽었으니 분명 내 노래에 어딘가에, 내 사고의 어느 지점에서 영향을 미치고 있을 것이다. 지금의 내 노래에서는 기형도의 섬세함은 찾아볼 수 없다고 생각하지만 누군가 내 노래에서 가슴 시린 흔적을 느꼈다면, 그건 그가 간 지 20년이 지난 지금에도 끝없는 자기연민과 방황에 힘겨운 많은 청춘들에게 기형도가 준 마지막 선물이리라.

원래는 「질투는 나의 힘」에 곡을 붙이려고 했다. 하지만 역시 시에 곡을 붙이는 건 어려웠다. 존경하는 시인의 가장 유명한 시를 아무렇게나 만들 수도 없는 일. 결국 시에 곡을 붙이는 건 포기하고 곡을 위해 만들어두었던 코드 진행만 살려서 다른 노래를 만들어보기로 했다. 시의 첫 행 "아주 오랜 세월이 흐른 뒤에"는 "오랜 시간이 흘러 그 누구의 무엇도 아닌 혼자가 되었네"라는 노랫말이 되었다. 가장 맘에 드는 부분은 맨 마지막 "너의 빈자리 갈라진 틈새에 난 갇혀 있어." 떠올리고 싶지 않은 기억들이 묻어 있는 노래라 요새는 잘 부르지 않는다. 노래 부를 때마다 옛날 생각이 자꾸 나길래 1집에서는 내가 안 부르고 동아리 형님께 부탁을 했고 2.5집에서는 더 늙기 전에 내 목소리로 남겨놓고 싶어서 녹음을 하긴 했는데 그다지 맘에 들지는 않는다. 이 글을 쓰는 동안에도 기분이 영 개운치 않다. 이제 이런 사랑노래는 다시는 만들 수 없을 것 같다.

유리

포크, 락, 발라드를 넘나드는 달빛요정의 음악 중에 가장 이질적으로 튀는 노래가 있다면 1집 수록곡 〈유리〉일 것이다. 1집은 전반부에서 루저 냄새를 풀풀 풍기다가 후반부에는 뜬금없이 사랑타령으로 일관한다. 그중에서 가장 '가요스러운' 노래가 바로 〈유리〉.

달빛요정이 사랑노래를 아예 안 쓰는 건 아니다. 지금도 다섯 곡 중 한 곡은 사랑노래라고 봐야 한다. 요새 사랑노래를 발표 안 하는 건 사람들이 그걸 원한다고 느꼈기 때문이다. 사람들이 원한다고 느꼈던 3집으로 충분히 우울함을 즐겼으니 다음 앨범은 사랑노래로 가득 채워 어쿠스틱 악기들 중심으로 만들려고 했다. 그런데 이 시절에 러브송 일색의 음반을 내는 건 시대에 죄를 짓는다는 생각에 2009년 가을에 나오기로 계획된 음반은 지극히 전투적인 음반이 될 것 같다. 빨리 세상이 평화로워져서 내가 러브송을 불러도 부끄럽지 않은 때가 왔으면 좋겠다.

〈유리〉는 원래부터 내가 부르면 안 된다고 생각한 노래였다. 팔아먹으려고 만들어놓고 내가 가이드로 몇 번 불러봤는데 내 목소리와 창법으로는 영 소화가 안 되는 것 같았다. 그래서 동아리 후배 중 가장 고운 목소리 톤을 가진 후배를 꼬드겨 가이드 보컬을 부탁했다. 흔히 들을 수 있는 발라드 풍 가요를 즐겨듣던 친구들은 내 노래의 대중성이 일취월장했다며 격찬했지만 남들이 잘 모르는 노래를 찾아듣는 데서 문화적 우월감과 희열을 느끼는 몇몇 인디음악 추종자들은 이 노래가 유리상자나 토이의 카피곡 같다고 평가절하했다. 뭐라 하던 상관없다. 내 안에는 메탈리카도 있고 동물원도 있고 김현식도 있고 유재하도 있는걸.

이 앨범에는 〈은하철도 999〉에서 빌려온 이미지가 세 가지 들어 있다. 〈361 타고 집에 간다〉의 "말 좀 해다오 시내버스야, 내 갈 곳이 어딘지 좀 말해다오"는 김국환 아저씨가 부른 〈은하철도 999〉의 주제가에서 빌려온 것이고 이 노래의 제목과 앞부분에 나오는 "날카로운 눈물의 파편"의 이미지는 유리몸 소녀 크레아에서, "당신은 내 청춘의 무덤"은 TV판 최종화의 부제 '청춘의 환영'에서 빌려온 것이다. 신비로운 여인 메텔은 철이와 헤어지는 마지막 장면에서 이렇게 말한다. "철아, 나는 너의 추억 속의 여자, 소년 시절 마음속에 있는 청춘의 환영……" 소년 시절과 안녕을 고하는 이 대사가 그땐 참 가슴 아프게 다가왔다. 그래서 만들어진 가사가 "당신은 내 청춘의 무덤". 발표한 러브송 중에서 가장 맘에 드는 한 구절이다.

이 노래를 처음 만들었을 때의 제목은 〈크레아Crea〉였다. '유

리'는 사람 이름이자 크레아의 유리 이미지가 혼합된 제목. 이 노래
는 내 청춘의 무덤이다. 더 늙기 전에 내 목소리로 남겨놓고 싶은 노
래. 만든 지 벌써 10년이 훌쩍 넘었다. 그래도 가끔 생각나는 노래.
당신은 내 청춘의 무덤.

엇갈림

레일라 3부작과 닿아 있는 노래. 이 앨범 후반부의 러브송들은 하나
같이 찌질하다. 오래된 옛사랑을 그리워하다가도 끝없이 원망하는
미련을 버리지 못하고 있다. 지저분한 집착이다. 부끄러운 과거, 하
지만 언젠가는 가볍게 웃어넘길 날도 오겠지.

다신 만나지 않기를 마주보지 않기를
내가 너를 본 그 순간에도
너의 눈빛이 나를 쓰다듬을 그때도
계속 엇갈리길 예전처럼 영원히

집에서 모든 것을 작업한 곡. 각종 전자악기가 과도하게 쓰인 이
유는 별거 없다. 녹음된 통기타 소리에 잡음이 너무 많아서 그 잡음을

숨기려고 쓴 장치일 뿐. 아직도 내 신념은 변함없다. 듣기만 좋으면 장땡. 이런 무모함이 오늘날 내 가난함의 근원이다.

그대 내 모든 것

자체제작으로 찍었던 2천 장을 모두 다 팔았다. 2004년 3월 22일 판매완료. 〈고스트네이션〉에서 6주 연속 1위를 달리고 있을 무렵, 모 기획사와 정식으로 계약을 하게 되었다. 기획사에서는 앨범이 매진되고 나면 바코드만 넣어서 똑같이 정식유통하기를 원했지만 나는 이 앨범의 판매는 종료하고 새 앨범을 내고 싶었다. 그래서 절충한 것이 신곡 2곡을 추가해서 발매하는 것. 그래서 추가된 보너스 트랙이 〈그대 내 모든 것〉과 〈쓸쓸한 서울, 노래〉이다. 이 노래들은 자체제작 버전에 있는 〈어차피〉의 앞부분에 위치하는 일명 '레일라 3부작'이다. 앨범을 계획할 당시부터 함께 작업하던 곡이었으나 1년 가까이 작업을 하다보니 지쳐버려서 빠지게 된 곡. 앨범 발매 후 1년 동안 놀면서 틈틈이 맘에 안 드는 곳들을 수정했고 재발매가 결정되면서 바이올린과 베이스를 처음으로 진짜 악기로 녹음해봤고 보컬 녹음도 다시 했다.

자꾸만 보고 싶어 매일 만나는데도

첫사랑을 노래하고 있는 곡이다. 첫사랑의 설렘, 떨리는 가슴, 부끄러운 고백. 누구에게나 한 번쯤은 그런 순간이 있었을 것이다. 내게도 그런 때가 있었다. 그때의 순수했던 느낌을 상상하며 평이하고 쉽게 만든 곡. 20대 후반에 만들었을 때는 잘 몰랐는데 서른 살이 넘어서 1년에 한 번씩 단독공연 때만 부르는데도 부를 때마다 낯간지럽다. 이 노래를 좋아하는 순수한 영혼들이 참 많다는 게 다행이기도 하지만 남자들만 득실거리는 나의 공연에서 이 노래를 부르는 건 참 쑥스럽다. 공연장이 여인들로 화사하게 빛나도 부끄럽기는 마찬가지일 듯. 내 노래 중 가장 손발이 오그라드는 노랫말을 가진 뻔뻔한 노래.

쓸쓸한 서울, 노래

'매일 만나는데도 자꾸만 보고 싶다던' 그녀와 헤어진 지 얼마 되지 않았다. 그녀와 함께했던 시간들이 자꾸 생각나. 내가 어디 있는지, 내일은 뭘 할 건지 하루에도 몇 번씩 귀찮게 하던 그녀의 전화가 없으니 허전하다. 휑한 마음을 달래려 집을 나섰는데 가는 곳마다 그녀와의 추억이 넘실거려. 놀이공원 같이 가자고 그렇게 졸랐는데 무서워서 계속 핑계만 댔지. 서울, 오늘은 참 쓸쓸하다. 보고 싶어.

정말이야 난 너무 무서웠어 참 가고 싶어했던 놀이공원

내 부끄런 모습 너에게 보여주기는 싫었어 너도 알잖아

나 겁 많은 거

아무것도 못 해줬네 그 오랜 시간 동안 너에게

후회하고 있지만 이젠 다 소용없네

사랑하는 사람과 헤어졌지만 미련은 이미 접고 체념 단계에 이른 상태에서의 아쉬움을 생각하고 만든 노래. 달빛요정 노래 중에서 동물원의 감성에 가장 닿아 있는 곡이라고 생각한다. 이런 따뜻하고도 애틋한 감성의 노래는 이제 다시 만들 수 없을 것 같다. 달빛요정 스무 살의 착한 면이 두드러진 노래. 허전한 마음으로, 처진 듯한 느낌으로 노래해야 하기 때문에 요새 공연 때는 잘 부르지 않는다.

어차피

〈그대 내 모든 것〉에서 첫사랑의 설렘을, 〈쓸쓸한 서울, 노래〉에서는 헤어진 첫사랑에 대한 애틋함을 노래했다. 그리고 많다면 많은 시간이 흘렀다. 문득문득 생각이 난다. 어떻게 살까, 잘 살고 있을까. 전화나 한번 해볼까, 수화기를 들고 번호를 눌러보지만 마지막 번호를 누르지 못하고 결국 끊어버리기를 반복한다. 나중에 다시 만나면 어색하겠지만 반갑게 인사해. 우리 이제 서로에게 망설이거나 가슴 아프지 않게.

보고 싶으면 뭐하나 어차피 만날 수도 없는데

그래도 궁금한 걸 어쩌나 이렇게 조금씩 내게 멀어지는 그대

우리 이제 서로에게 망설이거나 가슴 아프지 않게

우리 이제 서로에게 망설이거나 가슴 아프지 않게

레일라 3부작의 마지막을 장식하는 곡. 설레던 순간과 너무 행복하기만 해서 짧게만 느껴졌던 사랑, 이별과 체념의 시기를 보낸 멀지 않은 어느 시기의 느낌을 노래한 곡. 음악적으로는 모던락의 형식을 갖고 있는데 컴퓨터 음원으로 만들어진 드럼과 베이스는 언제 들어도 아쉽고, 모든 기타마저 내가 쳐서 그런지 여기저기 엉성한 곳이 많다. 공연을 시작하고 한동안 공연의 엔딩곡으로 사용되던 노래. 이런 느낌의 노래는 역시 공연장에서 밴드 편곡으로 들어야 제맛.

Sophomore Jinx

2004. 12.

가내수공업 한정판으로 만든 첫 앨범이 생각했던 것보다 반응이 좋아 매진되고 기획사와 정식계약을 맺어 정식유통으로 재발매까지 했으니 뭔가 홍보활동을 해야 할 거 같은데 "IMF 실직 설움, 음악으로 달래" 같은 불쌍한 제목이나 붙는 인터뷰를 몇 개 하고 나니 마땅히 할 일이 없었다. 인디뮤지션이 될 생각은 없었으나 자의 반 타의 반으로 인디뮤지션이 되었으니 홍대 인디신에서 뭔가를 해야 하는 게 맞는 것 같았다. 그런데 뜬금없이 밴드를 조직해서 공연을 하면 좀 웃길 것 같아서 가벼운 싱글앨범을 하나 내고 거기에 맞춰서 전국투어(!)를 하겠다는 거대한 포부를 가지고 작업을 시작한 음반이다.

앨범 작업을 하면서 밴드 멤버를 수소문했다. 원맨밴드의 세션인 데다 금전적인 보상을 보장해주지 못하는 상황이라 사람을 모으기가 쉽지 않았다. 결국 기타와 베이스는 인터넷 음악동호회에서, 세컨드 기타와 코러스, 키보드는 동아리 후배들을 꼬셔서, 드럼은 2009년 현재 달빛요정 밴드에서 베이스를 도와주고 있는 혁조의 소개로, 총 6인조의 거대밴드를 구성하게 되었다. 그런데 대학 동아리에서 기타 중심으로 편곡하고 놀던 습관이 있어서인지 아무래도 밴드 편곡은 어려웠다. 음악도 음악이려니와 밴드 여섯 명이 다들 자기만의 스타일이 있는지라 연주자들에게 내 편곡을 맞춰야 하는 것도 힘들었다. 지금 와서 밴드에 대해 내린 결론은 정상급 세션맨이 아니면 그 음악에 대해서 잘 이해하는 네 명이 일주일에 두 번씩 3년은 연습해야 손발이 맞는다는 것. 이 멤버로 전국투어도 하면서 1년 정도 공연을 했다. 요새는 큰 공연이 아니면 4인조 기본편성으로 공연을 한다. 연습 시간 맞추기도 어렵고 리허설하기도 힘들다. 어쩔 수 없다. 다 자기 경제 수준에 맞춰서 공연을 하는 거다. 그래도 매일 아쉬워서 6인조 기본밴드에 퍼커션, 코러스 등등이 합류된 10인조 밴드를 꿈꾼다. 2012년 달빛요정 데뷔 10주년 때면 해볼 수 있을까.

이 음반에 〈소포모어 징크스Sophomore Jinx〉라는 음반 이름을 붙인 건 내가 언제나 주제파악을 하고 살기 때문이다. 객관적인 현실인식이라고도 할 수 있겠다. 음악을 때려치우려고 마지막으로 만든 음반보다 더 좋은 음반은 나올 수 없을 거다. 1집이 그랬고 3집이 그랬다. 배수의 진을 치고 작업을 해야 그나마 남들도 들을 만한 음반이 나오는 것 같다. 다 음악을 잘하지 못하기 때문이다. 언제까지 이렇게 절박한 심정으로 살아야 하나. 하지만 삶은 치열해야지. 여기는 아무 데서나 자고 일어나면 주위에 과일이 떨어져 있는 남태평양의 섬이 아닌걸. 그물만 던지면 물고기를 한 가득 건져올리는 걱정 없이 풍요로운 나라가 아닌걸. 하지만 이 음반은 설렁설렁 만들었는걸. 그래, 이 음반은 별로일 거야, 하는 심정이 반영된 앨범 제목.

작업실이 있던 마지막 시기의 음반이다. 이 음반 이후 집에서 작업하고 있다. 크게 음악 듣고, 크게 노래 부르고, 큰 소리로 그르렁거리는 기타앰프를 울릴 수 있는 공간이 갖고 싶다. 그때까지 정규앨범은 내지 않을 생각이다. 가을에 내는 앨범은 3.5집. 내년에도 작업실이 생기지 않으면 그다음 앨범은 3.6집이 될 것이다. 3.7집, 3.8집, 3.9집을 낼 때까지도 작업실이 생기지 않으면 3.91집을 낼 것이다. 정규음반은 내 자존심과 같은 것이기에. 함부로 싸지르는 건 이제 그만.

어차피 난 이것밖에 안 되

95년쯤에 만들었던 곡으로 기억되는데 이 곡 만들어서 동아리에 발표하고 욕 참 많이 먹었었다. 노래라는 게 아름다워야 하는데 가사를 뭐 이따위로 써놨냐고, 선배들한테 뭐 불만 있는 거 아니냐고 많이 혼났다. 그때 대학생들의 수준이 그랬다. 10년이 지난 지금에도 똑같겠지. 하지만 나는 세상의 아름다움보다는 어두운 면이 더 안쓰러운 걸. 그걸 노래하는 게 내 운명이고 임무라고 생각해요, 그때는 말하고 싶었지만 그렇게 말했다면 어린놈이 건방 떤다고, 정신차리라는 말을 들었을 것 같다(가수라는 직업을 갖게 되니 이런 뻔뻔스런 말을 1년에 한두 번씩 해도 부끄럽지 않다. 뒤돌아서 가끔 키득대기는 한다). 이 노래 전에는 나름 소년적인 감성을 지닌 포크 풍의 곡을 썼던 것 같은데 이 노래 이후로 락적인 접근법으로 노래를 만들기 시작했다. 이 노래를 만들던 시절부터 작곡의 기반이 피아노가 아니라 기타로 바뀌기 시작한다. 만약 내가 계속 피아노를 붙잡고 있었다면 난 지금쯤 어떤 노래를 만들며 살고 있을지 가끔 궁금하다.

호불호가 분명하게 갈릴 수 있는 노래다. 음악적으로는 뻔하다. 달빛요정의 노래를 설명할 때마다 나오는 바로 그 말. '포크에 기반을 둔' 펑크 풍의 노래. 통기타 코드만 대충 알고 있어도 쉽게 연주할 수 있는 노래(그 점이 달빛요정 노래의 장점이자 단점). 하지만 언제나 내 노래에 대한 감상의 기준은 가사. 노랫말에 얼마나 공감하였느냐가 좋고 나쁘고의 기준이 되는 경우가 많은 것 같다. 1집 때 꽤나 진지한 노래를 부르던 녀석이 뜬금없이 날것 같은 펑크를 들고 나와서는 욕지거리를 해대고 있으니 그게 좀 당황스러운 사람도 있었을 것이고, 집에서 아무 생각 없이 틀었다가 부모님께 한소리 들은 어린 친구들도 있었을 것이다(제발 내 노래는 혼자서 몰래 들어주세요, 그게 서로에게 좋아요). 그렇다면 미안하다. 이젠 이런 노래 만들지 않겠다. 아니, 만들 수도 없다. 이 노래는 내 젊음의 한순간, 그때의 기록이다. 세상은 처음부터 잘못되어 있는 것 같은데 왜 그 세상에 맞춰 살아가야만 하는지에 대한 질문이다. 미련이다. 아직 세상을 버리지 않았던 때였나보다. 이젠 이런 노래 만들지 못한다. 나는 이미 세상을 버렸다. 포기했다. 하지만 나는 다시 밟고 일어설 것이다. 나를 버린 세상을 딛고 일어설 것이다.

나에게 이 세상은 개좆같아

세상이 씹창 나든 말든 아무래도 상관없어

'개좆' 과 '씹창' 이라는 욕설이 나온다는 이유로 이 노래가 그저 철없는 녀석의 투덜거림으로만 받아들여진다면 좀 섭섭하다. 철이 덜 들었던 시절의 투덜거림이 맞긴 하다. 이 노래에서 가장 주목해야 할 부분은 '낙오자의 바코드' 로, '나는 낙오자야, 그런데 뭐, 어쩔건데?' 라는 주장을 하는 노래이다. 이 노래를 만든 지 10년이 훨씬 넘었고 발표한 지도 5년이 넘어가고 있지만 우리 사회에는 여전히 많은 부조리가 존재하고, 대부분의 많은 사람들이 그 부조리를 인정하며, 받아들이며 살아가고 있다. 하지만 난 그렇게 살고 싶지 않다. 충분히 그렇게 살아왔다. 더 이상 내게 부조리를 현실이라고 강요하지 말아달라. 나는 진실되고 정의롭게 살 것이다. 당신들이 그렇게 사는 게 행복하다면 그렇게 살면 된다. 내게 그걸 강요하지만 말아달라는 울부짖음 같은 노래. 이 노래가 말하고자 하는 바는 안 되는 건 안 된다는 생각이다. 열심히 노력하면 언젠가는 그 무언가가 될 수 있다는 생각, 언젠가는 행복해질 수 있다는 생각, 그건 세뇌이고 마취다. 나는 당신들의 입장에서는 잘못 키워진 노예. 싹을 잘라버려야 했는데. 용케도 살아남았다. 자랑스러운 요정의 언어여.

그리 불행하지만은 않았지만

언제나 행복하지만은 않았었다고 말할 수도 있는 거잖아

사람들은 이런 나를 불평투성이라고 욕해

그리고 나에겐 지워지지 않는 낙오자의 바코드만 따라다녀

어차피 난 이것밖에 안 되

낙하산과 사다리 없이 너와 같을 수 없어

낙하산만 준비된다면 문제없어

하늘을 날 수 있어 너와 똑같이

"어차피 난 이것밖에 안 되"에서 '안 되'는 일부러 틀린 맞춤법이다. '안 돼'가 맞는 말. 나는 맞춤법도 모르는 인간. 한국말이 어렵긴 하다. 도전적으로 보일 수도 있겠다. 도전이 곧 반항이던 시절도 있었다. 젊음은 도전이라고 줄창 떠들던 시절도 있었다. 무엇이 옳은가. 어쨌든 나는 도전할 것이다. 나는 나를 완성할 것이다. 투덜거리는 건 죄악이 아니다. 나는 푸념을 노래하는 가수. 푸념이 모여 의미가 되고 소리가 되고 외침이 된다.

showmethemoney

98년 발매된 국민게임 스타크래프트의 치트키. 미네랄 10000과 가스 10000이 확보된다. 초보 수준의 플레이어도 이 치트키를 쓰면 어렵지 않게 컴퓨터를 이길 수 있다. 이 노래를 통해 미네랄 10000과 가스 10000이 확보되는 여유 있는 삶을 살고 싶다는 소망을 피력하는 제목이기도 하고 영화 〈제리 맥과이어〉에서 쿠바 구딩 주니어가 매니저인 톰 크루즈에게 돈 벌게 해달라고 징징대는 장면에서 가져온 제목이기도 하다. 이 노래를 쓸 때가 아마 신용불량자 초창기였을 것이다. 버는 건 거의 없는데 쓸 건 왜 이리 많은지…… 그 신세한탄이 제목에 드러났다고 보면 된다.

어떤 확실한 의도가 있는 곡은 아니었다. 영화인지 드라마인지는 잘 기억나지 않지만 영상물에 삽입될 신나는 노래가 필요하다는 의뢰를 받고 가사 없이 노래를 만들다보니 영 재미가 없고 노래도 잘 만들어지지 않아서 입에서 나오는 대로 대충 붙인 가사로 데모버전을 만들어서 보내줬다. 그런데 원하는 스타일이 아니란다. 에잇, 나쁜놈들. 전기요금은 줘야지! 하면서 욕을 한 바가지 하면서(물론 혼잣말로, 난 그렇게 대범한 사람이 아님) 한 번 더 들어봤는데 멜로디도 괜찮고 아무 생각 없는 가사도 대충 앞뒤가 맞는 것 같았다. 그래, 그동안 너무 노랫말에 신경 쓰면서 곡을 쓴 것 같아. 노래라는 게 듣기에 좋으면 그만이지 매번 대단한 의미를 담을 필요는 없잖아. 이 노래는 이렇게 그냥 가는 거야. 앞뒤 안 맞는 가사를 가진 노래로 다들 한몫 잡던데 나도 어떻게 안 될까? 리듬이랑 멜로디는 신나니까 듣고 좋으면 돈을 내놔. 이런 못된 심보가 반영된 노래. 그래서 그런지 별 반응이 없었다. 나는 진심을 팔아서 생계를 유지하는 사람이라는 걸 깨달았다.

첫눈 오는 그날에

손가락에 물들인 봉숭아물이 첫눈이 오는 그날까지 남아 있다면 첫사랑이 이루어진다는 민간속설을 노랫말로 차용한 노래. 키 작고 배 나온 털북숭이 아저씨가 부르기엔 어울리지 않는 노래지만 나도 한때는 소년이었다오, 누구든 한때는 소년이었다오. 그런 심정으로 가끔 공연 때 부르는데 사람들이 웃으면 어쩌나, 걱정도 한다. 처음 곡을 만들었던 95년도에는 포크 풍으로 시작해서 락발라드로 끝나는 형식이었으나 앨범에 넣으려고 작업하면서 드럼루프와 신디사이저 음원들이 적극적으로 활용되는 편곡이 되었다. 편곡에 공을 많이 들인 노래였는데 막상 발표하고 나서는 별 반응이 없었던 것 같다. 사람들이 내게서 원하는 건 이런 노래가 아니라는 생각이 이때부터 들었다. 평생 음악으로 개그만 치면서 살아야 하나. 그렇다고 지금까지 발표한 내 노래가 웃기기만 한 건 아닌데. 역시 만드는 사람과 듣는 사람의 기준은 다르다. 게다가 듣는 사람을 위해 노래를 만들 수 있는 실력도 안 되니 그저 열심히 노래를 만드는 수밖에 없다. 그러다보면 한두 곡 정도 생계에 도움이 되는 노래가 생기겠지. 이런 희망을 갖고 10년을 살았더니 1년에 천만 원이나 버는 자랑스런 인디뮤지션이 되었어. 나, 자랑스러워 해야 함?

어디서 어떻게 언제쯤 얼마나

2002년 11월에 발매된 장필순 6집은 실로 충격적인 음반이었다. 필순 누나의 멋진 목소리가 동익 형님의 무한내공이 담긴 편곡과 프로듀싱에 실려 "얘들아, 음악은 이렇게 하는 거란다"라는 환청이 들리는 경험을 하게 되는 완전한 명반이다. 게다가 이걸 다 집에서 작업했다니…… 목소리가 큰 나로서는 상상도 못 할 일. 처음 CD를 사서 몇 개월을 귀에 꽂고 살았다. 그 앨범 수록곡 중 〈어떻게 그렇게 까맣게〉에 대한 답가가 이 노래이다. 오랜만에 감동을 받은 국내 음반 〈Soony 6〉에 대한 헌정곡이라고 할 수도 있겠다. 가끔씩 누군가 내게 지금까지 발표한 노래 중 가장 맘에 드는 게 뭐냐고 물을 때 이 노래라고 답했다(요새는 〈치킨런〉). 가끔 가사를 헷갈려하기도 하지만 부를 때마다 감정이입이 되는 노래. 2집에 실린 〈폐허의 콜렉션〉의 착한 버전이기도 하다. 시대가 온순해지면, 사랑노래를 불러도 부끄럽지 않을 때가 온다면 다시 녹음해보고 싶은 노래. 여자가 부르는 게 더 감동적일 것 같다는 생각을 계속하고 있다. 필순 누나가 직접 불러준다면 감동은 백배. 술자리에서 몇 번 인사한 걸로 대선배한테 노래 부탁해도 되려나. 누나가 사람이 좋아서 거절하진 않을 것 같은데.

showmethemoney (slow version)

러브송이면 당연히 슬로 버전이 있어야지! 하는 생각으로 작업한 곡. 허나 가창력이 딸려서 감동은 반감. 결혼식 축가로 한 번 불러본 적이 있는데 힘들어서 죽는 줄 알았다. 간주가 없는 노래라서 원곡으로 부를 때도 숨이 차는 노래. 앞으로도 이 버전으로 연주할 일은 없을 거 같다. 가사에 별 뜻이 없는 노래다보니 오리지널 버전으로 부를 때도 별 감흥이 없다.

어차피 난 이것밖에 안 돼

〈절룩거리네〉와 〈스끼다시 내 인생〉의 이단콤보 금지곡 저주에 당당하게 맞서 타이틀곡에 욕설을 섞어넣었으니 방송이 안 되는 건 당연한 일. 그래도 타이틀곡인데 방송에 몇 번이라도 더 나오게 하고 싶어서 클린 버전을 넣었다. 역시 난 계산적인 인간이다. 아티스트인 척하지 말아야겠다. 클린 버전에서는 노래가 클린하기에 맞춤법까지 정상이다. 이 차이를 아는 사람 별로 없더라.

Finite Incantatem (Hermione acoustic mix)

『해리 포터』 시리즈를 즐겁게 읽던 시절에 만든 노래. 마법 가이드 책까지 사서 볼 정도로 해리포터의 세계관에 심취했던 시절이 있었다. 10대에 읽었던 김용의 『영웅문』, 20대에 수없이 반복해서 보았던 〈에반게리온〉과 〈X파일〉, 주성치의 영화들 이후 다시 찾아온 오타쿠의 시기. 나는 아무래도 판타지에 열중하는 듯하다. 〈반지의 제왕〉 〈스타워즈〉 등 인간의 상상력으로 만든 새로운 세계의 신비로움을 즐기는 듯. 〈월드 오브 워크래프트〉라는 온라인게임에도 몇 개월 미처 현실을 멀리했던 시절도 있었다(지금도 새 확장팩이 나오면 충성심을 보여준다. WOW 새 대륙이 열리면 한 달 정도 달빛요정을 찾지 마시길). 밴드 이름에 요정이라는 어울리지 않는 명칭을 붙이는 데 별 거리낌이 없었던 것도 판타지 세계관에 대한 익숙함, 혹은 그 세계관에 대한 열망이 나타난 것이라고 생각한다. 하지만 현실에서 도피하는 방법으로 판타지에 몰두하는 건 아니다. 인간의 상상력에 경의를 표할 뿐. 적어도 그 세계에서는 정의가 승리한다.

마법 가이드 책을 읽다가 발견한 주문 Finite Incantatem. 이 주문이 실제로 책에서 쓰이는지는 잘 모르겠다. 행해지는 마법을 중지시키는 주문이라고 한다. 곡을 만들기 시작했던 처음의 제목은 〈꼬마 마법사의 첫사랑〉. 해리 포터의 천적 말포이가 해리를 괴롭히는 이유는 말포이가 헤르미온느(영화에서는 '허마이오니~'라고 하더군)를 좋아해서가 아닐까, 하는 유치한 가정에서 시작한 노래이다. 그맘때는 다 그러지 않는가, 좋아하면 더 괴롭히고(영국 애들은 안 그럴 수도) 그러다가 마법 수업 중에 우연히 상대방이 자기를 좋아하게 하는 주문을 알게 된 말포이는 헤르미온느에게 그 주문을 걸어보지만 아직 미숙한 마법실력 때문에 그 주문이 자기에게 걸려 영원히 헤르미온느를 사랑하게 되는 고통을 안게 되고, 그 고통의 주문을 풀기 위해 Finite Incantatem을 외쳐보지만 그 주문은 풀리지 않는다. 유치한 가정으로 시작한 유치한 줄거리. 허나 쓰레기 같은 영화에 가끔 어울리지 않는 멋진 삽입곡이 실리기도 한다. 싸구려 판타지 영화에 시간을 낭비하고 눈을 버리긴 했는데 꽤 들을 만한 노래가 하나 나오더라, 달빛요정 뭐라는 밴드의 피니테 뭐뭐라던데? 이런 말이 나오는 걸 상상하며 만든 노래. 연애를 하지 못하니 연애를 하는 상상으로 노래를 만드는 때도 있었다. 서글프다.

부제목으로 'Hermione acoustic mix'가 붙어 있으니 오리지널도 있는 게 아닐까 물어올 사람도 한둘 있었을 법한데 아직까진 없었다(내 노래는 나만 좋아하는 것 같다는 생각을 가끔 한다). 멜로디와 가사, 코드를 만들고 싸구려 기타로 오리지널 버전 편곡을 했는데 기타 튜닝이 잘 안 맞아 튜닝이 맞는 음역대만 사용해서 새롭게 편곡한 버전이 헤르미온느 버전이고, 오리지널 버전의 부제목은 'Draco Malfoy original mix'였지만 이 버전은 이제 존재하지 않는다(기타 튜닝 때문에 편곡을 바꿔야 하는 상황이 벌어졌던 이때부터 좋은 기타에 대한 열망은 시작됐지만 아직도 유효하다. 그런데 비싸다고 다 좋은 건 아닌 듯). 2집에서 말포이 오리지널 버전을 넣을까도 생각해봤는데 헤르미온느 버전보다 더 좋게 만들 수 있을 거 같지 않아서 작업하던 파일도 다 지워버렸고 그저 머릿속에 봉인되어 어쩌다 가끔 생각날 뿐이다. 파일을 지워버려서 어떻게 연주했는지도 기억이 가물가물하다. 단순한 코드 진행, 거기에 꽤 잘 녹아들어간 기타 아르페지오, 나름 귀에 잘 꽂히는 후렴까지. 내가 만들 수 있는 최상급의 노래다. 그런데 왜 내가 러브송을 부르면 징징거리는 것처럼 들리는지 모르겠다. 고민이 필요하다.

달빛요정 0집에 가까운 음반이다. 1.5집은 노래 다섯 곡 중 세 곡이
당시 새로 만든 신곡이었다면 2집에 들어간 노래 열두 곡(히든 트랙 포
함) 중에서 앨범을 위해 새로 만든 곡은 〈폐허의 콜렉션〉밖에 없다.
나머지는 모두 다 20세기에 만들었던 노래들. 옛날 노래들을 그대로
우려먹다니, 너무 자만했던 것 같다. 이래서 기획과 매니지먼트, 모
니터링이 필요한 건가. 내가 그대로 따를지는 의문이지만. 아쉬움이
많은 음반이지만 애착이 가는 노래들도 많다. 이제는 사라진 인디밴
드 지원금을 받아 만든 음반. 나는 이때 내가 스코어링 포지션에 있다
고 생각했다. 하지만 나의 리그는 사회인 리그. 좋아서 하는 음악일
뿐인 것이다. 하지만 나는 사회인 야구 출신으로 메이저리그 아시아
인 최다승 기록을 갖고 있는 노모 히데오가 될 것이다.

제육볶음의 비밀

남들은 토익이다 뭐다 취업에 열을 올리고 있을 대학교 4학년 때. 나는 아직 취업에 열심이지 않은 대학원 준비생들이나 학점에 큰 영향을 받지 않는 직업을 준비하고 있는 녀석들과 어울려 다녔다(원래도 도서관파들과는 거리가 멀었다. 도서관에서 알바를 했음에도 불구하고. 졸업동기들은 영어공부 혹은 졸업논문 등 열람실에서 취업준비를, 나는 문학쪽 서가에서 시간을 죽이고 있었다). 중간고사가 끝나고 축제가 얼마 남지 않아 캠퍼스가 학기 초의 열공 분위기에서 차츰 놀자판으로 풀어지고 있을 무렵이었던 것 같다. 수업이 일찍 끝난 몇몇 인간들이 홍대 운동장 구석에서 막걸리와 과자 부스러기로 시간을 죽이고 있었다. 햇살이 참 따스했다. 요새는 1년이면 며칠밖에 느낄 수 없는 진정한 봄날. 낮술에 얼큰하게 취해가던 도중 같이 음주를 즐기던 여자 후배가 가방에서 화장품을 꺼내 곱게 화장을 하는 것 아닌가. 지금도 그렇지만 여자가 화장하는 모습을 가까이서 보는 건 좀 민망하다. 술 마시다 뭐 하는 짓이냐고 타박을 했더니 좀 있다가 과외에 가야 한단다. 술 먹고 얼굴 빨개져서 가면 눈치 보이고 미안하니까 분장을 좀 하는 거라고.

집에 돌아와 과외를 받는 학생의 입장에서 가사를 쓰기 시작했다. 입시에 부담 없는 중학교 3학년 정도의 남학생. 일주일에 두 번씩 대학생 누나한테 과외를 받는다. 그런데 오늘따라 좀 이상한 냄새가 난다. 엥? 이게 무슨 냄새더라? 점심으로 제육볶음을 먹었나? 그런데 화장은 왜 이렇게 진해? 오호, 막걸리 냄새가 나는걸. 점심이 아니라 안주로 제육볶음을 먹고 왔나봐. 술 처마시고 알바하러 오고 돈 벌기 참 쉬워. 어차피 해답 외워 오는 것 같던데 혀만 안 꼬였으면 가르치는 데 별 문제는 없을 거야. 그래, 지껄여라. 오늘 하루는 용서해주마.

대단한 상징이 숨어 있을 거라고 생각하는 사람도 몇몇 있던데 몇 번 생각해보고 숨은 뜻을 모르겠으면 텍스트 그대로 받아들이면 된다. 이 노래가 그렇다. 노랫말로 잘 사용되지 않는 '냄새' '제육볶음' '학벌' '도서관' 등에는 숨어 있는 뜻이 없다. 지시어 그대로의 의미로 이해하면 된다. 단어에 숨은 뜻이 없으니 전체 내용에도 상징이 들어가 있을 리 없다.

폐허의 콜렉션

헤어진(헤어졌다기보다는 일방적으로 차인) 여자친구의 미니홈피에 들어가 욕질하는 기분으로 만든 찌질한 노래. 한국어로 된 노래 중에 이런 찌질한 감성의 노래는 없을 거라는 자부심을 갖고 있는 노래다. 대중가요의 위선과 가식을 향해 부르는 노래이기도 하다. 가사의 내용을 구구절절 설명할 필요는 없을 것 같다. 들리는 그대로, 보이는 그대로 이해하면 된다. 누구든 한 번쯤 느꼈을 법한 감정 아닌가. 친한 사이가 아니라면 털어놓지 못할 속마음.

"그래 이렇게 난 노래를 팔아 돈을 번다. 진심을 팔아 돈을 번다. 고맙다. 짓밟아라."

이 노래의 착한 버전이 〈어디서 어떻게 언제쯤 얼마나〉라면 다소 얌전한 버전이 〈구걸〉이라고 생각한다. 같은 감정에서 출발하는 노래들. 하나는 욕을 하고 있고 하나는 그리워하고 있고 하나는 울부짖고 있다. 하지만 어차피 같은 감정이다. 맘에 드는 노래를 골라서 들으면 되겠다. 이 노래가 웃긴 사람은 가식적인 노래를 좋아하는 사람이다. 역시 이 노래 말고 맘에 드는 노래를 들으면 되겠다. 이 노래를 듣고 한번 크게 웃고, 양다리를 걸쳤다가는 달빛요정 같은 루저놈한테 욕 들어먹는 노래로 복수당할 것 같은 두려움도 함께 느끼면 좋다. 남녀관계에서 양다리 걸치는 것들은 싹 다 없애버려야 한다.

그녀가 지나간 폐허의 콜렉션 도대체 얼마나 짓밟고 다닐 건데

무너진 사랑탑 파멸의 콜렉션 너도 별다를 것 없어

이런 너의 노래로 돈이나 벌었으면 좋겠어

달빛요정은 이때부터 노래에서 '돈, 돈' 거리기 시작한다. 나의 일련의 러브송이 대개 한 노래에 많은 여자들의 기억이 혼재되어 있는 반면에 이 노래는 딱 한 사람만을 향해 부르는 저주의 노래. 이런 너의 노래로 돈이나 좀 벌게 해다오.

나는 매일 조금씩 단단해져

그 어떤 시련도 결국은 나를 단단하게 만드는 과정일 뿐이라는 건전한 생각으로 만든 노래. 내 나름대로는 나름 건전가요인데 단단해진다는 표현이 갖고 있는 에로틱한 뉘앙스와 내 안에서 꿈틀거리는 무언가를 참고 있다는 표현에 거부감을 갖는 사람도 꽤 있는 것 같다. 습작 같은 노래다. 표현을 시험했고 리듬을 시험했고 구성을 시험했다. 습작으로 내버려두는 게 더 나았을 거라는 생각도 가끔 한다.

혼자만의 에로티시즘

〈정사수표〉〈야시장〉 이후 〈젖소부인 바람났네〉가 공전의 히트를 기록하고 그 아류작들이 쏟아져 나오던 그때, 나는 한가로운 복학생이었고 휴학생이었다. (복학과 휴학을 1년씩 반복했으니) 시간이 나면 꼬박꼬박 비디오 대여점에 들러 일주일에 한두 편씩 영화를 보던 다시 돌아갈 수 없는 평화로운 시절. 가끔은 에로영화를 곁들여 비디오를 빌려도 부끄럽지 않을 나이. 별로 야하지도 않고 이젠 웃기지도 않은 에로영화를 보며 내가 만들고 있는 노래들이 에로영화 같다는 생각이 들었다. 내가 에로배우 같다는 생각도 들었다. 아무도 듣지 않을 노래를 만들고 있구나, 한두 명 듣는다 해도 코웃음 치겠구나. 무슨 거대한 음악적 이상이라도 있는 양 잘난 척하고 있는 건 아닐까. 내가 에로티시즘이라고 우기는 그게 결국 포르노인 건 아닐까. 설령 그 에로티시즘이 조금이나마 인정받는다 해도 우리나라는 에로티시즘이 당당할 수 없는 사회인걸. 그런 복잡한 생각들이 계속 들었다. 그때의 생각으로 만든 노래. 그 당시 내 생각의 결론 같은 노래이다.

난 내가 이 길을 택했던 처음부터 사람들과 엇갈려 있어

내가 원했던 에로티시즘 앞에서만 난 벗을 수 있어

지금도 가끔 생각나는 에로영화는 〈토요일 밤부터 일요일 새벽까지〉와 〈빠담풍〉이다. 야하다기보다는 그 황당함과 허술함에 미친

듯이 웃었던 기억이 난다. 요새는 에로영화 시장이 망했다고 한다. 〈해리포터와 아주 까만 여죄수〉〈인정상 사정할 수 없다〉〈발기해서 생긴 일〉〈라이언 일병과 하기〉〈털 밑 썸씽〉 이제 이런 유쾌한 제목들을 다시 볼 수 없는 걸까.

길동전쟁

나의 군 생활은 93년 11월 29일부터 95년 5월 28일까지다. 나는 서울 강동구 길2동 동사무소에서 방위 생활을 했다. 요새는 공익근무하는 게 쪽팔려서 현역으로 가고 싶어하는 어린 친구들이 많다지만 우리 세대는 베이비붐이어서 군대에 자리가 별로 없었던 것 같다. 친구들 중 제대로 군대에 다녀온 녀석들은 정말로 튼튼한 녀석들뿐이다. 비율로 치면 5대 5 정도. 그래서 별로 부끄럽지가 않다. 방위하던 때 참 즐거웠다. 같이 방위하던 고등학교 동창들, 대학교 동기들과 매일 어울려 놀았다. 소집해제를 3개월 남기고는 매일 저녁 학교에 가서 놀았던 것 같다. 어리고 가난했지만 미래에 대한 계획도 없었고 불안감도 없는, 그저 젊음을 즐기기만 하면 됐던 시간. 그래도 다시 가라면 안 간다.

　나라의 부름을 받고 훈련소에 입대해 한 달 훈련을 받고 퇴소해서 동사무소에 배치를 받고 첫 출근. 다들 제 할 일 하느라 바빠 거들 떠도 안 본다. 구석에서 각 잡고 종일을 짱박혀 있기를 며칠. 홍대를 다니다 왔다고 하니 다들 여자 얘기만 물어본다. 꼴에 군인 흉내를 내는 건가. 아직 전산화가 되어 있지 않던 때라 1천 명이 넘는 예비군을 일일이 인명카드로 수기 관리하던 때였다. 며칠만 배우면 되는 단순한 일. 지금이라면 컴퓨터로 관리하니 더 쉽겠지. 그런데 정신상태가 약간 메롱인 고참님(!)께서 나 하는 일에 계속 태클을 걸어온다. 동사무소에서는 펜 놀림이 생명이라며 하루 종일 줄긋기를 시키질 않나(1센티미터 간격으로 A4 이면지 100장을 채우라니, 정말 죽여버리고 싶었다), 각종 문서나 물품의 위치, 순서가 제 맘에 들지 않으면 그걸로 트집을 잡아서 족치질 않나, 예비군 훈련통지서를 만들 때나 돌릴 때 자기가 쓰던 방식이나 방문하는 순서대로 하지 않으면 히스테릭한 반응을 보이던 정신병에 가까운 편집증을 가진 사람이었다. 욱하는 마음에 그냥 받아버릴까 하는 생각을 몇 번이나 꾹꾹 참으며 몇 개월을 지내니 내가 동사무소에서 제일 일을 많이 하는 사람이 되어 있었다.

쓸데없는 걸로 트집 잡아서 괴롭히는 건 여전했지만 할 일이 많아서 상대를 해주질 않으니 내 후임을 괴롭히기 시작했다. 그런데 걔는 애가 워낙 착해서 싫은 내색 없이 시키는 대로 다 하는 거다. 내가 못된 건 아닌가 하는 생각이 들기도 했다. 그러던 어느 날, 그가 다른 동사무소로 전출을 갔다. 만세! 그 이후 나의 동사무소 생활 1년은 정말 꿈만 같은 행복한 나날이었다. 그때 생각했다. 나중에 취직했을 때 이런 사람이 직장 상사로 있으면 회사를 옮기는 게 상책이다. 음모를 꾸며서라도 그 사람을 내보내든가. 그래서 나온 노랫말이 "예전에 나는 단 한 번도 한 사람만을 미워하거나 내 자신을 지키기 위해 음모를 꾸민 적은 없었어".

노래 내용 중에 다방 레지와 사랑에 빠졌다는 내용이 있어서인지 가끔 진짜 다방 레지를 사귀었냐는 질문을 받곤 하는데 나는 지금껏 살면서 다방 레지와 말조차 섞어본 적이 없다. 친구들끼리 우르르 여행 다닐 때 다방이라는 간판이 붙은 커피 파는 집을 몇 번 간 적이 있긴 하다. 동사무소 시절, 예비군 동대장이 가끔 손님이 왔을 때 다방에서 커피를 시키곤 했는데 그때 배달 오던 짧은 치마 아가씨가 어찌나 예뻐 보이던지. 꼴에 군인이라고 치마만 두르면 좋아했던 시절. 그런 말도 안 되는 가사가 나온 건 아마도 현역으로 입대한 친구들 중 하나가 부대 앞 다방 아가씨랑 사귄 얘기를 들어서일 것이다. 내 주변의 모든 일들은 내 노래의 노랫말이 된다.

"난 내가 배워야 할 모든 걸 동사무소에서 배웠어"라는 표현은

『내가 정말 알아야 할 모든 것은 유치원에서 배웠다』라는 책 제목의 가벼운 패러디. 알아야 할 모든 건 유치원에서 배우는 것으로도 충분하겠지만 대한민국의 남자로 살기 위해선 군대식 상명하복에 적응하거나 그것을 이용하는 방법을 알아야 한다. 잊지 말자, 6.25. 아직도 끝나지 않은 전쟁.

역전아라리

원제는 93아리랑. 93년도에 만든 노래인 거다. 아리랑의 멜로디를 그대로 차용했다가 후반에는 내가 만든 다른 멜로디가 나온다. 요새도 술 마시면 가끔 부르는 노래. 앨범에 넣기에는 좀 무리가 있었던 듯하다. 별 고민 없이 예전에 대학 다닐 때 편곡으로 발표했더니 노래가 좀 구식이 된 것 같다. 한때는 나도 이런 소년스러운 감성의 노래를 만들던 때가 있었다. 다시는 돌아갈 수 없는 시절. 누가 나를 루저의 상징으로 내모는가.

구걸

〈폐허의 콜렉션〉의 변주곡이자 얌전한 버전. 헤어진 여자친구의 미니홈피 방명록에 들어가 온갖 저주의 글을 퍼붓던 쪼잔한 녀석의 마지막 구애라고나 할까. 하지만 이런 방식의 구애는 일반적인 여자들에게는 먹히지 않는다. 멋지게, 쿨하게 헤어져주는 게 미덕이다. 그렇게 결국 나 혼자만 좋아하는 노래가 되었다.

기타를 치면서 부르기가 다소 신경 쓰이고 4인조 편성으로 연주할 때 군데군데 비는 느낌이 있어서 평소의 클럽 공연 때는 잘 연주하지 않지만 가끔 부를 때마다 희열을 느끼곤 한다. 지금의 내가 부를 수 있는 음역에서 감정표현이 가장 잘되는 곡인 것 같다. 지금 내가 노래할 수 있는 음역은 10년 전보다 반음 정도 낮아졌다. 마흔 살이 넘으면 또 반음 낮아지겠지. 관리가 필요하다. 지금껏 너무 자신을 학대하며 살았다.

나를 가지고 놀아 나를 데리고 놀아 지금까지 그랬던 것처럼 말야

만나지 않기로 해

밴드의 흥망성쇠를 흥겨운 리듬에 얹은 즐거운 청춘영화이자 음악영화 〈댓 씽 유 두That Thing You Do〉를 보고 만든 곡. 〈스쿨 오브 락The School of Rock〉 〈올모스트 훼이모스Almost Famous〉와 함께 최고로 꼽는 락밴드 영화. 가장 최근에 봤던 영화 중에 가장 인상적인 것으로는

〈디트로이트 메탈 시티Detroit Metal City〉. 이 영화를 음악영화로 분류하는 데는 꽤 많은 용기가 필요하긴 하다.

〈만나지 않기로 해〉는 리듬을 먼저 만들고 그 위에 멜로디와 가사를 입힌 곡이라 흥겨운 리듬과 '이제 다시는 만나지 말자'는 가사가 어울리지 않는다는 느낌이 있지만 그 엇박자가 이 노래의 미덕인 것 같다. 물론 의도한 것은 아니다. 이 앨범의 모든 노래들이 옛사랑에 대한 집착과 미련을 보여주고 있다는 걸 깨달은 지 얼마 되지 않았다. 내 러브송들이 하나같이 구질구질한 집착에서 시작한다는 걸 깨달은 지도 얼마 되지 않았다. 그런데 이 노래는 쿨하다. 이제 다시는 만나지 마, 잘 살아, 라라라라~

미련이 집착이 되고 그 집착이 나의 러브송들이 되었다. 어느 순간 추억은 기억에서 멀어진다. 언제부터인가 나는 사랑을 노래하지 않는다. 현실을 살아야겠다고 다짐했기 때문이다. 어쨌든, 만나지 않기로 해.

이제 일 년

브라운아이즈의 〈벌써 일 년〉에 대한 답가로 만든 노래이니 2002년경에 만들었을 듯. 평소의 음악감상이 해외 락 음반 중심인 관계로 우리나라 가요와는, 소위 '유행가'와는 거리가 멀었다. 그런데 케이블 TV를 틀 때마다 이 노래가 나오고, 가끔 버스에서 듣는 라디오에서도 이 노래가 나오고, 친구들은 노래방에서 이 노래를 부르고, 온 거리에서 이 노래가 흘러나오는 거다. 한 번도 제대로 들어본 적 없이 노래를 다 외우게 되다보니 음반이 궁금해져서 간만에 가요음반을 하나 샀다. 거리에서 미친 듯이 나올 만하다는 생각이 들었다. 이후 몇 년 동안 우리나라 가요계에는 소위 '미디움 템포 발라드'라는 소몰이 창법의 노래들이 쏟아져나온다. 아무리 그래도 이 노래만 한 노래가 없고 이 음반만큼 잘빠진 음반은 없는 것 같다.

시간이 참 빠르게 지났다는 느낌으로 받아들인 〈벌써 일 년〉과 더디게 지나고 있다는, 아직 1년밖에 지나지 않았다는 느낌의 〈이제 일 년〉. 둘 다 헤어짐을 아쉬워하는 노래지만 뉘앙스가 약간 다르다. 둘 다 결국 너를 못 잊겠다는 흔한 내용의 러브송이기는 하다. 2집에서 이 노래가 제일 좋다는 사람이 꽤 있는데 사운드가 그나마 파퓰러해서일 것이다. 나머지 트랙들은 너무 어둡다.

멋지게 끝내자

바쁘게 살아보자

그러다가 문득 가슴 시린 그날에

어쩌다 한 번씩 너를 원망하는 것쯤은 이해해주겠지

기타를 처음 배운 사람도 연주할 수 있는 단순한 코드 진행의 노래를 만들고 싶었다. 이때까지, 그리고 지금까지 발표된 달빛요정의 노래들도 연주하기 어렵지 않은 코드로 만들어졌지만 이 노래는 가장 쉬운 코드 세 가지로만 만들었다. 리듬도 단순하다. 그런데 앨범 녹음할 때의 보컬 상태가 너무 안 좋았던 것 같다. 나중에 러브송 앨범을 만들게 되면 어쿠스틱한 느낌으로 다시 한 번 불러 보고 싶은 노래. 처음 만들었을 때의 자뻑에 가까운 감동이 강렬해서 아쉬움이 많이 남는 노래이다.

오즈(OZ)

해마다 5월이면 MBC에서 가정의 달 특집으로 일주일 동안 연작으로 방영하는 휴먼다큐멘터리 〈사랑〉의 2006년 방송에 사용된 곡. 눈물

콧물 쏙 빼는 최루성 내용이 많은 다큐멘터리이지만 한 편 정도는 경쾌한 내용으로 채우기도 한다. 그 경쾌한 부분에 삽입될 곡이니 희망찬 가사로 써달라는 부탁과 〈361 타고 집에 간다〉 분위기를 원한다는 부탁을 함께 받았다. 사람들에게 희망을 주는 가사를 써본 지가 언제였더라, 한 번이라도 써본 적 있었나? 몇 년을 세상에 대한 투정과 스스로를 향한 자학으로 일관했던지라 좀 부담스럽기도 했지만 1년에 한두 번 들어올까 말까 한 의뢰를 거부할 수는 없는 일.

막상 그렇게 작업을 시작해서 대략의 코드 진행과 리듬을 먼저 만들고 멜로디도 대충 만들긴 했는데 가사 쓸 일이 막막했다. 참고하라고 보내준 시놉시스를 아무리 들여다봐도 내가 써먹을 만한 내용은 찾아지지 않았다. 밑도 끝도 없이 희망찬 가사라니. 그렇다고 사람들에게 희망을 강요하는 훈계조로 노랫말을 쓸 수는 없다. 예전에 메모해두었던 글들을 뒤적거리다 영화 〈오즈의 마법사〉에 대해 썼던 글들을 발견했다. 내가 지금 살고 있는 이곳이, 내가 지나는 모든 곳이 다 마법과 환상의 나라 오즈가 아닐까(내 노래는 언제나 가정과 의문에서 시작하는 듯). 그래, 현실을 받아들이자. 현실에 충실하자. 그러다 가끔 힘들 땐 누군가 내 곁에 있었으면 좋겠어. 응? 내가 이런 메모를 했던 적이 있었던가? 자기연민과 자학을 반복하기 시작했던 20대 초반에 썼던 글 같았다. 컴퓨터가 좋긴 좋네. 이런 글이 아직도 남아 있다니.

그러고 보면 이 음반은 내 20대의 역사를 보여주는 음반이다. 이 음반으로 발표된 30대에 만든 노래들도 역시 20대에 닿아 있으니. "누구에게나 삶이란 건 오즈를 찾아가는 길거나 짧은 여행." 이 여유롭고 관조적인 삶의 태도가 부끄럽지 않은 시대를 언제쯤 살아볼 수 있을지.

Single Hit #1

2007. 7.

신곡 세 개와 기존에 발표했던 노래의 재편곡 버전 세 곡이 실려 있다. 원래는 3집 앨범을 내기 전 몸풀기로 작업하고 6개월쯤 뒤에 정규집을 내려고 했는데 1년도 넘어서야 정규앨범이 나와버렸다. 이 책이 나올 때쯤 작업이 끝나 있어야 할 싱글앨범은 과연 언제쯤 나올 수 있을까. 언제나 그렇듯 야구용어를 중의적으로 사용했다. 싱글히트 single hit는 1루타의 의미이기도 하고 이 싱글앨범이 히트했으면 좋겠다는 소망이기도 하다. 하지만 소망은 언제나 소망일 뿐. 요새는 공연 때도 잘 부르지 않는다. 싱글 타이틀곡이라고 우겼던 〈달려간다〉보다 3번 트랙 〈이러지 마〉가 더 인상적으로 들리는 건 나뿐일까.

달려간다

달빛요정의 노래 중에서 가장 헤비하다고 할 수 있는 노래. 한 1년쯤 외국 펑크음악을 즐겨 들었던 흔적이 담긴 노래이다. 기타를 좀 잘 치는 작곡가라면 더 멋진 기타리프가 나왔을 텐데 어설픈 실력을 가진 내가 만든 유치한 리프가 좀 엉성하다. 그래서 요새는 어쿠스틱 버전으로 가끔 부른다. 녹음도 한번 해볼 생각이다. 아무 생각 없는 가사가 맘에 든다. 〈달려간다〉는 윤종신 10집의 〈너에게 간다〉에서 따온 제목이다. 윤종신 10집이 갖고 있는 처량함을 20대의 쿨한 버전으로 만들고 싶었지만 나는 이미 30대. 달빛요정의 노래가 삶의 찌질함이라면 윤종신의 노래는 사랑의 찌질함이다. 성시경이 부르면 그 찌질함이 약간 상쇄되면서 전통적인 느낌의 러브발라드가 된다. 경제적인 효과 역시 증폭된다. 윤종신이 음악만 했으면 좋겠다는 생각을 가끔 한다.

모든 걸 다 가질 순 없어

동물원 5집에 실린 동명의 노래에서 제목을 따왔다. 제목을 무단으로 사용했다는 비난을 하기보다는 동물원에 대한 존경의 의미로 받아줬으면 좋겠다. 내가 스스로 '동물원빠' 임을 증명하는 노래이기도 하다. 정확히 말하면 김창기 빠돌이라고 할 수 있겠다. 나는 내가 스스로 동물원의 역상逆像, 김창기의 사악한 모습이라고 생각한다. 김창기의 노랫말에 감동받으며 10대와 20대를 보냈지만 비슷하게 쓰기보다는 아예 반대의 글을 씀으로써 내 정체성을 찾았다고나 할까. 기본

심성이 다를 수도 있겠다. 김창기는 의사고 나는 무직의 야구 매니아 니까.

달빛요정의 〈모든 건 걸 가질 순 없어〉는 그저 그런 러브송이다. 동물원의 〈모든 걸 다 가질 순 없어〉는 대한민국 노랫말의 역사에서 빼놓을 수 없는 수작이라고 생각한다.

> 한 여자를 알고 있어 깨어진 꿈의 조각들에 손을 베인
>
> 이젠 손을 쥘 수 있는 것만을 믿게 된
>
> 그걸 놓치지 않는 세상의 법을 깨달은
>
> —동물원, 〈모든 걸 다 가질 순 없어〉 중에서

언제쯤 나는 이런 멋진 가사를 쓸 수 있을까. 푸념이 아닌 노래를 만들 수 있을까.

이러지 마

이 앨범의 실질적인 타이틀곡이라고 할 수 있는 노래. 3집에서는 〈치킨런〉보다 〈나를 연애하게 하라〉가 더 많이 알려졌듯이 이 앨범에서 이 노래를 더 좋아하는 사람이 많은 것 같다. 마스터링 엔지니어의 취

향 때문인지 라킹rocking한 느낌의 1, 2번 트랙보다 이 노래의 마스터링이 더 잘된 것 같다. 술 취하면 가끔 듣는 노래 중의 하나. 녹음할 때 노래도 꽤 열심히 했던 것 같다. 공연 때는 잘 하지 않는다. 공연 때 한 번 부르는 건 별 문제가 없는데 연습하기가 재미없어서 연습을 하지 않다보니 공연 때도 잘 하지 않게 된 비운의 노래.

오늘 아침 개밥으로 준 그게 아마 사랑일 거야

슬픔은 나의 힘 (version 2007)

1, 2집 공연 다닐 때는 매번 불렀는데 3집을 내고 나서부터 거의 부르지 않는 노래. 공연 버전을 그대로 녹음했다고 보면 되겠다. 아무래도 공연 때는 신나는 노래 중심으로 공연을 하게 되는지라 이런 처지는 노래는 잘 안 하게 된다. 그래서 이런 칙칙한 노래들만 부르는 어쿠스틱 공연을 1년에 한 번은 해야 한다는 생각을 하고 있긴 한데 여건이 허락되지 않는 건지 내가 게으른 건지 아직 한 번밖에 하지 못했다.

오즈 (acoustic version)

2집에 실렸던 히든 트랙의 어쿠스틱 버전이라고 할 수 있겠다. 다큐멘터리 일정에 쫓겨 급하게 일렉트릭기타로 녹음한 게 두고두고 아쉬웠던 걸 한풀이한 버전이라고 할까. 통기타보다 일렉트릭기타를 더 좋아하긴 하지만 이런 포크 풍의 노래에는 통기타가 필요하다.

좋은 사람 (version 2007)

1집의 자체발매 버전에 실렸던 노래의 재녹음판. 여자보컬 중심으로 믹스된 버전이 너무 듣기 싫어서 예전에 이 노래를 함께 부르던 대학 동기들을 불러 녹음을 해봤는데 다들 너무 삶에 찌들어 있어서 목소리가 맛이 가 있었다. 그래서 솔로로 부르는 앞부분만 살리고 뒤쪽은 내가 혼자서 40트랙 넘게 코러스를 했던 엄청난 노가다가 추억이라면 추억으로 남는 노래.

Goodbye Aluminium

2008. 9.

저주받은 뮤지션 달빛요정의 새 앨범 〈Goodbye Aluminium〉. 2004년, 〈절룩거리네〉 〈스끼다시 내 인생〉이 담긴 1집 앨범으로 혜성과 같이 데뷔하였으나 최대의 히트곡이 방송금지를 당하며 시작된 저주, 이후 대중과의 소통을 모색하면서도 진실된 노랫말과 멜로디에 개성 있는 창법이 얹어진, 본인 스스로 명명했던 달빛요정으로서의 정체성을 잃지 않으며 정규2집과 싱글, EP 등을 발표하였으나 요정이 아닌 호빗에 가까운 외모로 인해 독특한 노래에 관심을 가졌던 팬들은 등을 돌렸고 진심을 담았던 그의 노랫말은 평이한 연주로 인해 그 빛이 바랬다. 결국 그에게 남은 것은 1년 넘게 밀린 월세와 낡은 기타들이 나뒹구는 자취방, 신용불량의 딱지뿐. 가난하게 살아도 음악을 하면서 살겠다는 그 소박한 꿈은 절망으로 바뀌게 된다. 그리하여 2007년 새해, 달빛요정은 큰 결심을 하게 되는데, 그것은 바로 연봉 1200. 즉 월수입 100만 원이 되지 않으면 음악을 그만해야겠다는 것이었다. 그렇게 마지막으로 준비된 앨범이 바로 〈Goodbye Aluminium〉이다. 이 낯선 조합의 제목은 고교야구에서 알루미늄 배트의 사용이 사라짐을 아쉬워하며 만들어진 것으로, 달빛요정에게 알루미늄 배트란 순결한 아마추어리즘을 의미하는, 처음 산 기타와 같은 순수의 상징이었을 것이다.

세상이 달빛요정에게서든, 그 누구에게서든 아마추어임을(혹은 아마추어처럼 보임을) 원하지 않는다는 서글픔을 긴 기타 솔로 후주와 함께 조용히 읊조린 달빛요정은 세상을 향해 당당히 붙어보자며 외쳐본다(나의 노래). 그러나 그에게 돌아온 건 생활을 위해 치킨집에서 배달을 해야 하는 고단한 삶이었다(치킨런). 정말 열심히 음악만 했는데 내가 왜 초라한 삶을 살아야 하는지 고민하며(도토리) 허기짐에 울부짖기도 한다(고기반찬). 실패한 뮤지션으로서 자신의 현실을 파악한 달빛요정은 그 원인을 찾아본다. 결국 삶이란 벗어날 수 없는 굴레라는 걸, 꿈은 꿈대로 갖고 있는 편이 좋았다는 걸 깨달으며(스무 살의 나에게), 스무 살 그때, 동사무소 방위시절에 느꼈던 패배감과 세상에 대한 분노, 안타까움을 노래한다(길동전쟁 2, 내가 뉴스를 보는 이유). 허나 아무리 저주받은 인생이라도 사랑이 없으랴. '나를 연애하게 하라' 며 사랑을 꿈꿔보지만 행복했던 사랑의 순간은(달려간다) 결국 너무 짧게 산산조각 나고 만다(모든 걸 다 가질 순 없어). 아아, 이토록 저주받은 인생이라도 사랑만 있다면 행복했을 것을. 그 흔한 사랑에게조차 외면당한 달빛요정은 이제 조용히 허황된 요정 행세를 접고 자발적 패배주의자가 아닌, 진정한 인간의 낙오자 대열에 합류한다(요정은 간다). 그러나 그렇게 골방 속에 갇혀 있으면서도 자신을 향해 다 잘될 거라는 주제넘은 위로를 하며(칩거) 앨범은 막을 내린다. 보너스 트랙으로 실린 '사나이'는 먹고살기 바쁨에도 불구하고 저주받은 뮤지션의 우울한 음반을 끝까지 다 듣는 수고를 한 대한민국의 수컷들에게 바치는 노래이다.

이 앨범은 능력 없이 열망만 가득했던 실력 없는 뮤지션이 서른 중반이 되어서야 현실을 인식하고 자신이 패배자이며 낙오자임을 받아들이는 과정을 그린 앨범이다. 다행히 달빛요정은 연봉 1천만 원에 만족하며 은퇴 결심을 일단 거두었지만 음악을 향한 정말 순수했던 열정은 이 앨범이 마지막이 될지도 모르겠다. 온갖 낯설고 불친절한 지시어와 대중과의 소통을 고려하지 않은 사운드로 무장한 이 앨범은 바쁘게 살다가 음악을 통해 휴식을 취하려는 많은 사람들에게 불쾌하게 다가올 수도 있을 것이다. 위악적이거나 작위적이라는 비난도 있을 수 있다. 누가 달빛요정을 이렇게 만들었나, 전업 뮤지션으로서 연봉 1200이 그렇게 허황된 꿈이었단 말인가. 찬란히 빛나는 문명의 21세기, 국민소득 2만 불의 대한민국에서 주변인으로 도태된 달빛요정이 노래하는 상대적 박탈감. 행복한 사람은 듣지 마세요, 굿바이 알루미늄.

이 글은 2008년 10월에 발매된 3집 〈Goodbye Aluminium〉의 보도자료이다. 이전 앨범의 보도자료도 모두 내가 썼지만 뮤지션이 직접 보도자료를 써야 하는 현실이 왠지 서글프기도 하고 쑥스럽게 느껴져서 최대한 음악평론가나 음반사 관계자가 쓴 것처럼 흉내를 내서 글을 써왔다. 사실 그렇게 글을 쓰는 게 일반적이다. 격찬을 퍼부어도 모자랄 판에 이 보도자료는 시건방을 떨고 있다. 들을 테면 듣고 말 테면 말아라. 이 글을 쓸 때의 나는 매우 상태가 좋지 않았다. 오랜 음반 작업에 심신이 온통 맛이 간 데다 그 결과물에 실망을 한 터라 나 자신의 음악실력에도 회의를 느끼고 있던 상황. 이런 자학적인 상태는 앨범을 만들던 시기 중반 이후부터 앨범이 나와 그 앨범을 듣지 않게 될 때까지 계속된다. 너무 많은 걸 혼자서 붙잡고 있기 때문일 게다.

될 대로 돼라는 마인드와 그 허탈함이 뭉뚱그려진 이 장문의 보도자료를 쓰고 난 뒤 한두 시간 고민을 했다. 다시 쓸까? 이건 너무 자학적인 데다 거북하기까지 하잖아. 그러면서 몇 번 더 읽어보니 이건 너무 내 진심인 거다. 그래, 그냥 가자. 그래도 익숙한 음반 홍보 문구를 기대하는 많은 사람들한테 조금 미안한 맘이 들어서 '행복한 사람은 듣지 마세요' 라는 제목을 붙였더니 나름 완성도 있는 글처럼 읽혀졌다. 오오, 이것은 유시민의 「항소이유서」에 버금가는 명문이 아닌가(자백과 자학의 연속. 그러나 변덕은 아닐 거다. 난 그저 내가 솔직한 거라고 생각한다. 가끔은 지나칠 만큼).

이 글을 쓰고 나서 난 슬럼프를 탈출했다. 이 앨범 작업을 완료하고 이 앨범을 한 번도 들어본 적 없지만 홈페이지에 올라와 있는 이 글은 가끔 읽는다. 그러나 글질이든 딴따라질이든 돈 안 되기는 마찬가지. '행복한 사람은 듣지 마세요'라는 부탁은 통했을까. 사람들이 행복해지면 달빛요정 행세는 할 필요가 없었을 텐데.

Goodbye Aluminium

원래는 예전 룸메이트가 만들던 단편영화의 음악을 부탁 받고 만든 짧은 인트로 곡이었는데 결국 그 영화에는 쓰이지도 못하고 버려진 채 하드디스크 안에 봉인되어 있다가 부활한 곡.

아무런 소용이 없대 너를 잊으래

더 행복해질 수 있대 끝내버리래

너무나 소중했는데 다 잊어버리래 지워버리래

노랫말에 신경을 쓰면서 곡을 쓰다보니 음악적인 감동을 놓치게 되는 경우도 많았던 것 같다. 그래서 절충한 최후의 방법은 사람들이 가장 편하게 들을 수 있는 흔한 러브송 안에 내가 넣고 싶은 메시지를 심어놓는 것. 그게 사람들에게 러브송으로 받아들여져 가벼운 유행가로 들려도 좋고, 한 번 더 생각하는 사람들에게 내가 의도했던 의미로 받아들여지면 더 좋고, 생뚱맞게 또 다른 의미로 해석돼도 좋다는 생각. 어차피 노래는 발표되는 순간 내 것이 아니라 듣는 사람의 순간이 되는 것 아닌가.

제목을 모르고 들으면 편안한 러브송으로 들리는 노래다. 흔하게 'Goodbye'라고 제목을 붙였다면 더 편하게 들었을지도 모르겠다. 하지만 노래에서 흔하게 쓰이는 'Goodbye'라는 단어가 'Aluminium'이라는 단어와 만나니 어딘가 낯선 느낌을 받게 한다. 'Goodbye Aluminium'? 이게 뭐야? 노래에 왜 알루미늄이 들어가? 어라? 간주인 줄 알았는데 후주였잖아, 노래가 반복이 안 되고 페이드아웃으로 그냥 끝나버리네? 뭐야, 이 따위 노래가 어디 있담. 이런 반응을 의도하고 만든 노래. 그러고 보면 난 참 잔머리를 굴리는 사악한 녀석이다. 아직까지도 노래를 통해 돈을 벌려고 하기보다는 재미를 느끼려고 하는 철부지녀석 같으니.

〈굿바이 알루미늄〉이라는 제목은 2004년부터 고교야구에서 기존에 사용하던 알루미늄 배트 대신 나무 배트를 사용하게 되었다는 신문기사를 보고서 만든 것이다. 이제 더 이상 고교야구에서 깡! 하는 경쾌한 소리를 들을 수가 없구나. 왠지 아쉬웠다. 고교야구라는 건 결국 프로선수를 길러내기 위한 농장일 뿐인 건가. 그저 공놀이인 걸. 프로가 되지 못하면 아무것도 하지 말라는 말인가. 내게 하는 말 같았다. 그런 어쭙잖은 실력으로 음악해서 되겠어? 그 실력에 음악이 하고 싶으면 몸이라도 팔아야지, 근데 네 몸뚱이는 쓸 데가 없잖아, 이 호빗놈아!

그렇다면 이제는 알루미늄 배트를 내려놓아야 한다. 나는 프로선수가 될 수 없다. 하지만 이 노래는 프로선수가 되기 싫다는 내용이 아니다. 더 이상 아마추어가 아니라는 선언이다. 그 선언을 실천에 옮기기 전, 마지막으로 뒤돌아 꿈과 추억을 떠나보내는 송가로 받아들여줬으면 좋겠다. 그래서 그렇게 기나긴 후주가 있는 노래.

나의 노래

원래 2집에 들어가야 할 노래였는데 편곡 및 사운드가 맘에 안 들어서 봉인되어 있다가 우연찮게 들려준 데모가 채택되어 드라마 OST

에 첫 진출한 기념비적인 곡. 유준상, 하희라 주연의 〈강남엄마 따라잡기〉라는 드라마에 삽입되었다. 귀여운 카라 동생들이랑 같은 앨범에 참여했다는 데 의의를 두고 싶다. 같은 녹음실에서 작업도 했는데 마주치지 못한 게 아쉬울 뿐. 드라마에 삽입된 버전은 앨범에 수록된 버전보다 1분 정도 짧으며 중반부가 삭제되어 있다. 앨범 버전이 좀 길다는 생각도 든다. 역시 드라마 음악 프로듀서들에게는 상업적인 음악을 만드는 능력이 있다.

덤벼라 건방진 세상아
나에겐 나의 노래가 있다
내가 당당해지는 무기

이 노래는 후렴부분이 전부인 노래라고 해도 과언이 아니다. 나머지 가사들은 후렴을 부르기 위한 장식이며 장치일 뿐이다. 요새 많은 노래들이 그렇듯. 변변치 않은 음악실력에도 불구하고 3집 넘게 음반을 계속 내고 있는 건 내게 썩 괜찮은 후렴을 뽑아내는 능력이 있기 때문인 것 같다. 유려한 멜로디를 구사한다기보다는 약간은 특이한 가사와 반응하며 귀에 잘 꽂히는 후렴.

이 노래를 만들 즈음, 언제나 그랬고 아직도 그렇듯, 나를 위로 해줄 노래가 필요했다. 나는 지극히 자기중심적인 인물이고 그만큼 자기중심적인 노래를 만든다. 현실에서의 나는 별 볼일 없고 보잘것 없는 인물이지만 내 노래 안에서는 내가 왕이다. 이곳은 나의 왕국. 신하도 없고 주민도 없고 왕비도 없지만 누구에게도 간섭받고 싶지 않은 나만의 왕국이다. 하지만 그 왕국 밖에서 세상에게 끝없이 상처받는 나. 스스로를 위한 다짐이 매일매일 필요하다. 나를 위한 '나의 노래'가 필요했던 때였던 것 같다.

치킨런

3집 앨범 타이틀곡인데 타이틀곡이 아니게 되어버린 비운의 곡. 하지만 이 노래를 만들고 울었고 부를 때마다 운다. 생각보다 많은 공감을 이끌어내지 못한 건 사람들이 이 노래의 화자에 공감하지 못하거나, 어쩌면 공감하고 싶지 않고, 알고 싶지 않기 때문이라고 생각한다. 몇 번이나 얘기하는 거지만 대중들은 음악에서 판타지를 꿈꾼다. 하지만 내 노래는 구질구질하다.

1.5집을 내고 2집을 준비하던 중에 친구가 일산호수공원의 쇼핑몰에 치킨집을 열었다. 한국콘텐츠진흥원에서 인디밴드 지원금을 받

기로 되어 있었기 때문에 앨범 제작비에는 여유가 있는 상황. 하지만 생활비가 없었다. 두어 달 알바나 하면서 곡들을 정리할 생각이었는데 마침 친구가 가게에 와서 일 좀 도와달라는 부탁을 한다. 어차피 다른 알바를 구하면 공연이나 연습을 위한 시간을 빼기가 어려울 것 같아 친구에게 이러저러한 사정을 얘기하니 근무시간도 배려해주겠다고 한다. 그래서 시작한 치킨집 알바. 한 두어 달 정도 일한 듯싶다. 대학 졸업하고 잠깐 회사에 근무한 이후 언제나 그랬듯 나는 또 내 정체성이 헷갈린다. 홍대에서는 앨범을 내고 공연을 하는 뮤지션이었고 일산에서는 치킨집 카운터에서 주문을 받고 계산을 받고 닭을 튀기며 가끔은 배달도 하는 반 정도는 직원이었고 반 정도는 알바인, 치킨집 주인의 친구. 게다가 주말이면 안 나오기도 하고 저녁때는 일찍 가버리기도 한다. 가끔은 고딩 알바들이 내 정체를 궁금해하기도 했다. 재작년인가는 아저씨가 그렇게 유명한 뮤지션인지 몰랐다며, 저 이제 대학생 됐다는 쪽지를 홈피에서 받기도 했다. 나도 내 정체성에 대해서 헷갈려했는데 철없는 꼬맹이들은 오죽했을까.

아침에 출근을 하면 닭 튀길 기름을 준비하고 생닭을 먹기 좋게 잘라 숙성시킨다. 그리고 주문이 들어오면 반죽을 입히고 튀긴다. 퇴근하기 전에는 기름을 버리거나 장사가 안 된 날에는 튀김의 흔적들을 걸러낸다. 오픈 초창기에는 하루에 50마리도 잘라보고 튀겨봤으나 일을 관둘 즈음에는 하루 열 마리도 안 팔린 적이 많았다. 장사가 안 되다보니 알바를 줄이는 수밖에 없었다. 알바를 줄이니 한 명이 무단으로 결근하면, 배달을 나갈 알바가 없을 때도 가끔 생겼다. 그래서 가까운 곳은 내가 직접 배달을 가기도 했다. 미성년자를 보내서는 안 될 것 같은 안마시술소나 룸살롱으로 배달을 갈 때도 있었는데 꽤나 민망했다. 어딘가에 닭을 배달하고 터덜터덜 가게로 돌아가던 저녁, 문득 내 인생이 이 일산공원 쇼핑몰 단지에 갇혀 있다는 생각이 들었다.

내 인생의 영토는 여기까지

주공 1단지

그대의 치킨런

그때의 현실을 그대로 쓰자면 '호수공원 쇼핑몰, 그대의 치킨배달 아저씨' 정도가 될 것이다. 하지만 아무리 내 노래가 일기 같은 느낌을 준다고 해도 그 일기를 그대로 노랫말로 쓰는 건 재미도 없고 감동도 없다. 그래서 생각해낸 말이 '주공 1단지'. 쳇바퀴 돌아가듯 반복적인 일상의 영역을 표현하기에는 제격이다. "내 인생의 영토는 여기까지 주공 1단지 치킨배달 아저씨"라는 가사를 만들고 멜로디를 붙여봤다. 그런데 아무래도 이 가사는 열심히 사는 배달사원들을 비하하는 느낌이 들어서 '치킨런'이라는 가벼운 느낌으로 교체. 이렇게 대략 후렴부분의 멜로디와 가사를 만들고 나니 이 후렴을 도와줄 만한 개연성 있는 흐름이 필요했다. 그래서 특기인 공상과 상상을 시작했다. 내 노래들이 서사적인 특성을 갖는 건 감정이 아니라 사실과 경험에 기초한 공상과 상상에 기반을 두고 있기 때문일 것이다. 내 노래는 내 인생의 한순간이기도 하고 듣는 이들의 한순간이기도 하다.

오래전 널 바래다주던 길

어쩌다 난 이 길을 달리게 된 걸까

이러다 널 만나게 될까봐 난 두려워

직업에는 귀천이 없다고 배웠지만 현실은 그렇지 않더군

난 부끄러워

키 작고 배 나온 닭배달 아저씨

닭배달을 하다가 대학 선배를 만난 적이 있었다. 꾀죄죄한 내 모습이 부끄럽다는 생각이 들었다. 한때는 음악을 하겠다고 거들먹거리고 다녔는데. 선배 형은 네가 이제 정신을 차렸구나, 덕담 아닌 덕담을 해주었다. 늦게라도 정신 차렸으니 이젠 정말 열심히 살아야지, 하는 기분 더러운 말도 곁들여. 꿀꿀한 마음으로 가게로 돌아오면서 만약 옛날 여자친구를 만났다면 어떤 상황이었을까, 어떤 기분이었을까 하는 생각이 들었다. 처참하겠구나.

영원히 난 잊혀질 거야

아무도 날 몰라봤으면 해

난 버티지 못했어

모두 다 미안해

내게도 너에게도

그저 숨어버리고만 싶을 것 같았다. 이 느낌은 이 앨범의 11번 트랙 〈요정은 간다〉에서 잘 드러나 있다("난 잊혀질 거야 지워질 거야 모두에게서 영원히"). 하지만 결국 언젠가는 받아들여야 하는 상황이다. 이젠 다른 삶을 살아야 한다. 나는 실패한 뮤지션이다. 미련을 못

버리고 몇 년 더 음악을 한다 해도 언젠가는 결국 실패할 뮤지션이다. 뮤지션으로서의 삶과 앞으로의 미래에 대한 고민이 한창 많을 때여서 인지도 모르겠다(지금도 끝없이 고민 중이긴 하지만). 모든 현실이 절망적으로만 느껴졌다.

어제 나는 기타를 팔았어

처음 샀던 기타를 아빠가 부실 때도 슬펐지만

울지는 않았어 어제처럼

내일부턴 저금을 해야지

그래도 난 한때는 세상을 노래하던 가수였는걸

언젠가는 다시 기타를 사야지

뮤지션으로서 가장 비참하고 비극적인 상황이다. 돈 되는 일을 해본 게 언제였더라. 쌀 떨어진 지는 이미 오래. 집 안에 있던 동전까지 탈탈 털어서 담배를 한 갑 사서 피우는데 가슴이 탁 막혀온다. 내일은 뭘 먹나. 전기요금도 내야 하는데. 핸드폰 요금도 내야 하는데. 음악을 때려치웠지만 그래도 한때의 추억으로 영원히 갖고 싶었던, 무덤까지 갖고 들어가고 싶었던 기타를 팔아야 할 것 같다. 인터넷 중고장터에 판다는 글을 올리는데 엔터키가 잘 눌러지지 않았다. 비싼 기타는 아니어서 금세 연락이 온다. 이제 기타 배운 지 얼마 안 되는 고딩 녀석과 직거래하기로 했는데 이 녀석이 자꾸 깎아달라고 조른다. 기타를 팔아서 집에서 혼자 고기를 구워먹을 계획을 세웠는데 애한테 안 팔면 오늘 고기는 못 먹는다. 헐값에 넘기고 집으로 돌아가는 길. 마트에 들러 삼겹살 만 원어치와 쌀 한 말, 고기를 싸먹을 야채, 맥주 두 병을 샀다. 야구중계를 보며 고기 한 근을 다 먹고 나니 세상을 다 가진 것 같다. 배가 부르니 잠이 솔솔 온다. 반쯤 잠이 든 상태로 야구를 보고 있는데 광고에서는 계속해서 잘생긴 녀석이 기타를 흔들며 청춘을 예찬하고 있다. 아 씨발, 누구 놀리냐. 엿같은 기분으로 잠이 드는데 눈물이 줄줄 흐른다. 그래, 그때 아빠가 기타를 부술 때 정신을 차려야 했어. 세상은 나의 노동력을 헐값에 착취하기만을 원할 뿐, 세상을 노래하는 내 노래 따위는 원하지 않아. 이젠 닥치는 대로 돈을 벌 거야. 비열해져서라도 돈을 벌 거야. 큰돈을 벌려면 법을 어겨야지. 이제 내 인생에 정의는 없어. 정의도 돈으로 살 수 있는 세상인 걸. 두고 봐, 세상에서 제일 좋은 기타를 살 거야.

이 단편영화 같은 스토리는 이 노래를 쓰기 위해 내가 상상한 내용이다. 비슷한 경험을 해본 적도 있다. 하지만 현실에서의 나는 기타를 팔아서 더 비싼 기타를 사는 데 보탰다. 많은 사람들이 섭섭한 기분과 속았다는 기분을 느낄 거라고 생각한다. 심지어 달빛요정의 음악을 좋아하는 팬들조차도 달빛요정의 극적인 파멸을 원할지도 모른다는 생각을 가끔 한다. 내가 무너질수록, 파멸에 더 가까워질수록 사람들은 그 스토리에 열광할 것 같다는 생각을 가끔 한다. 하지만 난 현실을 노래할 뿐이다. 현실의 절망을 노래해서 돈을 번다. 절망을 팔아서 먹고사는 게 부끄럽기에 많이 벌 생각은 없다. 평생 음악만 하게 해줘요.

욕망은 파멸을 불러와

여기에 좋은 증거가 있어

날 박제해도 좋아

교훈이 될 거야

이래선 안 된다는

음악을 하고 싶다는 소망도, 음악을 포기하고 나서 하게 된, 세상에서 제일 좋은 기타를 사겠다는 결심도, 결국은 모두 욕망일 뿐이다. 꿈은 크게 갖는 편이 좋다고들 하지만 서른 중반의 나이는 꿈을 크게 갖기보단 현실에 적당히 타협해서 살아가도 좋을 나이. 나는 모든 뮤지션 지망생들에게 교훈이 될 것이다. 허황된 꿈을 이루기 위해 좌충우돌하는 어린 청춘들에게 본보기가 될 것이다. 그렇게 살면 고생해. 블루스 기타리스트 김목경도 비슷한 제목의 노래를 불렀다. 〈거 봐, 기타 치지 말랬잖아〉(김목경 5집, 2005).

세상은 내게 감사하라라네

그래 알았어

그냥 찌그러져 있을게

하지만 이 노래의 화자는 꿈을 버리지 못하고 있다. 이 초라하고 비루한 현실. 세상은 끊임없이 현실에 만족하라고 가르치지만 아직은 그럴 수 없다. 나는 뮤지션인걸. 하나만을 향해 달려왔는걸. 나는 세상에 감사하지 않아. 감사하는 척은 해줄 수 있어. 그게 편하니까. 하지만 난 언젠가 다시 노래를 할 거야. 지금은 조용히 찌그러져 있지만.

나는 이 땅의 모든 뮤지션 지망생들에게 건전한 교훈이 될지도 모르겠다.

내가 만들고 나서 감동받고 부를 때마다 감동받는 것에 비해 듣는 사람들에게는 그 감동이 잘 전해지지 않는 것 같아서 언제나 아쉬운 노래다. 앨범 버전이 너무 산만해서 그런 걸까, 뮤지션이 화자인 노래가 대중들에게는 잘 와닿지 않기 때문일까, 실패한 사람의 이야기는 듣고 싶지 않아서일까. 이 노래가 생각날 때마다 이런저런 생각을 한다. 나한테는 이 노래가 내 노래 중에서 최고의 트랙인데. 음악하는 친구들은 이 노래가 너무 적나라해서 싫다고 한다. 이런 비슷한 경험은 다들 한 번쯤은 해봤을 테니까. 하지만 숨기고 싶은 진실이니까.

정신없고 시끄러운 앨범 버전의 사운드를 공연 때 구현하긴 쉽지 않아서 요새는 느리게 편곡한 버전으로 부르고 있다. 노래를 처음 만들었던 때의 느낌에 가까운 버전이다. 노래가 이렇게 묻히는 게 아쉬워서 2009년 EP 앨범에 수록할 예정. 진심은 다가갈 수 있을까.

도토리

싸이월드 엿먹으라고 만든 곡. 가끔씩 사람들에게서 싸이월드 미니홈피 배경음악으로 내 노래를 깔았다는 말을 듣는다. 네 노래 사느라고 도토리를 몇 개 썼다는 말도 빼놓지 않는다. 그런 걸 사는 사람이 내 주위에도 있구나. 그런 건 애들이나 하는 짓인 줄 알았는데.

SK에서 인수하기 전에 가입했다가 별 재미없어서 내버려두고 있다가 싸이월드가 한창 유행일 때 들어가서 '친구찾기' 기능으로 타고 들어온 국민학교, 중학교 시절의 옛 친구들이랑 글 좀 교환하다가 그 좁은 화면에 질려서 또다시 방치. 공식 홈페이지보다 싸이월드 클럽이나 일촌관계를 더 선호하는 사람들이 있는 것 같아서 사진 퍼가라고(홍보의 수단이 이런 거밖에 없다니, 참으로 가슴 아프도다) 또 몇 번 관리하다가 요새는 귀찮아서 그냥 내버려두고 있는 그곳, 혹은 그 짓거리. 과시욕과 관음증이 서로 반응하며 공존하는 곳. 싸이질은 거의 하지 않지만 싸이월드를 통해 탄생한 수많은 된장녀와 허세남들의 자폭인증은 참으로 많이 보았다. 내 노래가 그런 욕망의 공간에 배경음악으로 사용된다는 게 이상하기도 하고 고맙기도 하다. 뭐, 어쨌든 내 노래가 널리 퍼지면 좋은 일이다. 나는 이런 신기한 음악도 듣는다는 문화적 우월감을 과시하기 위함일지라도 나쁘지 않다. 문제는 그게 하나도 고맙게 느껴지지 않는다는 것.

요새는 얼마인지 모르겠지만 싸이월드에서 노래 한 곡을 500원에 구입했다고 치자. 일단 수입의 반은 SK가 먹는다. 250원이 남는다. 이 250원을 싸이월드에 음원을 납품한 디지털 음원 유통회사와 5대 5 정도의 조건으로 나눠먹는다(그나마 이건 좋은 조건). 그러면 125원이 남는다. 본인이 직접 제작했을 경우에는 이걸 다 먹을 수 있다.

그러나 보통은 제작자가 절반 이상을 가져간다. 좋은 조건으로 계약해 5대 5의 분배조건을 갖는다 하더라도 75원. 여기서 또 도대체 뭘 관리해주는 알 수 없는 저작권협회에서 관리수수료 명목으로 9퍼센트를 떼어간다. 70원도 안 되는 금액이 저작권자에게 돌아간다. 그나마 이건 작사와 작곡을 같이할 경우. 두 사람에게 나눠진다면 35원씩 받게 된다. 만약 밴드음악이라면 더 끔찍하다. 밴드 멤버 4명이 공동으로 작사, 작곡에 참여했다면 한 곡당 20원도 못 받게 되는 이런 말도 안 되는 수익분배 구조. 참고로 외국의 대표적인 음원서비스인 아이튠즈itunes에서는 서비스 제공업체인 애플이 30퍼센트를 가져간다고 한다. 이것도 많이 먹는다고 뮤지션들과 끊임없이 싸우고 있다.

대한민국에서 인간의 권리를 찾는 건 어려운 일이다. 나는 대한민국의 국민이 되기 위한 국민학교를 나왔으니까. 인간이 되기 위한 초등학교를 나온 어린 분들이여, 당신들은 부디 파이팅! 세상에서 제일 듣기 싫은 게 사내새끼 죽는 소리라는데 당신들은 죽는 소리 안 해도 행복할 수 있는 세상이 오기를 요정은 기원합니다. 이것은 요정의 축복! 정의의 이름으로 너를 용서하지 않겠다! 새로운 세상이여, 열려라!

이 노래에서 가장 맘에는 드는 노랫말인 '벗으라면 벗겠어요'는 오래전에 심하게 열중해서 보았던 드라마 〈발리에서 생긴 일〉에 나오는 신이의 대사에서 따왔다. 물론 더 오래전부터 한국 에로영화에서 가끔 들었던 대사이다. 어디에서 들었던 것 같은 '나는 무겁고 안 예쁘니까'는 김태희가 나왔던 싸이언 CF에서 따온 것이다. 그 CF를 기억하는 사람이 있으려나. 어쨌든, 카피 만든 분께 경의를 표한다.

고기반찬

〈치킨런〉〈도토리〉에 이어지는 음식물 3종 세트를 마감하는 곡. 공연 때는 〈스끼다시 내 인생〉이 추가되기도 한다. 2집 앨범 수록곡 〈제육볶음의 비밀〉을 포함하여 일명 '달빛요정 음식물 5종 세트'라고 불리는 노래들 중의 하나. 내가 먹는 걸 좋아하긴 좋아하나보다(이성보다는 본능에 충실한 삶이 부끄러운 건 아니지 않은가). 지금까지 발표한 곡이 60곡이 채 안 되는데 그중에 5곡이 음식 관련 노래. 이러니 살이 찌지. 더 이상 돼지가 되면 안 되는데. 판타지를 깨는 것도 어느 정도 선을 지켜야지!

아무리 노래가 좋아도 아무리 음악이 좋아도

라면만 먹고는 못 살아 든든해야 노랠 하지

고기반찬 고기반찬 고기반찬

앞선 트랙 〈도토리〉에 이어지는 Outro / Epilogue 형식으로 짧게 만든 곡인데 일부러 가난하게 만든 사운드가 곡의 뉘앙스 전달에 효과적이었던 것 같다. 심지어는 TV 프로그램 〈1박2일〉에서 떡갈비 먹는 장면에 삽입되기도 했다. 이 노래를 이 앨범의 베스트 트랙으로 꼽는 사람도 있었다. 그래서 깨달았다. 내 노래에는 화려한 연주나 장식적인 효과가 별 의미 없다는 걸. 요새 공연 때는 기타 한 대 반주로만 노래하는 건 나도 뻘쭘하고 밴드 애들도 뻘쭘해하는 것 같아서 신나는 락 버전으로 연주하고 있는데 곡이 1분이 채 안 돼서 분위기 띄우는 데 좋은 것 같다. 원곡도 1분이 안 돼서 네이버 뮤직이나 벅스 등 각종 온라인 음악 사이트에서 미리듣기로 전곡을 다 들을 수 있는 흔치 않은 곡이다. 공연 때 짧게 앵콜하는 용도로 편곡된 버전으로 2009년 가을에 나올 EP에 수록할 예정. 안 그래도 러닝타임이 짧은 노래인데 더 짧아졌다. 어쨌든 많이 들어줬으면 좋겠다. 이 노래는 슬픈 노래다. 슬프고 웃긴 게 내 노래다. 이게 웃기면 당신은 행복한 사람. 슬프다면 행복을 찾는 사람.

스무 살의 나에게

달빛요정 노래 중에서 최고로 난잡한 노래. 그 난잡함이 콘셉트. 너무 난잡한 것 아니냐는 말을 듣고 싶었는데 한 번도 듣지 못했다. 가사가 너무 고급이라 그런가. 나 없을 때 난잡하다고 뒷담아 까도 좋은데 말야. 이제 막 밴드를 시작해 손발을 맞춰본 지 얼마 안 되는 스무 살짜리들의 첫번째 자작곡 같은 느낌을 원했다. 진짜 스무 살짜리들을 데려올 순 없어서 2년 넘게 함께하고 있는 현재의 밴드 동생들에게 일부러 엉성하게 연주해달라고 부탁했는데 다들 나이 서른은 넘었고 음악한 지 10년이 넘는 놈들이라 유치한 연주가 잘 안 나왔다. 노래를 잘 모르고 연주했던 제일 처음의 느낌이 가장 좋았다. 연습을 하면 할수록 아귀가 딱딱 맞아 떨어져가는 것이 내가 원했던 느낌과는 정반대의 반향으로 가는 것 같아서 이 노래 연습은 더 이상 하지 않았다. 이런 스타일의 노래는 한 트랙씩 소스를 받아가는 일반적인 녹음 방식과 달리, 밴드 전체가 녹음실 부스 안에 들어서 라이브 공연하는 느낌으로 동시에 녹음해가는 게 곡의 분위기를 살릴 수 있다. 일명 원테이크. 하지만 이런 노래 때문에 녹음실 비용을 또 지불해야 하는 게 좀 아까워서 (돈이 없기도 하고) 일반적인 녹음방식으로 녹음을 했더니 별 재미가 없는 노래가 되어버렸다. 나중에 20대 친구들이랑 연주할 기회가 생기면 꼭 같이 해보고 싶은 노래.

가지려 하지 마 다 정해져 있어

세상의 주인공은 니가 아냐

이 멋진 세상을 그냥 받아들여

어차피 넌 이 세상의 주인공이 아냐

길동전쟁 2

2집의 〈길동전쟁〉과 이어지는 노래. 〈길동전쟁 2〉〈길동전쟁 파트 2〉〈속 길동전쟁〉〈길동전쟁 속집〉 등 많은 제목을 생각했던 만큼 나름 애착이 가는 노래고 신경을 많이 써서 작업을 했던 노래다. 심지어는 영문제목도 있다. 〈A Better Tomorrow-part 2〉. 역시 사춘기 시절에 봤던 영화들이 평생의 사고를 지배하는 것 같다. 난 이 우울한 노래에 〈영웅본색〉의 영어제목을 붙이고 싶었다. 〈길동전쟁 1〉이 흥겨운 리듬에 썩 유쾌하지만은 않은 가사, 어찌 보면 다소 치기 어린 노래였다면 〈길동전쟁 2〉는 발표된 내 노래 중에서 거의 유일한 마이너코드 진행을 갖고 있는 무거운 느낌의 노래다. 그 내용도 노래의 분위기만큼 어둡고 절망적이다. 누아르 특유의 어두운 분위기가 이 노래의 전체적인 분위기나 노랫말과 닮아 있다고 생각한다. 그 분위기를 닮고 싶었는지도 모르겠다. 내 노래는 누아르 영화에서 비참한 최후를 맞이하는 주인공의 친구가 들려주는 후일담 같은 노래이다. 만약 내가 컴퓨터나 게임에 빠지지만 않았다면 좀더 다양한 비극적인 군상들의 이야기가 나왔을지도 모르겠다. 아직 늦지 않았다고 생각한다. 나는 비극을 노래할 테니까. 즐거운 비극을 노래하는 게 나의 운명이고 의무라고 생각한다. 어쩌면 순교자가 될지도 모르겠다.

노래의 화자는 〈길동전쟁 1〉의 화자와 동일하다. 시간이 흘러 소집해제를 앞두고 있는 고참이 되어 있다는 게 다를 뿐. 할 일 없이 시간만 축내며 하루하루를 멍하니 보내던 어느 날. 노래의 주인공은 동사무소 구석의 창고에서 담배를 피우며 어제의 숙취를 달래본다. 시간이 흐르면 자연적으로 얻어지는 사회적 지위가 있구나. 하지만 난 어릴 적 꿈에서 멀어져가고 있는걸. 나도 이제 어른이 되는 거구나. 나도 쓰레기가 되는 거야.

차라리 나에게 총과 실탄을 다오

무기력한 이 젊음을 겨냥하고

마침내 과녁이 찬란히 부서질 때

내가 살아 있음을 느낄 수 있도록

미래에 대한 고민과 불안함, 꿈을 잊게 되는 것, 잃게 되는 것에 대한 아쉬움과 두려움. 그러나 결국 '세계와 우주를 꿈꾸던 소년은 이제 남한의 신용불량자'가 된다. 신용불량자 500만 명의 시절, 그리 부끄러운 일도 아니지만 쪽팔리긴 하다. 길동전쟁은 총 3부작이다. 아직 발표하지 않은 노래 〈길동전쟁 3〉의 부제는 '예비군훈련'. 대학교 휴학생 시절, 처음이자 마지막으로 갔던 동원훈련을 마치고 만든 노래다. 4집에 넣을 예정이긴 한데 확실히 자신할 순 없다. 이제 나는 예비군이 아니라 민방위. 민방위 훈련을 소재로 〈길동전쟁 4〉가 만들어질지도 모르겠다.

내가 뉴스를 보는 이유

노래의 화자는 히키코모리. 우리말로 하면 은둔형 외톨이가 되겠다. 가끔 저녁때 친구들에게 불려나가는 것 이외에는 매일 집에 처박혀서 음악작업만 하던 때가 있었다(지금도 별반 다를 바 없는 생활이다). 매일 집에서만 있으니 내 인생이 정말 한심하게만 느껴진다. 세상과의 소통도구는 텔레비전과 인터넷뿐. 매일 저녁 아홉 시를 전해주는 예쁜 여자 아나운서가 나의 여자친구였다. 가끔은 연쇄살인마가 나돌아다니는 무서운 세상이지만, 정치하는 놈들은 매일 제 밥그릇 싸움만 하는 역겨운 세상이지만, 그 여자를 보고 있으면 세상은 정말 아름다운 것 같다. What a Wonderful World!

번듯한 락발라드를 하나 쓰고 싶었다. 부르고 싶진 않았다. 발라드는 대중의 음악적 판타지에 가장 가까운 곳에 위치한 장르 아니던가. 내가 부르면 모든 노래가 희화화된다. 소위 발라드 가수라고 불리며 노래방에서 사랑받는 가수들의 힘을 빌리고 싶었다. 하지만 가사가 이래서는 누구도 부르려 하지 않을 것이다. 10년을 아껴둔 노래를 결국 내가 부르고 말았다. 감동은 절반이 되었다. 내가 할 수 있는 모든 대중가요적인 장치를 사용했지만 결국 대중가요는 여성의 심금을 울릴 수 있는 멋진 목소리만 있으면 절반은 먹고 들어간다. 내가 이 노래를 부른다는 건 절반은 버리고 들어가는 길. 어쩌자고 가수가 된 거냐. 넌 작곡가나 프로듀서가 되길 원했잖아.

하지만 어쩔 수 없다. 최선을 다해서 열심히 해보자. 그래서 선택할 수 있는 최선은 평소 가요 세션을 많이 하는 형님들의 도움을 받는 것. 데모를 들려주고 이래저래 몇 마디 나누고 녹음을 시작하니 몇 번 만에 만족할 만한 소스를 얻을 수 있었다. 아, 이래서 비싼 돈 주고 세션맨들 써서 녹음하는 거구나. 밴드의 자유로운 느낌은 없지만 정형화된 스타일을 원한다면 최선의 선택. 결국은 최고의 세션맨들이 연주한 정통 락발라드 반주 위에 어울리지 않는 부족한 가창력과 그만큼 어울리지 않는 가사가 뒤섞인 괴상한 노래가 되고 말았다. 내가 부르려면 이런 편곡을 해서는 안 되는 거였다. 이 노래를 만들게 해준 황현정 아나운서에게 미안한 마음이 든다. 요새의 아나운서들은 연예인화된 느낌이 들어서 대놓고 편애하는 아나운서가 없다. 안타깝다.

이 노래를 처음 만든 건 96년경. 편곡은 많이 바뀌었지만 가사는 바뀐 게 없다. 10년이 훨씬 넘게 지났지만 세상은 바뀐 게 아무것도 없다. 역사에 부끄러워해야 할 것들이 정권유지를 위해 미디어법을 개정하겠다고 난리다. 국민을 바보로 보는 건가. 사람들이 이 노래를 듣고 한 번이라도 방송과 신문, 미디어가 갖고 있는 폐해나 자신도 모르게 자신이 세뇌되어왔다는 것에 대해서 생각해봤으면 좋겠다. 그것에 저항하진 못해도 느끼기만 해도 좋겠다. 그게 노래가 갖는 힘이라고 생각한다.

나를 연애하게 하라

뜻밖의 히트곡. 타이틀곡이라고 공표한 〈치킨런〉이나, 앨범 제목이니까 당연히 타이틀곡인 줄 알고 노래방에까지 실린 〈Goodbye Aluminium〉보다 이 노래에 대한 반응이 훨씬 뜨거웠다. 그래봤자 한 달에 몇 번씩 라디오에 나오고 개인 블로그나 미니홈피에서 소개되는 정도지만 별 생각 없이 만들었던 것에 비하면 정말 뜻밖의 인기. 역시 솔로여성들의 심금을 울리는 것이 경제적으로 도움이 되는 것인가. 곡 자체는 쉽게 만들었다. 기본코드 진행과 멜로디 및 후렴부분은 금방 정리가 됐던 것 같은데 1절과 2절 부분의 가사를 한두 달 정도 붙잡고 있었던 것 같다. '~하게 하라'라는 표현은 성경에서 따온 것이다. 거기에 '연애'라는 낯선 단어가 조합되어 썩 괜찮은 제목을 뽑아낸 것 같다.

공연 때 여성 코러스 없이 부르면 꽤 썰렁한데 그래도 그나마 알려진 노래라고 생각해서 3집 발매 이후 공연 때마다 부르고 있긴 하지만 간주 부분 이후 후주까지 쉴 새 없이 노래를 불러야 해서 꽤나 힘들다. 내가 안 불렀으면 대박 났을 것 같다. 적당히 마르고 키 큰 외모에 기타 치는 폼이 예쁜 녀석이 불렀어야 했다. 여성 팬들의 환상을 나는 무참히 깨버렸다. 키 작고 배 나온 닭배달 아저씨 녀석아.

달려간다 (album version)

〈Single Hit #1〉 수록곡. 같은 소스로 믹스만 다시 했다. 안식년을 맞이하여 틈틈이 어쿠스틱 앨범을 만들 계획을 세우는 요즈음은 이 노래를 어쿠스틱 버전으로 편곡해 부르고 있는데 시절이 하 수상하여 어쿠스틱 앨범이 언제 나올지 모르겠다. 시대는 내가 음악적으로 성숙해지기를 원하지 않는다. 해묵은 민중가요의 마지막 기차를 타야 할지도 모르겠다.

요정은 간다

참 슬픈 노래다. 이 노래만큼 처절한 노랫말은 다시는 못 쓸 것 같다. 가사의 콘셉트에 맞게 일부러 가난한 사운드를 의도하였으나 작업을 하다보니 그 로파이Lo-Fi함이 너무 처량하게만 느껴져서 이것저것 덧칠을 하게 됐다. 결국은 사운드나 가사 전달이나 어느 것 하나도 얻지 못한 이도저도 아닌 결과물이 되었다. 나중에 내가 이 시절을 젊은 날의 추억 정도로 가볍게 여길 넉넉한 상황이 되거나, 혹은 이 시절보다 더 처참하게 망가지게 된다면 기타 하나만 반주로 해서 불러보고 싶다. 정교한 장식보단 감정의 흐름이 중요한 노래.

내가 세상을 비웃었던 것만큼 나는 더 초라해질 거야

아무래도 좋아

나는 내 청춘을 단 하나에 바쳤을 뿐

그저 실패했을 뿐

그저 무모했을 뿐

칩거

2003년도에 자체제작 앨범을 내기 전에 집에서 1년에 하나씩 데모앨범을 만들었던 적이 있다. 대학 다니면서 한 장, 휴학하고 한 장, 졸업하고 한 장. 총 세 장의 데모앨범을 통해 시행착오도 많았고 스스로 깨달은 것도 참 많았다. 정식으로 음악을 배워본 적 없는 내게 그 세 장의 데모앨범 작업은 일종의 수련과정이었던 셈이다. 고시공부도 깊은 산속 암자에 처박혀서 하지 않던가. 누가 시키지도 않았는데 (납득하지 못하면 시키는 일도 안 하는 성격이긴 하지만) 혼자 방구석에 처박혀서 스스로 수련을 쌓았던 내가 가끔은 스스로 대견하다.

첫번째 데모를 만들 즈음에는 개인이 컴퓨터로 간편하게 녹음하고 편집할 수 있는 시스템을 갖춘다는 건 엄두도 못 내는 시대였다. 그래서 지금은 거의 골동품 취급을 받는 4트랙 테이프레코더를 꽤 거금을 주고 구입해서 데모앨범 작업을 시작했다. 아마 방학 때였을 것이다. 두 달 정도 작업을 하고 나니 열 곡 정도가 모아진 초저급 퀄리티의 데모앨범이 만들어졌다. 참 뿌듯했다. 테이프로 복사해서 친구들에게 나눠줬는데 반응은 별로였다. 나도 큰 기대를 하지 않았던지라 크게 실망하지는 않았다. 현재는 나도 이 테이프를 갖고 있지 않다. 음악작업 시스템을 컴퓨터로 바꾸면서 받아두었던 음원만이 남아 있을 뿐이다. 가끔 옛 생각이 날 때 듣곤 한다. 소주를 부르는 노래들. 테이프레코더 특유의 잡음이 묘하게 정겹다는 느낌.

이 노래는 그때의 데모앨범 중 첫번째 앨범 마지막 트랙이었다. 2집을 내고 3집을 준비하던 어느 날. 얼큰하게 취해 집에 돌아와 음악을 듣다가 MP3 폴더 구석에 처박혀 있는 이 노래를 발견했다. 지금 내 신세가 이 노래를 처음 만들었던 10년 전과 다를 바 없다는 생각이 들었다. 3집 앨범 제목은 정해놓은 상황이었고 1번 트랙은 앨범 전체의 분위기를 대표하기 위해 〈Goodbye Aluminium〉으로 정해놓은 상황. 이 노래를 마지막 곡으로 쓰면 앨범의 중반부 다소 정신없는 느낌을 차분하게 정리해줄 것 같았다. 깔끔하게 어쿠스틱한 느낌으로 작업할 계획을 세웠다. 간단한 노래라서 가볍게 녹음해놓고 한참이 지나서 믹스를 시작했다. 그런데 데모테이프의 느낌이 영 살지가 않는 거다. 그래서 잡음을 일부러 만들어 넣어보았다. 오히려 더 지저분하기만 했다. 각종 이펙트를 갖고 장난을 시작했다. 다른 작업 하다가 지겨워질 때마다 꺼내서 갖고 놀았다. 그러기를 몇 개월. 이 펙트로 가득 찬 실험적인 트랙이 되어버리고 말았다. 일반적인 사람 들의 귀에는 듣기 거북할 것 같다는 생각이 들었다. 차라리 처음 생각 처럼 어쿠스틱한 느낌으로 다시 작업해볼까 하는 생각도 들었다. 에 이, 이런 우울한 노래를 좋아할 만한 사람이 얼마나 된다구. 모든 노 래를 모든 사람들한테 들려주려고 만들 수는 없는 법. 결국 나 자신의 만족을 위한 다소 억지스런 믹스가 부담스러운 노래가 되고 말았다.

각종 음향적인 장식을 걷어내고 깔끔한 버전으로 발표했더라면 가사 전달이 더 잘되었을 것 같은 생각도 든다. 다른 내 노래들과 마 찬가지로 음악적으로는 별 볼일 없으나 이 앨범에서 이 노래가 말하 고 있는 바는 꽤나 중요한 역할을 차지하기에. '칩거'라는 건 인생의 한순간이다. 미래를 준비하는 과정이라고 생각한다. 짧으면 짧을수 록 좋을 것이다. 중요한 건 칩거를 뚫고 나오겠다는 의지인 것 같다.

사나이

앨범이 전체적으로 어두운데 이 노래만 밝게 튀는 것 같아서 아예 빼버릴까 하다가 밝은 느낌 이외에는 앨범 콘셉트와 어느 정도 맞는다고 생각에 보너스 트랙으로 빼버린 비운의 노래. 3집 앨범을 만들던 도중 드라마 〈사랑해〉 OST 참여 의뢰가 들어와서 만든 곡. 1집의 〈361 타고 집에 간다〉라는 곡 이후 그 노래를 찍어서 비슷하게 만들어달라는 요청이 꽤 있었다. 2집과 2.5집에 다르게 편곡되어 들어간 〈오즈〉라는 곡도 그랬다. 2009년에도 그 분위기를 원하는 음악 섭외가 들어와서 억지로 하나 만들어주긴 했는데 별 연락이 없는 것 보니 까인 것 같다. 요새는 이런 풍의 노래가 거의 없어서 나한테까지 의뢰가 오는 것 같다. 김광석 죽은 이후에 이런 스타일의 노래는 나밖에 안 만드는 것 같다는 생각도 들었다.

어쨌든 드라마 OST는 경제적으로 꽤 도움이 된다. 홍보에도 도움이 되고. 드라마 OST에 들어가면 꽤나 사람들이 인정해주려고 애쓴다. 노래라는 게 원래 반복적으로 듣다보면 귀에 익어서 친숙해지는 법. 홍보의 기회가 거의 주어지지 않는 내게 드라마 음악에 참여하는 건 가장 큰 홍보수단이라고 할 수 있을 것이다. 지난번 드라마 음악에 참여했을 때의 반응이 괜찮았기 때문일까. 내심 기대를 많이 했다. 그러나 결과는 시청률 4퍼센트의 처참한 종영. 내 책임은 아니지만 왠지 가슴이 아팠다. 한류스타 안재욱은 이 드라마를 찍고 충격을 많이 받아서인지 반 삭발에 수염을 기른 초췌한 모습을 보여주었다. 10년은 더 늙어 보였다. 마음고생이 심했나보다. 내게는 마음고생 같은 건 없었다. 단지 좀 아쉬웠을 뿐.

플라이투더스카이의 환희가 바람둥이 뮤지션으로 출연했는데 더 이상 바람 안 피우려고 정관수술하는 장면에 이 노래가 나왔다. 이상한 장면에서 나왔다고 많이들 놀렸다. 음악감독이 이 노래를 쓰겠다고 했을 때 환희가 직접 부르면 좋겠다고 했는데 환희 목소리가 싫은 건 아니지만 너무 노래를 잘 부르니 노래 분위기에 안 맞는 것 같아서 싫다고 했다. 환희가 직접 불렀으면 정관수술 장면에서의 감동이 백배였을 것 같다는 생각도 든다. 물론 저작권료도 쏠쏠하게 들어왔겠지.

나는 사나이라오

이 땅의 사나이라오

지치고 힘들어도 버텨야 하는

시나이라오

서글픈 사나이라오

그대 이런 날 위로해주오

이 노래의 후렴이다. 이 노래는 달빛요정이 사나이로서 느끼는 현실인식이다. 살아가는 건 누구에게나 어디에서나 힘들지만 남한의 수컷으로 사는 건 그리 녹록한 일이 아니다. 하지만 사내새끼가 징징거리는 것처럼 꼴 보기 싫은 건 없다. 버텨야 한다. 참아야 한다. 그리고 이겨내야 한다. 최소한의 자존심만이라도 지키면서 살고 싶지만 자존심 따위가 밥 먹여주던가. 여우 같은 마누라와 토끼 같은 자식들이 있지 않은가. 살아남아야 한다.

슬퍼도 참아야 해

눈물 흘리면 안 돼

더 뻔뻔해져야 해

다들 그렇게 살아

하지만 무릎 꿇거나 비굴해져서는 안 돼

남자들이 들으면 공감이 갈 내용이지만 이 노래에 공감할 수 있는 내 나이 또래의 아저씨들은 이제 문화적으로 과거완료되어 청춘을 먹고산다. 그나마 알 만한 신곡은 노래방이나 룸살롱에서 배운다. 음악으로 돈을 벌기 위해서는 20대에서 30대까지의 전문직 여성을 타

깃으로 삼아야 한다는 걸 다시 한 번 느끼는 순간이다. 너무 시끄러워서는 안 된다. 배경음악으로 깔아야 하니까. 적당히 고급스러운 분위기를 갖고 있어야 한다. 남들한테 들려줘야 하니까. 자신의 문화적 소양을 과시해야 하니까.

> 그대 이런 내게로 와
>
> 내게 가끔씩은 가끔씩은 어깨를 빌려줘
>
> 내가 잠시 쉬어갈 수 있게
>
> 내가 다시 달려갈 수 있게

2009년 EP에도 이런 스타일의 노래가 하나 들어간다. 이런 스타일의 노래는 이미 내게 형식적으로 완성된 것이라서 노래들이 다 똑같아진다는 단점. 가사 표현하기에는 좋다. 오랫동안 불러와서 그런 듯. 앞으로도 이런 풍의 노래는 계속될 것 같다. 예전처럼 진지한 고민은 없겠지만.

전투형 달빛요정 PROTOTYPE A

2010. 3.

7월 3일 토요일, 문득 새로운 앨범 제목을 생각했다. 〈전투형 달빛요정 프로토타입 A〉.

원래 〈피가 모자라〉와 〈나는 개〉는 작업 계획이 없던 곡이었고 원래 계획했던 두 곡은 언제 나올지 모르는 어쿠스틱 앨범으로 미뤘다. 색다른 분위기를 내보려고 우쿨렐레도 사서 연습했고 통기타 소리 예쁘게 뽑아보려고 비싼 마이크도 샀는데 돈과 시간을 낭비한 듯. 몇 년째 계획만 하고 있는 어쿠스틱 앨범은 대체 언제쯤에야 발표할 수 있을까.

축배

3집 내고 안식년 하겠다고 여기저기 떠들고 다녔는데 채 안식에 들어가기도 전에 책 한 권 써보겠냐는 제의가 들어와서 책을 쓰면서 가끔 가볍게 몸 푸는 기분으로 작업하려고 했으나 이 글을 쓰는 6월부터 슬슬 압박이 몰려오고 있다. 여름 전에 두 곡 정도는 정리해놨어야 부담 없이 여유 있게 작업할 수 있을 텐데. 매일매일 야구 보고 술 마시고 드라마 보고 노느라 살만 뒤룩뒤룩 쪄버렸어. 과연 나는 두 달 동안 여섯 곡을 작업완료할 수 있을까. 더운 여름인데, 집에서는 잠도 잘 안 오는데, 작업실도 없는데…… 걱정이 태산이다. 덕분에 안식년은 2010년까지 유효할 듯.

원래의 계획은 신곡 두 개에 기존 곡을 다른 버전으로 재녹음한 곡 두 개, 20세기에 만들었던 포크 풍의 노래 두 개, 총 여섯 곡이 들어간 싱글이자 EP인 정체가 불분명하고 애매모호한 미니앨범을 내는 거였다. 허나 나라 돌아가는 꼴이 참으로 우스운데 이런 시절에 사랑타령이나 하는 건 시대에 죄를 짓는 것 같아서 다음 정규앨범에서 발표할 예정이던 곡들의 봉인을 과감히 풀었다. 다음 앨범은(정규 4집이 되겠다. 아아, 달빛요정 대단하구나, 별것도 아닌 음악으로 어느덧 중견으로 접어들고 있어!) 발매일을 정하지 않고 나 스스로 앨범에 만족할 때까지 작업할 생각인데, 내가 만약 2013년 2월 24일까지(아, 아직 천 일도 넘게 남았어, 썅!) 미친 듯이 계속해서 앨범 작업을 뒤집어엎는 장인정신을 발휘하거나, 만약 혹시라도 정말 기쁘게도 떡 돌릴 일이 생기면(2009년 6월 18일 〈MBC 100분토론〉 참조) 이 노래들은 아무 의미가 없게 되는 것 아닌가. 유통기한이 있는 노래들을 만드는 건 질색인데.

왜 나에게 이따위 노래를 만들게 하는 건가. 왜 나의 아름다운 멜로디에 개쓰레기 같은 것들에 대한 내용이 들어가야 한단 말인가. '적개심'도 죄가 된다니 다소 두렵긴 하지만 더 이상 저 미친 짓거리를 외면하는 건 역사에 부끄러운 일이 될 게다. 내가 할 수 있는 건 결국 또 '노래가 가진 힘'이 얼마나 큰지 확인해보는 것. 운이 좋다면 사람들이 내 노래에 위안을 받거나 정의에 대해 한 번이라도 더 생각을 해보는 것. 운이 좋지 않다면 민증에 빨간 줄 하나 긋겠지.

타이틀곡이라고 생각하고 있는 〈축배〉는 대한민국 월드컵 4강 같은, 꿈만 같은 일이 벌어졌을 때를 상상하고 만든 노래다. 처음 쓰고 있던 가사는 한국시리즈나 월드시리즈에서 우승하고 전 선수가 뒤엉켜서 샴페인과 맥주를 퍼부으며 기쁨을 만끽하는 장면이 떠오르는 가사였는데 2009년 5월, 충격적인 사건을 통해 앞으로는 정의롭게 살기로 다짐하면서 후렴부분을 제외한 전 가사가 수정되었다. 나름 추모곡인 셈이다. 그날이 온다면, 축배를 들자꾸나!

입금하라

〈축배〉가 일반적인 상식선의 노래제목이라면 〈입금하라〉는 내 노래의 절반 정도를 차지하는 어이없는 제목. 원래 붙였던 것은 〈Made in

China〉였는데 제목부터 중국을 비하하는 듯한 뉘앙스를 풍기면 중국 사람들한테 맞아죽을 것 같아서 바꿨다. 중국산이 품질이 후진 건 사실이지만 어쩔 수 없잖아. 내 소비의 반 이상이 중국산인걸. 난 가난하니까. 그래도 먹고살아야 하니까 쓰는 거지 뭐. 그래도 기타만큼은 절대 중국산 안 쓴다. 호기심에 한 번 샀다가 안 그래도 싸구려인 나의 손과 귀가 썩어들어가는 것 같아서 일주일 만에 헐값에 팔았다.

이 노래가 말하고자 하는 건 중국산이 후지다는 게 아니다. 열심히 일해야 한다고 보통 사람들을 끊임없이 세뇌하면서, 마치 열심히 살지 않으면 나쁜놈이 되는 것처럼 몰아붙이면서 끝없이 착취를 일삼는 일당들에게 바치는 노래일 뿐. 근 몇 년간 끊임없이 내가 나 스스로에게 던지는 질문 중의 하나. '왜 정의로운 부자는 없는가?' 그 의문에 대한 내 결론은 '이 땅의 정의는 메이드 인 차이나'. 그러나 적당한 금전적 보상이 있다면 그 정의를 받아들여줄 수 있다. 그 금전적 보상의 심리적 마지노선은 1억. 어쩔 수 없잖아. 난 가난하니까. 싸구려니까. 비겁하니까.

나는 개

3집 작업할 때 작업진도가 한창 안 나가서 짜증나 있을 무렵, 기타를 갖고 놀다가 썩 괜찮은 기타리프를 하나 만들었다. 보통은 가사와 멜로디가 같이 나와서 일차적으로 정리되고 그 이후에 기타라인과 리듬을 입혀가는 게 나의 일반적인 곡 작업 스타일인데 가끔씩 이렇게 기타라인이 먼저 나오기도 한다. 그때 미리 가사를 써뒀더라면 이렇게 노래가 아까운 곡은 안 나왔을 텐데. 눈앞에 펼쳐져 있는 정리 안 된 3집 앨범 수록곡들을 정리하는데 바빠 가사 쓰는 걸 미뤄두고 있었더니 이런 시답잖은 가사를 가진 노래가 되고 말았다. 나는 하늘을 나는 개, 너는 빨래를 너는 쥐.

피가 모자라

이 노래에는 두 가지 사전지식이 필요하다. 하나는 민주주의에는 피가 필요하다는 검증된 진실. 또 하나는 1994년 발매된 서태지 3집의 수록곡 〈교실 이데아〉를 거꾸로 돌리면 "피가 모자라~"라는 귀신소리가 들린다는 괴소문. 덕분에 서태지가 악마주의자라는 둥 헛소문이 참 많았다. 어울릴 듯 안 어울리는 하나의 진실과 하나의 사실이 조합된 이 제목이 어떻게 받아들여질지는 잘 모르겠다. 개인적으로는 아무렇게나 인터넷 게시판에 싸지르는 듯한 제목을 선호하긴 하지만 비웃음도 많이 샀고 욕도 많이 먹었다. 내 노래에 대한 비난에는 워낙 어릴 때부터 단련되어 있어서 어떻게 말해도 상관없다. "달빛요정 니 노래가 룸빵에서 아가씨 끼고 노는데 짱이야"라는 말을 들어보는 게 소원이긴 하다. 인터넷 게시판에서 종종 "달빛요정 노래 중에 〈스끼다시 내 인생〉이라는 노래를 노래방에서 부르면 빵빵 터져요"라는 글을 보게 되는데 처음에는 좀 섭섭하다가 오히려 감사하는 마음이 들었다. 그래, 그렇게라도 현실을 알아야지, 네가 넘을 수 없는 현실을 웃어넘겨서라도 버텨야지. 나의 노래가 세상에 존재의미가 있구나, 하는 시건방진 생각. 이 노래의 제목만 보고 아, 달빛요정이 데스메탈을 시도했구나 하는 생각을 하게 되었다면 더욱더 금상첨화. 그러고 보니 이 제목은 영화 〈디트로이트 메탈 시티〉의 수록곡 같은 느낌이 든다. 더욱더 맘에 드는군.

치킨런 (sad version)

3집에 수록되어 있는 원곡은 타이틀곡으로 밀려는 생각에 노래를 처음 만들던 때보다 키도 좀 높게 잡았고 이것저것 전자악기들도 넣어서 내 딴에는 화려하게 만들었는데 홍보 부족 때문인지 반응이 별로였다. 앨범을 내고 공연을 하면서 노래를 처음 만들었던 때의 음역대와 빠르기로 약간은 심심한 느낌으로 편곡해서 부르고 있는데 이 느낌이 가사 전달에는 더 좋은 것 같다는 생각이 들었다. 참으로 눈물 나는 노랫말이라 아끼는 가사인데 이대로 묻혀버리는 건 너무 아쉬워서 재활용. 3집을 내고 공연을 다니면서 느낀 생각인데 내 노래에 빵빵한 사운드나 테크니컬한 연주는 필요 없는 것 같다. 있으면 좋지만 없는 게 더 좋을 때도 많은 것 같다는 생각. 그래서 어쿠스틱 앨범 만들려고 했는데 세상이 날 안 도와주다니, 제기랄. 도대체 언제 내 편이 되어줄 거냐, 건방진 세상아.

고기반찬 (rock version)

공연 때 앵콜이 나왔는데 시간에 쫓겨 앵콜을 할 수 없는 상황에 짧고 굵게 지르고 내려오려고 편곡한 락 버전. 1분도 안 되는 원곡보다 더 빠른 곡이라서 몇 초나 될지 모르겠다. 녹음을 해봐야 알 수 있을 듯. 공연 느낌으로 원테이크로 하고 싶지만 귀찮아서 패스. 대단한 노래도 아닌데 공들여 작업할 것까지야. 어차피 웃자고 만든 노래. 그 웃음이 씁쓸해서 문제일 뿐.

성공한 루저의 초라한 침실

2009. 1. 13. – 2009. 5. 23.

자신들과 다르게 사는 나를 굳이 구분하고 싶다면 비주류 정도라고 해두자. 어느 시점에서 주류인지 비주류인지 모호하지만 세상의 잣대로 평가하자면 나는 비주류로 분류될 것이다. 청춘과 욕망을 저당잡히지 않기 위해 주류 시스템 속으로 편입되지 않은 자발적 비주류. 하지만 그 덕에 나의 청춘은 아직 유효하다. 뭔가에 집중하고 그것에 내 모든 것을 다 바치는 게 청춘이라면 말이다.

─『인생기출문제집2』 중에서

1월 13일 화요일

북하우스와 출판계약을 했다. 과연 잘 쓸 수 있을까.

1월 16일 금요일

출판사에서 선인세가 입금되었다. 오늘부터 일기를 써야지. 나름 문학소년이었던 고등학교 때 꽤 열심히 쓴 일기들을 이사 다닐 때마다 발견하고 몇 년에 한 번씩 훑어보곤 하는데 그때의 일기가 해마다 다르게 읽히더군. 어차피 나는 중학교 3학년 때 음악을 하기로 마음 먹은 이후 사고의 성장이 멈췄으니 세상을 대하는 기본 마인드는 변함없지만.

그러다 대학에 들어가서 방위로 소집되기 전까지 2년 동안 매일 술을 먹는 바람에 글질 같은 것엔 별로 관심이 없었던 것 같다. 그 2년 동안 기타 열심히 쳤으니 후회는 없지만 내 인생에서 가장 즐거웠어야 할 내 스무 살을 별 되도 않는 논쟁들에 휘말려 지냈던 것은 좀 아쉽다. 음악도 많이 못 들었던 것 같다. 듣기도 하고 많이 부르기도 했다만 그건 노래가 아니었지.

방위생활 초창기에는 할 일도 없고 친구들도 다 군대에 가버려서 꽤 많은 책을 읽긴 했지만 말년 3개월 동안 어릴 때 못 읽었던 만화책

들을 다 읽었다. 슬램덩크, 드래곤볼 등등.

복학하고 휴학하고 복학하고 휴학하고 다시 복학하면서 자판기 알바와 도서관 알바. 이때는 모든 돈을 장비 사는 곳에 처발라서 책을 살 수는 없었지만 남들은 취직 공부하고 토익 공부할 때 나는 도서관에서 온갖 책을 다 읽어주었다. 오늘은 남미, 내일은 일본 그렇게 1년을 읽었더니 문학 쪽은 웬만큼 다 읽었던 것 같다.

사실 난 긴 글을 써본 기억이 별로 없다. 아마도 고등학교 때부터 다이어리를 갖고 다니며 틈틈이 가사를 메모하던 습관이 있긴 했는데, 그 가사로 곡도 많이 쓰고 그랬는데 요새는 가사 작업마저 윈도우 메모장으로 하고 있는지라. 그래도 매년 새해가 되면 꼬박꼬박 다이어리 하나씩을 구입한다. 학교 다닐 때만큼 이동거리가 많진 않아도 가끔 뭔가 생각이 나긴 하더라.

한숨 자고 일어나 밤 9시부터 11시까지 연습, 모레가 공연이라 음주는 하지 않았다. 장하다, 달빛요정.

1월 17일 토요일

엊그제 2월 단독공연 포스터 1천 장이 나왔는데 붙일 일이 막막하다. DC인사이드 인디밴드 갤러리에다 올리긴 했는데 페이가 짜서 그런지 영 호응이 없다. 고삐리 애들한테 시키면 다 안 붙이고 버릴 거 같아 미성년자는 받지 않겠다고 해서 그런가. 그렇다고 내가 붙이기도 뭐한테 포스터에 내 얼굴이 제대로 나와 있단 말이지. 겨울이라 추운데 감기 걸리면 그야말로 좆될 뿐. 난 나의 체력을 믿지 않아. 뮤지션으로서 살아남는 방법은 결국 팬심을 이용하는 것뿐이란 말인가. 팬이라고 몇 있지도 않거니와 있어도 루저들뿐인데.

1월 18일 일요일

라이브클럽 SSAM 공연. 2월 단독공연을 위해 무대에서 연습하려는 나쁜 심보로 공연을 잡았는데 벌을 받은 건지 중간에 기타앰프 나가고 관객은 서른 명 남짓, 공연 끝나고 집에 가는데 봉투에다 6만5천 원인가 넣어주더라. 내 생애 최악의 공연. 공연 때 진행 외에 많은 음악적인 시도를 해보려고 했는데 그것을 불가능하다는 걸 깨달은 게 성과라면 성과. 이 애물단지 앰프는 수리하는 데 또 얼마나 들려나. 음악엔 돈이 너무 많이 든다. 그래서 엄마가 나 음악 안 시키려고 그랬겠지. 공연은 최악이었으나 이것저것 생산적인 희망을 갖게 된 공연. 다시는 무대에서 기타 치고 노래하는 것 이외의 조작은 하지 않으리.

1월 19일 월요일

언제나 그렇듯 공연 다음날은 무한 휴식. 술 마시려고 공연하는 건 아닌데 맨날 만취. 나쁜 습관인 듯. 허나 어쩌랴, 한 시간을 노래 부르고 나면 배가 고픈걸, 그렇다면 삼겹살에 소주 한 잔이 최고. 한 잔이 들어가면 두 잔이 들어가고 1차를 하게 되면 2차를 가는 것이 당연하다. 어릴 때의 습관이 남아 소주 두 병과 맥주 2천 정도를 들이켜고 나면 필름은 끊어진다. 나도 내가 뭘 했는지는 모르는데 큰 사고는 안 치는 듯하다. 지금은 일본에 살고 있는 남용이랑 한창 음악 때문에 (아마 음악에 대한 자세 때문이겠지) 싸웠을 때 취해서 잠들었다가 갑자기 일어나 덥다고 옷을 다 벗었다고 하는데.

웃기는 건 돈 되는 노래를 만들어야 한다고 그렇게 주장하던 남용이는 지금 일본에서 장사하면서 잘살고 있고 '락 스피릿' 운운하면서 겔겔대던 나는 벌써 5년차 가수가 되어 음악으로 돈 벌 궁리만 하고 있다는 것. 나의 음악은 그때쯤 끝나는 게 딱 좋았을지도 모른다. 어디든 취직해서 10년쯤 굴러먹다가 어느 정도 경제적인 여유가 생기면 젊은 날의 보상심리로 비싼 기타나 한두 대 사서 매일매일 닦고 조이며 'Stairway to Heaven' 이나 'Tears in Heaven' 같은 유명한 곡들을 가끔 연주하는 것. 그리고 가끔 보는 TV에 나오는 아이돌의 음악성을 욕하며 자신의 '락 스피릿'에 존경을 보내는 것. 그런데 가끔 나도 나 자신에게 묻는다. "아이돌한테 음악성이 왜 필요해?"

1월 20일 화요일

장기하가 뜨긴 뜬 모양이다. 장기하 및 인디음악 관련 SBS 뉴스와 인터뷰. 연습하는 거 찍어갔는데 제발 불쌍하게만 안 나오면 좋겠다. 나의 무한한 추락이 그들에게는 가벼운 소재가 되겠지. 나의 처절한 파멸만이 내가 뮤지션으로 살아남는 유일한 방법. 대중의 귀는 알 수가 없는 법.

1월 21일 수요일

가을에 책 나올 때 좀더 시너지 효과를 내기 위하여 EP를 준비하고 있다. 싱글이면 작업하기 더 편하겠지만 싱글은 남는 게 너무 없다. 정상적인 신곡 두 개와 어쿠스틱한 신곡 두 개, 예전 노래의 다른 버전 두 개, 총 여섯 곡으로 EP를 내서 본전을 치는 것이 목표다. 6천 원에 팔면 욕은 안 먹겠지. 아무 생각 없는 음반을 만들고 싶다. 내 음반은 생각이 너무 많아. 자의식 과잉이란 말이 맞을지도 모르겠다.

〈입금하라〉라는 곡이 얼추 만들어져가고 있다. 멜로디는 진작

정해졌는데 가사 몇 부분이 좀 맘에 안 들어서 고치기 시작한 지 일주일도 넘은 거 같은데 별 진전이 없다. 이럴 땐 그냥 내버려두고 나중에 생각날 때 다시 시작하는 게 최고. 매주 수요일 연습을 했는데 이번 주는 추석 관계로 제치고 또깡 군과 음주.

1월 22일 목요일

2월 단독공연을 위해 체력을 키운답시고 헬스클럽에 다닌 지 일주일째. 운동하고 샤워하고 나와서 집으로 가는 길에는 떡볶이 포장마차가 있다. 오늘따라 맛나 보이더라. 한 접시 시켜먹고 허기를 채우며 문득 미아리에서 꿀차 먹던 생각이 났다.

1월 23일 금요일

월급날, 나의 유일한 고정수입, 저작권료. 고정수입이긴 하지만 액수를 예상할 수 없으니 주는 것만으로도 감지덕지하며 받아야 한다. 언젠가부터 10만 원은 넘게 나오고 있으니 핸드폰 요금은 낼 수 있다. 가끔 100만 원도 넘게 나올 때는 친구들에게 시원하게 고기를 쏘기도 한다.

1월 24일 토요일

설 전날이라 할 일이 없어서 하루 종일 영화만 보았다.

1월 25일 일요일

점촌. 아버지와 어머니가 여관을 하시는 곳이다. 나와 동생을 대학에 보내고 과감히 서울생활을 청산하고 내려가 음풍농월하고 계신다. 어디든 서울보단 나을 거다. 심심해서 그렇지. 1년에 서너 번 정도 가는데 언젠가부터 조금씩 개발되어가고 있다는 느낌이 든다. 대운하 관련해서 땅값이 좀 올랐다고 좋아한다. 그래봤자 10년 동안 천만 원 오른 것. 어쨌든 대운하는 안 된다. 그만 좀 파헤쳐라.

1월 26일 월요일 설날

서울, 차 막히는 건 정말 싫다. 차 타고 오는 게 피곤해서 집에 오자마자 잠에 곯아떨어졌다.

1월 27일 화요일

시골집에 내려가서 먹었던 떡국이 맛이 없어서 내가 직접 해먹었다. 내가 한 게 훨 맛있는 거 같다. ㅋㅋㅋ 자취를 10년 넘게 하다보니 나름 맛나게 할 수 있는 음식들이 꽤 있지만 잘 안 한다. 결국 다 버리기 때문. 사먹는 게 훨씬 편하다. 조미료 맛에 질렸을 때 가끔 해먹는다. 그래봤자 두어 달에 한 번. 그래도 한번 하면 일주일은 먹는다.

1월 28일 수요일

저작권료가 생각보다 많이 나와주신 관계로 공연 때 쓸 통기타를 구입했다. 45만 원. 예전부터 사고 싶었던 Gibson J-45 모델의 저가형/카피형 모델인데 썩 울림이 괜찮다. 환율이 미친 듯 올라서 이제 깁슨은 꿈도 꿀 수 없는 기타가 되었다. 그래도 음악하는 데 메이드 인 코리아 이상은 써줘야지. 작년에 만져봤던 몇몇 중국산/인도네시아산 기타들은 악기가 아니라 장작이라는 느낌.

통기타에 픽업 장착하러 서초 역까지 출동. 기타 수리 같은 걸로 먹고살긴 힘드니 어머니 카페에서 일 도와주며 자기가 좋아하는 기타 일도 틈틈이 하는 분 같은데 자기가 지금 카페를 비울 수 없으니 카페로 오란다. 그래서 갔더니 그분 어머니의 눈빛이 심상찮다. '으이구, 또 쓸데없는 짓거리를 하고 있구만' 혹은 '나이 먹고 아직도 기타 갖고 노냐?' 모든 뮤지션의 최초이자 최후의 적은 어머니다. 어머니를 음악으로 호강시켜드리는 순간 그 사람은 뮤지션이 아니지. 장사꾼

일 뿐. 박진영도 처음에는 음악이 자신의 전부였을지 모른다.

1월 29일 목요일

공연을 위해 펜더 신라인 구입. 공연을 위해 필요한 기타가 총 3대. 일렉트릭기타 2대, 통기타 1대다. 기타 하나 정도는 빌려쓸 수 있을 정도의 인간관계를 갖고 있긴 하지만 소리도 잘 모르고 공연을 하긴 싫어서 과감히 질러주었다. 원래 쓰던 기타와 성향이 거의 비슷하다. 나도 메이드 인 유에스에이 기타를 쓰고 싶다. 세 대 팔면 한 대 살 수 있을 것 같은데 음악을 잡스럽게 하다보니 기타도 몇 대 필요하구나.

1월 30일 금요일

포스터 알바와의 첫 만남. 연습을 하고 껍데기를 먹고 맥주를 먹었다.

1월 31일 토요일

픽업 기타 가지러 감.

저작권료 나온 걸 몽땅 기타에다 때려박으니 통장 잔고가 거의 없다. 앞으로 거의 굶어야 한다.

2월 1일 일요일

단독공연 때 27곡을 불러야 하는 관계로 체력을 키워야 한다. 어릴 때부터 나의 체력은 워낙 저질이라 공연을 잘하고 싶어서 헬스클럽에 다니고 있긴 한데 술 먹고 운동하면 죽을 것 같아서 술 먹은 다음날은 운동을 안 했더니 1월에 운동한 날이 열흘 정도밖에 안 된다. 게다가 운동을 하면 잠도 잘 안 온다. 살 빼는 건 꿈도 안 꾼다. 나도 이승환처럼 4시간 넘는 공연을 소화할 체력을 갖고 싶을 뿐. 나의 우상 잭 블랙은 공연을 몇 시간이나 하는지 모르겠군.

2월 2일 월요일

〈Single Hit #1〉과 3집 〈Goodbye Aluminium〉의 보컬 녹음을 했던 대림역 작업실을 처분했다. 보증금 50만 원에 권리금 30만 원 내고 들어가서 월세 8만 원에 잘 썼다. 10월달에 앨범 나오고 한 달에 한 번도 안 갔지만 혹시라도 보컬 녹음할 작업이 들어올지도 모른다는 희망에 계속 월세만 내면서 갖고 있었는데 안식년을 선언한 관계로 과감히 처분. 어차피 방이 여섯 개나 되는 시끄러운 공동작업실이라서 새벽에만 가서 썼는데 택시요금도 만만치 않고 새벽에 몰래 도둑처럼 녹음하는 것도 처량하고 그래서. 잘 쓰시오, 저한테 나름 추억이 묻어

있는 곳이니. 그리고 꼭 음악으로 성공하세요. 보증금 50만 원 받고
권리금은 안 받을까 하다가 일단 30만 원에 내놓고 20만 원만 받고 넘
겨주었다. 여름이면 많이 습할 텐데, 환기도 안 되고. 옆방에는 보컬
입시 레슨하는 거 같은데 고삐리들이 새벽에 쏘주도 까서 시끄러울 텐
데. 대림역에서 돌아오면서 동양증권 홍대점에 들러 CMA계좌를 개
설했다. 어차피 음반작업할 때까지는 쓰지도 않을 텐데. 책 선인세 받
은 거랑 작업실 뺀 돈 합쳐서 조용히 묵혀두리라.

연습 8-11시.

2월 3일 화요일

어제 연습 후 가볍지 않게 음주를 한 뒤 일어나니 11시. 이런, 12시
에 점심 약속이 있는데! 내게는 점심 약속 혹은 낮 1시 결혼식 참석
같은 게 불가능하다는 걸 왜 자꾸 잊고 있는 거냐. 어쨌든 부랴부랴
씻고 나가서 쌀국수집에서 해장을 겸한 점심식사. 어떤 출판사에서
자서전을 내자는데 이미 다른 출판사와 선인세를 받고 계약까지 해서
어려울 것 같다고 얘기하고 커피 마시며 수다를 떨다보니 중학교 동
창과 얘기하고 있었다. 이 나라는 참 좁단 말이지. 요새는 공연 준비
때문에 정신이 없으니 공연 끝나고 다시 뵙자고 나름 정중히 거절하

고 공연 때 쓸 잡스런 것들을 사러 뮤직시티 동규 형네 가게에 가서 후지겐이라는 일본 기타에 뽐뿌를 받음. 일단 공연 때 한번 써보겠다고 함.

2월 4일 수요일

어제 빌려온 기타를 갖고 하루 종일 놀았다. 역시 같은 가격대의 한국 기타보다 좋군.

2월 5일 목요일

그분께서 닌텐도 같은 게임기를 만들라고 하셨는데, 게임기는 삽으로 만들 수 있는 게 아니어요, 만들어도 아무도 안 사요. 왜 내가 당신 때문에 관계에 대한 고찰을 해야 하는데, 우리의 관계는 수직인가요, 수평인가요? 당신은 면제잖아요, 대통령은 국민보다 위에 있나요, 이런 병신 같은 생각으로 하루를 보냈다. 아까운 나의 서른일곱의 하루.

연습 8-11시, 껍데기집.

2월 6일 금요일

동규 형이랑 땡땡이집에서 한 잔. 기타 빌려줬으니 한잔 사려고 했는데 형이 샀다. 이 기타는 아무래도 내가 사야 할 것 같다. 비슷한 기타가 너무 많아진다.

철길 쪽도 참 많이 변했다.

2월 9일 월요일

조선일보 인터뷰. 산울림소극장 1층에 카페에 있는 걸 대학교 1학년 때부터 봐왔는데 17년이 지나서야 들어가봤다. 연극도 1학년 때 한 번 보고 복학하고 한 번 보고 그뿐. 맨날 뻔한 인터뷰. 나한테서 원하는 게 도대체 뭐야.

연습 9-12시.

2월 10일 화요일

연습 9-12시.

2월 11일 수요일

〈체인질링〉. 2시간이 넘는 러닝타임에도 불구하고 단 1분도 지루함을 허락하지 않는 빼어난 연출력. 졸리 언니 필생의 연기. 그래도 전 〈툼레이더〉가 더 좋아요. 클린트 이스트우드가 연출한 유명한 영화는 대부분 본 것 같은데 하나같이 몰입감이 뛰어나다.

2월 12일 목요일

주간한국 인터뷰. 한음파 작업실에서 사진 몇 장 가볍게 찍고 홍대역 근처 카페에서 온갖 잡얘기를 쏟아내며 인터뷰. 금연카페는 질색이야. 흡연권을 보장하라. 난 길거리에서 담배 안 피우니까 욕먹을 이유 없다.

연습 9-12시.

2월 13일 금요일

앰프 수리가 다 되었다는 연락을 받고 다시 도봉 역으로 출동. 운전기사로 잭이 수고해주었다. 땡큐. 근데 멀기는 진짜 멀다. 진공관 관련 오디오에 해박한 지식을 가진 할배의 잘 모르겠는 설명을 듣고 테스트 중이라는 기타앰프도 한번 쳐보고 (이거 갖고 싶어!) 돌아와 한음파 작업실에 앰프 처박아두고 오랜만에 버섯매운탕을 먹다. 예전 그 맛은 안 나네. 늙은 건가, 입이 고급이 된 건가, 맛이 변한 건가.

연습을 했나, 짱구 45500.

2월 14일 토요일

〈엽문〉.

발렌타인데이.

내년 발렌타인데이 공연 계획을 세워보다.

장소 : 미정

시간 : 미정

기본가격 : 남자 1만 원 / 여자 3만 원

할인가격 : 상하의 군복 및 군화 완전착용 3천 원 (깔깔이/야상 5천 원)

2월 15일 일요일

연습 9-12시.

2월 16일 월요일

연습 9-12시.

2월 17일 화요일

연습 9-12시.

2월 18일 수요일

작업실 판매. 기타 판매 T5.

2월 19일 목요일

마스터플랜 라디오 녹음 2시.
연습 9-12시.

2월 21일 토요일

단독공연.

2월 22일 일요일

휴식일.

2월 23일 월요일

찜질방. 오늘부터 3월 말까지 아무것도 안 하고 놀기만 할 거다.

2월 24일 화요일

향뮤직.

2월 26일 목요일

또깡이랑 통영에 가다.

2월 27일 금요일

하루 종일 낚시하고 집에 오다, 졸라 피곤.

2월 28일 토요일

성균관대학교 영어신문 인터뷰. 똘똘하고 진지하게 생긴 2학년짜리 여대생(이라 부르기에도 민망한 애기)과 또 똑같은 인터뷰를 하다. 이 책이 나오면 기본적인 정보는 이 책을 통해 읽고 오길 부탁한다.

3월 1일 일요일

인디음악을 콘텐츠로 하고 있는 다음카페 〈김기자의 인디 속 밴드 이야기〉의 한 코너인 아티스트 훼이버릿 원고를 몇 년 만에 주다. 2007년 1월 언플러그드 공연 뒤풀이 때 의뢰받았던 것 같은데 무려 2년이

나 걸렸다. 사실 두 시간이면 쓸 수 있는 글인데 글 쓰는 건 돈 받지 않으면 잘 안 하게 된다. 건방진 걸까. 나도 얼굴에 철판 깔고 야부리 까고 다닐 능력이 있었으면 음악 만드는 것보다 음악에 대해 이거저 거 싸질러대면서 딴따라판 언저리를 맴돌고 있지 않았을까. 차라리 영화평론가들은 나은 것 같아. 음악평론이라는 건 아무나 싸지를 수 있지만 누구나 잘 싸지를 수는 없어.

3월 2일 월요일

올해는 야구시즌이 좀 일찍 시작된다. 2회 WBC. 미국놈들의 음모가 마땅찮기는 하지만 그래도 야구팬인 걸 어쩌랴.

WBC 시범경기. vs 세이부 라이온즈.

3월 3일 화요일

WBC 시범경기. vs 요미우리 자이언츠.

3월 5일 목요일

일본 vs 중국.

3월 6일 금요일

WBC 대만전 9:0.

꽤나 걱정을 했는데 뜻밖의 대승을 거두었다. 몇 년 전 아시안게임에서 대만한테 지고 일본 사회인 야구팀한테 발렸을 때의 충격은 정말……

3월 7일 토요일

동훈네 집. 이사 기념 회식.

중국이 대만을 잡았다. 대만 ㅋㅋㅋ

WBC 일본전 2:14. 떡실신, 괜찮아. 예선만 통과하면 돼!

3월 8일 일요일

WBC 중국전 14:0. 개관광.

3월 9일 월요일

WBC 일본전 1:0 승, 어찌 됐던 일본을 이기면 기분이 좋다.

연습 9−11시.

성균관대 영자신문사 사진 재촬영. 지난밤 음주로 개피곤.

3월 11일 수요일

지난달에 한 번 만나서 자서전을 의뢰했던 출판사 사람들과 점심 약속. 언제나 그렇듯 점심 약속은 힘들어. 안국 역에서 만나 인사동 쪽에서 맛난 솥밥을 먹고 커피빈에서 커피 마시며 노닥거리고 책은 내도 내년 이후에나 가능할 것 같다는 말을 하러 왔는데 계약서를 들고 와서 일단 도장을 찍으시라는 말에 난 음악은 돈 안 받아도 해줄 수는 있는데 다른 건 돈 안 받으면 못 한다고 버텼더니 표정들이 많이 일그러지더군. 좀 미안하긴 한데 돈 안 받고 계약서에 도장 찍고 예전에 이미 후회해봐서 다시는 그렇게 안 삽니다. 죄송. 무언가 씁쓸한 마음에 낙원상가에 들러 큐베이스 5를 충동구매하다. 그래, 놀면서 새 프로그램이나 익히자. 근데 출혈이 꽤 크다. 홍대로 돌아와 외대학보사와 인터뷰를 하고 집으로 돌아오다. 꽤나 말을 많이 한 하루였다. 근데 학보사 애들 인터뷰하는 건 왜 이리 다 똑같을까. 인터뷰 매뉴얼이 있나? 어려서 그런 거겠지 뭐. 근데 좀 지겹긴 하다. 몇 년째 똑같은 질문에 똑같은 답변. 아이 씨발 빨리 뜨든가 해야지.

3월 12일 목요일

WBC 시범. vs SD.

큐베이스 5를 설치하고 이거저거 돌려보면서 하루를 보내다. 이거 돈값 하는군.

3월 13일 금요일

WBC 시범. vs LAD.

『야구란 무엇인가』『개밥바라기별』 Taylor Swift 구입.

3월 14일 토요일

홍대앞 클럽 ZOO에서 메탈 공연을 보다. 메탈만 하는 공연을 본 건 10년도 넘은 듯. Black Medicine, Method, Black Syndrome, Zihard 네 팀이 나왔고 7시 시작이었는데 홍보가 덜 된 듯 사람이 별로 없어서 사람들 채워놓고 하려고 8시에 시작한 것 같다. (그래봤자 유료 20명 정도? ㅠㅠ) 첫 팀인 Black Medicine은 강렬한 보컬이 인상적이었고 두번째 팀 Method는 트윈기타에서 뿜어져 나오는 리프와 멜로디가 멋졌다. 보컬 역시 강력했고. 세번째 팀 Black Syndrome. 역시 20년 넘는 관록이 돋보였다. 나이 어려 보이는 세션 드러머 괜찮았고. AC/DC 메들리와 앵콜곡 Van Halen 노래 할 때 기분이 괜히 좋아졌다. 몇 년 만에 듣는 거냐. ㅎㅎ 10장 정도 앨범을 낸 한국의 대표적인 메탈그룹이 자기 노래할 때보다 카피곡할 때 더 좋다는 게 가슴 아프기도 했다. 마지막 팀 Zihard는 역시 화려한 기타가 돋보였다. 속주 계열로는 우리나라에서 짱먹는 듯. 노래가 다 비슷하다는 게 문제. 공연을 보고 껍데기집에서 소주 한잔하고 맥줏집에서 2차로 미치도록 달렸다. 기분이 좋아지기도 하고 서글퍼지기도 하고 가슴 아파지기도 하고 취하기도 했던 그런 날이었다. 몇 년째 머릿속에서 구상만 하고 있는 '헤비메탈 키드의 최후'는 언제 완성될 것인가.

3월 16일 월요일

혜미 이사. WBC 멕시코전 8:2.

3월 17일 화요일

송파쓰레기.

3월 18일 수요일

WBC 일본전 4:1.

3월 20일 금요일

WBC 일본전 2:6. 아으 지겨워, 일본 싫어.

3월 21일 토요일

연습 9-11시.

3월 22일 일요일

WBC 베네수엘라 10:2. 음화하하하하하하하하.

민트페스타.

3월 23일 월요일

휴식일.

3월 24일 화요일

WBC 결승 3:5. 흑흑흑.

3월 26일 목요일

펄잼, 뉴 앨범.

3월 27일 금요일

일찍부터 세관이랑 술을 마시고 클럽데이를 불사르기 위해 도전했으나 영 썰렁해서 몇 군데만 보고 나와 술만 미치도록 먹고 만취, 필름 끊어져서 집에 왔다.

3월 28일 토요일

승엽 결혼.

3월 29일 일요일

그제 먹은 술이 아직도 안 깼는지 술도 땡기고 배도 고파서 저녁때 대학 동아리 후배 태경과 가야금을 한다는 여친을 만나 합정역 고깃집에서 소주 1병, 맥줏집으로 옮겨 1000cc. 집으로 와 1280cc.

아아, 나도 빨리 작업실을 만들어야 할 텐데. 더 이상 여기저기 돌아다니면서 작업하기 싫다. 1시경 취침.

딱 알맞는 음주량인 듯, 소주 1병과 맥주 2000.

7시 반쯤 일어나게 되는군, 밥 먹으면 또 자겠지, 백수 같은 쉐키 같으니.

3월 30일 월요일

몇 년째 1집만 준비하고 있는 성만이를 만나 낙원상가에서 다음 앨범에 쓸 드럼 샘플CD를 구입하고 간만에 홍대 철길 쪽 고깃집에서 고기 먹고 술 먹고 맥주 마시러 닭집에 가서 타카피 재국 형이랑 또 한 잔. 3차를 가주는 게 예의인 것 같은데 비싼 프로그램을 들고 다니는 관계로 2차로 마감. 이 샘플CD 역시 돈값 하는군. 올해 들어 음악 소프트웨어에 투자한 돈이 100만 원이 넘는다. 1집 때는 상상도 못 할 일. 나도 이제 부유한 뮤지션? No, 크랙 찾으러 돌아다니는 거 이제 지겹다. 그리고 애네들은 크랙도 안 나와. ㅋㅋ

3월 31일 화요일

중앙대학교 방송국과 인터뷰. 음성을 녹음할 곳이 마땅치 않아서 연습하던 합주실에 가서 사정 얘기하고 녹음. 변변한 작업실도 없는 이 초라한 신세여, 그렇다고 집으로 불러들일 수도 없잖아, 그 순간 나는 이미 개쓰레기가 되는걸.

4월 1일 수요일

오아시스 내한공연. 88000원이 그다지 비싼 가격도 아니고 이 정도

가격의 공연 볼 정도의 총알은 있으나 체력적으로 힘들고 이미 나의 락 스피릿은 사라진 지 오래. 가장 최근의 공연 셋리스트를 검색, 벅스뮤직에서 '나만의 앨범-오아시스 내한공연 기념' 폴더를 만들어 하루 종일 감상했다. 'Stand by Me' 'Don't Look Back in Anger' 'Don't Go Away' 등 발라드 곡들을 좋아하는 걸 보니 확실히 난 오아시스의 광팬은 아니다. 그냥 들을 만한 정도. 비틀즈가 아티스트가 되기 전의 음반들을 듣는 듯한 풋풋한 느낌이 좋다. 발음 때문일까, 가끔은 너무 노골적으로 카피하는 거 아닐까 하는 생각이 들기도 했는데 가장 최근의 앨범은 귀에 확 꽂히는 킬링 트랙은 없어도 비틀즈 카피에서는 벗어난 느낌이 들었다. 모든 것이 성장했지만 대중적이지만은 않은 앨범.

4월 2일 목요일

낮에는 집에서 영화를 보고, 우익과 도엽을 만나 언제부터인가 코스가 되어버린 갈비집-하우스맥주 2단 콤보 음주를 즐기다.

4월 3일 금요일

어제의 음주가 과했는지 꽤나 피곤하여 하루 종일 집에서 시체놀이를 즐기며 밀린 드라마들을 시청.

4월 4일 토요일

프로야구 개막. 작년에는 팀당 경기수가 126게임이었는데 올해는 133게임으로 늘어났다. 아마도 4월과 5월은 가을야구에 대한 희망을 가지고 게임을 보다가 6월이 지나면서부터 차츰 야구에게서 멀어지는 지난 10년간의 사이클을 반복할지, 아니면 안식년을 핑계로 미친 듯이 야구만 보게 될지, 그것은 쌍둥이들의 각성에 달렸다. 정성훈, 이진영의 영입과 어린 친구들의 포텐셜 폭발, 뜬금없이 훌륭한 마무리 투수의 등장만이 내 즐거운 안식년의 놀 거리가 될 것이다.

올해는 메이저리그 국내 중계 여부가 불투명하기 때문에 아침-메이저리그 / 저녁-한국 프로야구로 이어지는 하루 2게임 관람이 힘들 듯. 덕분에 아침에는 깊은 숙면을 취할 수 있을 듯. 메이저리그 중계가 시작된 지난 몇 년간 낮 1시쯤 잠에 드는 일도 참으로 많았다. 덕후의 길로 들어서게 된 것이지.

인간은 끊임없이 유흥거리를 찾게 되는 동물인가, 혹 남자만 그런 걸까, 혹 나만 그런 건 아닐까, 그 잘난 루저이기 때문은 아닐까. 닥쳐라, 패배자이고 낙오자이기 때문이다, 나는 쓰레기일 뿐이다.

대신 순순히 후장을 대주지는 않겠다.

2009년의 한국 프로야구는 무승부를 패로 취급하는 관계로 승률 4할8푼 대에서 가을야구를 할 수 있는가가 결정될 듯. 하위 팀들이 미친 듯 패하지 않는 한. SK 빼고는 꽤나 전력이 평준화되어 4강 예상이 힘들다. SK, 두산, 삼성은 올라갈 듯하고 나머지 한 자리를 롯데나 기아가 가져갈 듯. LG 팬이긴 하지만 올해도 4강은 힘들어 보인다. 그러면 그렇지. 각 잡고 보았는데 개막전 패배하는구나. LG 트윈스 1패(-1).

4월 5일 일요일

〈SBS 스페셜〉 '88세대의 힘겨운 데뷔전'에 달빛요정 전격 출연. 역시 장기하한테 묻어가는 달빛요정. 올해의 인터뷰는 끊임없이 장기하와 비교당하며 하고 있는데 미디어에 종사하고 있는 인간들이 달빛요정에게 원하는 건 '서울대를 안 나온 장기하는 어떨까'에 대한 답인 것 같다. 미안하지만 난 그 답을 해줄 수가 없다. 난 달빛요정이니까.

나름 가수라는 직업을 갖고 있는데 TV에 나온 대부분이 시사/교양 프로그램이다. 아무래도 난 특이하게 보이는 사람인 것 같다. EBS에서 인간극장 비슷한 걸 찍자고도 했는데 내 음악 말고 내 생활이 사람들에게 들키는 게 싫어서 사양한 적도 있었다. 나는 이미 내 노래로 나를 다 까발려줬는걸. 물론 내 노래의 화자가 완벽히 나와 싱크로하는 건 아니지만. 절반 정도는 비슷해.

　　TV라는 게 화려한 사람은 더 화려하게 만들어주고 초라한 사람은 더 초라하게 만들어주는 면이 있는 것 같다. 자극적이고 과장되어 있는 거지. 그리하여 시사/교양 프로그램에 나온 나를 보고 내 주위 친척들은 언제나 잔소리다. 엄마는 음악 때려치우라고 난리다. '루저'를 팔아서 먹고사는 유명한 딴따라 아들내미보단 이명박 똥구멍 빨아주는 양복쟁이 아들내미를 원하는 건 모든 어머니가 똑같겠지. 그런데 이번에는 인터뷰는 짧게 나오고 그나마 공연장면이랑 연습장면이 나와서 낙오자처럼 보이진 않더군. 인터뷰하면서 부탁 부탁 부탁을 해서 그런가. 초라하게 나오면 안 된다고, 어머니 우신다고. 평소에 입는 옷이 너무 후져서 그런가. 피부 관리를 안 해서 그런가. 말투가 좆같아서 그런가. 왜 인터뷰만 하면 붕신처럼 보일까. 공연 때마다 반팔을 하나씩 사긴 하는데 가을 겨울 옷을 사본 기억이 가물가물하다. 올해는 패셔니스타가 되어볼까. 간만에 G마켓에서 옷을 골라보지만 결국 장바구니엔 선풍기만 하나 넣어두고 로그아웃. LG 트윈스 개막 2연패(-2).

4월 6일 월요일

동아일보 인터뷰, 내가 장기하 때문에 고생이 많다. 장기하는 나를 알까? 장기하한테 가서는 달빛요정에 대해서 어떻게 생각하냐고 물어보기는 할까? 나는 장기하보다 더 넓은 음역대를 가진 그저 그런 가창력의 소유자.

4월 7일 화요일

세관이랑 잠실야구장 출동. 잘생긴 수창 군이 잘 던지고 롯데가 실책 몇 번 해서 이겼다. 야구장 가서 응원하는 팀이 이기면 기분이 좋다. 야구장에서 맥주 서너 잔 먹고 홍대에서 또 가볍게 소주 한 병 깠더니 이래저래 기분도 좋구나. LG 트윈스 첫 승(-1).

4월 8일 수요일

윤중로엔 벚꽃이 만발일 텐데 나는 집에서 숙취를 달래고 있구나. LG 트윈스 1패(-2).

4월 9일 목요일

〈SBS 스페셜〉 작가 후배가 주위에 오빠 팬이 있는데 나중에 만나서 술이나 같이 한잔하자고 해서 알았다고 문자를 교환한 적이 있는데 막상 만나고 보니 소개팅. 어이없어서 고기 먹고 동동주 먹고 만취. 나중에 소개팅시켜주기로 했는데 주위에 남은 것들은 돌싱 아니면 어린것들, 혹은 딴따라. 딴따라 소개팅시켜주는 건 좀 위험하지. LG 트윈스 1승(-1).

4월 10일 금요일

어제의 만취로 하루 종일 휴식. 어제 술 먹고 작년 베이징 올림픽 국가대표 야구모자 잃어버렸다. 다시 사긴 좀 후지고, 좀 아깝네. LG 트윈스 2연승(0), 두산한테는 좀 지지 마라.

4월 11일 토요일

LG 트윈스 1패(-1), 두산한테는 지지 말라니까.

4월 12일 일요일

오늘이 내 음력생일이란다. 외할머니가 부르셔서 수서까지 다녀오다. 진짜 멀다. 나이 서른일곱 먹고 용돈 받기는 참 민망하군. LG 트윈스 2연패(-2).

4월 13일 월요일

박찬호 선발 새벽 5시.

4월 14일 화요일

LG 트윈스 1승(-1), 야신은 무서워.

4월 15일 수요일

LG 트윈스 무승부(-2). 무승부 게임은 정말 싫다, 선수들 힘든 건 이해가 가지만, 진짜 야구에는 무승부가 없는 법, 일본이 일본 야구를 하듯, 우리는 우리의 야구를 하고 있는 것. 미국 야구가 진짜 야구란 건 아니다. 역사와 전통, 멋진 야구장이 부러울 뿐.

4월 16일 목요일

LG 트윈스 1승(-1). SK에게 위닝 시리즈! 올해 가을야구 하는 건가!!!!

4월 17일 금요일

LG 트윈스 1패(-2). 기아한테 개박살. 작년의 악몽이 떠오른다.

15:13이었던가. 에잇 설레발치지 말아야지.

가을에 낼 싱글앨범에 들어갈 〈입금하라〉 완성, 가사 몇 마디가 잘 안 붙어서 한 달 넘게 띄엄띄엄 만지작거렸는데 이제야 쪽팔리지 않을 정도의 가사가 된 것 같다.

언제나 그렇듯 연습 후 음주.

4월 18일 토요일

LG 트윈스 1승(-1).

4월 19일 일요일

박찬호 선발.

생일.

LG 트윈스 1패(-2).

4월 21일 화요일

향음악사에서 2집 추가 주문. 이거 아직 200장 정도 남았는데 언제 다 팔릴까. 아쉬운 곡들이 참 많다. 2집.

LG 트윈스 1패. 5할 승률에서 멀어지고 있다……(-3)

4월 22일 수요일

LG 트윈스 1승(-2).

옛날집 46000.

4월 23일 목요일

저작권료 받는 날. 노래방 저작권료가 들어왔나보다. 꽤 많다. 한 달 생활비 및 밀린 공과금 내고 나면 본전을 유지할 수 있을 듯. 저작권료 받는 날은 매번 설렌다. 대체 얼마나 받을지 알 수가 없으니, 이런 것이 갬블하는 기분일까. 고정수입이 있는 사람이 부럽다. 나도 계획적으로 금전관리를 해보고 싶다구. 밤에는 출판사 사람들을 만나서 고기를 먹고 맥주를 먹었다. 회식에 내가 끼어 있는 듯한 느낌. 그래도 공짜로 먹는 건 즐겁다. 그래서 사람들이 접대받고 타락하는 걸까. LG 트윈스 1패(-3).

4월 24일 금요일

간밤 숙취로 아침부터 기상, 술을 먹으면 잠을 잘 못 잔다. 뭐, 평소에도 그다지 잘 자는 편은 아니지만. 수면을 통해 기력을 회복하는 게 아니라 자고 일어나면 죽음에 한 걸음 더 가까워져 있는 느낌. 은행

가서 현금 찾고 주말 동안 먹을 각종 음식물을 사다. 오늘은 드라마 〈친구〉 OST에 들어갈(들어갔으면 하는) 노래의 가이드를 작업해야 한다. 이 엿같은 시대에 희망찬 노래를 쓰는 건 위선이라고 생각하지만, 나도 먹고살아야 하므로 어쩔 수 없다. LG 트윈스 1승(-2).

4월 25일 토요일

낮에는 한음파 작업실에 가서 새 노래에 보컬을 입혀봤다. 집에서 흥얼거리면서 만들어서 그런지 키도 좀 높고 좀 느린 것 같아서 키를 낮추고 빨리 했더니 부르기도 편해졌고 듣기에도 좀 나아진 것 같다. 내일은 이 노래를 정리해서 검사를 맡아야 한다.

밤에는 타카피 5집 발매 쇼케이스에 놀러갔다가 뒤풀이까지 달렸다. 노래하는 재국 형 외에는 아는 사람이 없어서 좀 뻘쭘할 줄 알았는데 게스트 및 놀러 온 다른 밴드들 중에 홍대 출신 후배들이 꽤 많았다. 역시 노는 물이 홍대앞이어서 그런 건가.

음악을 사랑하면서 음악을 하려면 음악이 두번째 직업이 되어야 한다. 첫번째 직업인 돈 버는 직장에서는 음악하는 걸 숨기는 게 제일 좋지만 사람들이 알게 되었을 경우 뻔뻔스럽게 처신해주어야 한다. 물론 이러한 경우, 소위 '성공가도'를 달리긴 힘들다. 때문에 사생활이 보장되는 기본연봉이 꽤 높은 직장을 강추.

남의 밴드 공연 뒤풀이에서 미친 듯 달릴 순 없어서 새벽 2시쯤 도망쳐나왔다. 어린 친구들이 많아서 놀기도 좀 부담스럽더군. 배가 고픈데 고기 시키기 미안해서 집에 와서 라면 부숴먹었다. 건강한 몸을 가지려면 좀더 당당해지고 뻔뻔스러워져야 한다. LG 트윈스 2연승(−1).

4월 26일 일요일

새벽까지 술을 먹었지만 8시 알람을 맞춰놓고 일어나 박찬호 선발 등판 경기 시청. 밀어서 홈런 치는 찬호를 보며 크게 한 번 웃었다. 박찬호가 마흔 살까지 메이저리그에 있어야 미국에 가서 박찬호 게임을 볼 텐데. 이미 너무 늦은 걸까. 도쿄돔에서 이승엽 게임 보는 소원을 갖는 게 차라리 현실적이다. 적어도 올해까진 가능하잖아. 좀 부담스 럽긴 하지만 완전히 이루어질 수 없는 소원도 아니니까. 그러나 "우리 내일 점심은 도쿄에서 초밥 먹어요." 이 말이 왠지 거부감 느껴지는 건 내가 가난해서일까, 아님 초밥을 좋아하지 않기 때문일까, 도쿄를 좋아하지 않기 때문일까, 아님 너와 내가 우리가 아니기 때문일까, 점심은 먹지 않기 때문일까, 아침에 못 일어나기 때문일까, 비행기 공포증이 있기 때문일까. 스튜어디스는 좋아하는데.

언제나 스릴 넘치는 박찬호 선발 등판 경기를 보고 다시 잠을 잘까 했는데 어제 먹은 술이 덜 깨서 그런지 머리가 아프다. 에잇, 잠도 안 오는데 어제 불러논 거 작업이나 하자. 제목은 〈축배〉로 정했다. 멜로디 및 구성은 완성했으나 긍정적인 가사를 일부러 쓰려니 역겨워서 대충 입에 붙는 걸로 불러서, 가이드로 만들어서 그런 건가. 까였다. 내 앨범에나 써야지. 〈361 타고 집에 간다〉 풍의 노래를 원한다는데 이제 그런 노래 만들기는 지겹기도 하고 비슷한 리듬의 노래를 만든 지가 얼마 안 돼서 새로 작업하기가 부담스럽다. 허나 어쩌랴, 빡세게 모아서 4집 앨범 제작비를 마련해야 한다. LG 트윈스 1패(−2).

4월 27일 월요일

야구가 없는 월요일은 심심하다. 그래서 꽤나 열심히 작업을 했다. 원하는 리듬과 분위기로. 그런데 별로 맘에 안 든다. 긍정의 노래는 내게 어울리지 않아. 어쨌든 제목은 〈다들 그렇게 살아〉로 정했다. 〈입금하라〉와 완전 비슷한 관계로 내 앨범에도 넣을 수 없는 노래. 이번에도 오케이 사인이 안 나면 지난 2주간 작업한 건 결국 시간낭

비가 된다.

4월 28일 화요일

아침 6시 기상, 양상추 샐러드를 먹으며 〈내조의 여왕〉을 보다. 방울 토마토를 사야겠다. 양상추에 소스만 넣어서 먹었더니 좀 재미가 없구만. 〈내조의 여왕〉 드라마는 재밌는데 인조인간들이 너무 많이 나와서 차마 화면을 정면으로 볼 용기는 없다.

어제 대충의 가사와 리듬, 코드만 만들어놓은 〈다들 그렇게 살아〉를 하루 종일 만지작거렸으나 별로 맘에 들진 않는다. 내가 좋아야 작업할 때 재미도 있고 나중에 별 반응이 없어도 당당해질 수가 있는데 이 노래는 좀 아닌 것 같다. 까여도 할 말 없음. LG 트윈스 2연패 (−3).

4월 29일 수요일

지난 며칠, 맘에 안 드는 노래를 꾸역꾸역 작업했더니 음악이 재미가 없어졌다. 나를 위해 노래를 만들고 싶어졌다. 새 멜로디는 잘 만들어지지 않길래 예전에 만들었다가 봉인해둔 기타리프를 가지고 좀 놀다가 대략의 구성과 멜로디, 가사를 완성. 아마도 4집에 들어갈 수 있을 것 같은데 4집이 언제 나올지는 나조차도 모르겠다. 제목은 〈나는 개〉. "왜 나를 빨갱이로 만들어"라는 가사가 맘에 든다. 재보궐선거, 한나라당 전패, 쌤통이다, 친일파 쉐키들. LG 트윈스 1승(-2).

4월 30일 목요일

낮에는 어제 만들다가 만 노래를 밴드 애들에게 들려주려고 가볍게 믹스. 노래가 좀 길다. 6분. 〈다들 그렇게 살아〉도 대충 정리해서 보내줬는데 반응이 영 신통찮다. 앞으로는 선불을 받지 않으면 곡작업을 하지 말아야겠다. 매번 그렇게 다짐하지만 언제나 돈이 필요하기 때문에 부랴부랴 곡을 쓰긴 하지만. 어쨌든 까이면 기분은 거지같다.

밤 9시부터 11시까지 연습. 연습 끝나고 가볍게 맥주 한잔 먹으며 노가리 까고 있는데 고려대를 나온 오입쟁이가 술 취해 엎어져서 SOS 보내서 안경이랑 가방 찾아주고 왔다. 에잇 스뤠기 같은 쉐키. 그래도 뭐 친구는 친구니까. LG 트윈스 1패(-3). 드디어 5할 승률에서 멀어져가는 건가.

백수 모드로 돌입한 후 나의 하루(그러나 백수 모드가 아니었을 때와 별반 다르진 않은).

오후 3시쯤 기상. 식사를 하면서 어제의 드라마를 본다.

각종 음악 사이트와 스포츠 사이트를 들락거리다 지겨우면 음악도 듣고 책도 읽는다.

6시 반이면 되면 식사를 준비하면서 야구를 본다. LG가 이기면 끝까지 보고 질 것 같으면 포만감에 잠이 들거나, 틀어놓고 딴짓을 한다. 9-10시경 야구가 끝나면. 그날의 야구 하이라이트 및 기사를 통독한다. 이러면 12시.

밤새도록 뭔가를 한다. 음악작업이 되기도 하고 드라마를 보기도 하고 영화를 보기도 한다. 중간에 밥 한 끼 먹어준다. 이러면 아침이 온다. 추신수 게임이나 박찬호 경기를 보고 나면 다들 출근하는 시간이다. 9시. 그리고 잠이 든다.

음주 모드일 경우,

작업 모드일 경우,

공연 모드일 경우가 있으나 그다지 횟수가 빈번하진 않다.

그렇다. 나는 대한민국에서 가장 유명한 은둔형 외톨이일지도 모른다. 근데 조금 다행인 건 많은 음악인들이 이렇게 지내는 듯싶다. 사는 방법은 다양하니까, 다들 그렇게 사니까. 스타벅스 커피를 마신다고 뉴요커가 되거나, 브릿팝을 듣는다고 런던 시민이 되는 건 아니니까.

백두산의 〈반말 마〉를 들었다. 아으, 신난다. 내 몸에는 메탈의 피가 끓고 있지만 손가락이 삐꾸.

5월 1일 금요일

어제 홍대입구가 그렇게 들썩거렸던 게 오늘이 노동절이라서였나보다. 직장인 친구들은 간만에 온 황금 같은 연휴를 쓰기 위해 다들 어디론가 떠났다. 서울 시내는 크고 작은 집회로 교통지옥이겠지. 나는 뮤지션인가? 노동자인가? 음악노동자라는 표현도 들어본 것 같은데 너무 빨갱이스럽군. 사람들이 생각하는 뮤지션에 대한 환상처럼 어영부영 노래나 만들어서 우아하게 살고 싶다는 생각을 나는 왜 안 하고 있는 걸까. 평생을 딴따라로 사는 걸 숙명처럼 받아들이는 나는 단순한 사람인 건가. LG 트윈스 1승(-2).

5월 2일 토요일 석가탄신일

밤을 꼬박 새고 박찬호 선발 등판 경기를 시청하였으나 4.2이닝 7실점, 개박살당하고 말았다. 뭔가 부상이 있는 것 같은데 선발 자리 때문에 숨기고 버티고 있는 듯한 느낌이 자꾸 든다. 마이너 내려가서 부상치료 좀 하고 왔으면 좋겠는데 지금 그럴 만한 형편이 안 되는 게 너무 아쉽네. 어깨는 아직 싱싱한데 그놈의 허벅지랑 허리, 아마 그

둘 중의 하나가 문제인 것 같다.

아쉬운 마음에 허탈하게 잠이 들어 오후 늦게 일어나 간만에 볶음짬뽕을 시켜먹다. 별 하는 일도 없는데 그래도 주말이라고 괜히 일하긴 싫어서 (해봤자 설렁설렁 놀면서 할 텐데 말야) 상상마당에 가서 한음파와 소울스테디락커스 공연을 보다. 한음파는 예전부터 많이 봐서 그저 무난하게 들렸고(아무래도 다들 아는 친구들이다보니) 소울스테디락커스라는 팀은 처음 보는데 큰 공연장에서 해서 그런지 정규멤버 이외에 코러스 3명, 브라스 3명을 대동, 게스트 포함 12명의 거대한 규모가 즐거웠다. 자메이칸 계열의 레게/소울 음악을 하는 팀. 가끔씩 뜬금없이 튀어나오는 연주가 풋풋한 나이를 짐작케 하는 열정적인 젊은 팀. 2003년 일본 서머소닉 락페스티벌에 갔을 때 본 도쿄스카파라다이스라는 팀이 생각났다. 락페스티벌의 오후 2시 뜨거운 햇살 아래가 어울리는 음악.

우쿨렐레를 가져왔는데 픽업 쪽에 문제가 있다. 바꿔야겠음. 유튜브를 통해 우쿨렐레 기본코드를 익혔다. 나이 먹고 뭔가 새로운 걸 배운다는 게 아직은 어색하지 않으니 난 아직 청춘인 건가. 다양한 음악적인 표현을 위해 우쿨렐레, 벤조, 만돌린 등의 민속악기들과 12현 기타를 올해 틈나는 대로 하나씩 장만할 생각이다. 일단 그중 제일 쉬운 우쿨렐레를 선택했다. 가을에 나올 EP에 써먹어야지. 녹음에 쓸 물건인데 너무 싼 걸 산 건 아닐까. LG 트윈스 2연승(−1).

5월 3일 일요일

〈다들 그렇게 살아〉 두번째 데모를 대충 완성하긴 했는데 너무 건성으로 한 것 같다. 까여도 할 말 없음. 이게 드라마 OST에 꽂혀야 4집 앨범 제작비에 보탬이 될 텐데. 3집 앨범 작업을 끝내고 간단한 데모 작업할 장비만 남겨두고 마이크며 마이크 프리 앰프를 팔아버렸더니 데모버전의 퀄리티가 너무 떨어지는 것 같다. 게다가 집에서 대충 흥얼거리거나 한음파 작업실 가서 한두 번 불러보고 대충 녹음해서 집에 와서 또 대충 정리해서 데모버전을 만들었더니 나 스스로가 3집 가수인 것이 심하게 부끄러워지는 이 씁쓸함. 역시 음악에는 돈이 많이 든다. 게다가 가난하게 음악하는 건 이제 너무 너무 너무 지겹다. LG 트윈스 3연승(0), 4월 10일 후 첫 5할 승률! 게다가 첫 스윕! 첫 3연승! 내가 엘빠는 엘빠구나. 나의 잃어버린 10년이여, 흐흐흑.

5월 4일 월요일

한 푼이라도 더 벌어서 다음 앨범 제작비를 땡겨야 되는 관계로 드라마 OST에 곡을 꼭 넣고 싶은데 오디오 인터페이스가 망가져서 수리를 맡기러 낙원상가에 다녀오다. 한 일주일 걸린다고 그래서 똑같은 걸 중고로 하나 샀다. 수리된 건 서브로 놓고 보관하든가 나중에 돈 없으면 다시 팔아야지. 중고로 팔고 사는 게 다 좋은데 가끔씩 알아보는 사람들이 있다. 쪽팔리다. 오늘은 다행히도 알아보지 못하더군. 일단 내가 달빛요정임을 알아보기 시작하면 나는 약자가 된다. 깎아 달라는 대로 깎아줘야 하고 차비라도 좀 달라는 가벼운 흥정도 불가능하다. 그래서 중고로 팔 땐 웬만하면 우편거래를 하려고 하는데 사기꾼들이 워낙 많아서 그것도 잘되지 않더라. 우쿨렐레 반납. 픽업 없는 젤 싼 우쿨렐레로 교환하려고 한다.

소득세 신고. 작년에 번 게 천만 원은 되었나보다, 웃어야 할지 울어야 할지. 작년에 선언한 것처럼 연봉 1200만 원이 안 돼서 진짜로 내가 음악을 관두면 재밌어하는 것들도 꽤 있을 텐데. 집에서 이것저것하며 놀다가 가락고 후배 주정연 군께서 홍대로 출동하셔서 아웃백 스테이크에서 칼질을 했다. 패밀리 레스토랑은 아무래도 내게 다른 세상처럼 느껴져. 대학교 1학년짜리 제자 둘을 데리고 왔는데 진짜 애기들이었다. 달빛요정도 연예인이라고 신기해하긴 하더군. 정연이가 달빛요정, 내가 잘 안다고 얘기했는데 잘 안 믿어서 확인시켜주는 분위기. 고기 먹고 애들 보내고 맥줏집 가서 맥주 한잔 더 먹고 집으로 복귀. 정연이는 학교 앞 단골 당구장에 리그 치르러 가끔 온다고 하는데 그게 오늘인 듯. 나이를 먹으니 유흥거리가 없구나. 나도 너도. 좆나게 일이나 하는 거지 뭐, 그러다 꼴리면 업소를 이용하는 거고.

작년에 유류세 환급 받았을 때 참 기분 엿같았는데. 하지만 그 돈으로 모니터 스피커 사서 잘 쓰고 있다. 어쨌든 땡큐다. 더 좋은 소리로 음악을 듣게 되었구나. 내가 이렇게 비싼 스피커를 사게 될 줄이야.

5월 5일 화요일 어린이날

LG 트윈스 4연승(+1).

5월 6일 수요일

낙원상가에 가서 수리를 맡겼던 오디오 인터페이스를 찾아오다. 삼아무역의 A/S는 좀 괜찮군. 음향장비 A/S는 대부분 시건방지고 바가지 씌우기 일색인데. 출타한 김에 뮤직시티에 들러서 우쿨렐레를 갖고 옴. 집에 와서 코드표 보고 EP에 들어갈 〈원초적 본능〉을 연습함. 악기가 워낙 쉬워서 한두 주 치면 녹음할 수준은 될 것 같다. 물론 이

한 곡밖에 못 치겠지만. 아아, 햇살이 참 즐겁던 날이었다. 언제쯤 아무 걱정 없이 광합성을 해볼 수 있을까. LG 트윈스 5연승(+2).

5월 7일 목요일

아침 박찬호 선발 등판. 오늘이 마지막 기회였는데 잘 살렸음.

클럽 FF에서 클럽데이 공연 섭외가 왔는데 혁조가 강남에서 공연이 있어서 파토. 그나마 클럽데이 공연이 뒤풀이 비용이라도 빠지는데 아쉽군. LG 트윈스 6연승(+3).

5월 8일 금요일

어버이날인데 잊고 있다가 엄마한테 전화가 왔다. 선물은 필요 없고 빨리 장가 좀 가라는 닦달. 아이구 지겨워. 밤 11시부터 새벽 1시까지 공연 및 신곡 연습. 동훈이는 농부가 되더니 플레이가 영 시원찮다. 6월 13일에 스카이하이에서 공연하기로 했는데 메탈밴드들이랑 할 것 같아서 걱정이 태산. LG 트윈스 7연승(+4).

5월 9일 토요일

클럽 타에서 루네 1집 발매기념 공연 게스트. 4시 반에 가서 리허설

하고 밥 먹고 나서 애들은 당구장에서 놀고 나는 구경하며 시간을 보냈다. 간밤에 먹은 맥주 때문인지 배가 살살 아파서 계속 화장실에 들락날락. 7시 조금 넘어서 첫 밴드로 공연시작. 첫 곡 때 마이크가 안 나와서 다시 시작. 역시 가오 잡는 건 힘들어. 게다가 조명은 왜 이리 센지 눈이 부셔서 노래를 부르기가 심하게 불편했다. 게스트라 서너 곡만 할 거라서 손목아대를 안 차고 갔더니 20분 동안 육수가 줄줄 흐르는 초라한 모습을 관객들에게 선사한 듯. 언제나 그렇듯 내 공연 빼고는 객석에 여인들이 가득하다. 이러한 문화생활을 즐기는 부류들은 대충 20대의 어느 정도 경제력이 있는 (경제력을 갖게 될) 여인들이기 때문이겠지.

불만족스러운 공연을 끝내고 럭셔리 수노래방 맞은편에 있는 생맥줏집에서 밴드 애들끼리 한잔하고 2차로 루네 공연 뒤풀이에 가서 새벽 두어 시까지 만취하도록 마시고 집에 왔는데 어떻게 왔는지 기억은 안 난다. 독문과 형욱이 형이랑 후배 세윤이를 만난 것 같은데 기억이 가물가물하다. 다시 만취의 날이 되었군. 결심한 대로 12시에 갔어야 했는데. LG 트윈스 8연승(+5).

5월 10일 일요일

어제 공연하고 빠샤에 핸드폰을 놓고 온 것 같은데 연락이 안 돼서 하루 종일 기분 찝찝하다가 저녁때 어렵사리 연락이 되어 찾으러 다녀왔다. 언제나 그렇듯 적응 안 되는 술집. 예전 월플라워스였던 때가 익숙해서 그런가. 그땐 참으로 많이 취했었지. LG 트윈스 8연승 마감(+4). 5월달 들어 처음 졌다. 1위 SK랑 두 게임 차밖에 나지 않는다. ㅋㅋㅋ

5월 11일 월요일

건강보험과 신용회복대금을 내고 나니 거지가 되었다. 오늘부터는 열심히 살기로 했다. 네이트온으로 용기 형한테 저번에 데모 보내준 〈친구〉 OST는 긍정적이냐고 찔러봤더니 대답이 영 시원찮다. 싱글에 들어갈 노래를 만든 것으로 만족해야겠다. 더이상 〈361〉 풍은 지겨워. 간만에 선영 형이랑 통화해서 이 얘기 저 얘기 하다가 100만 원 정도 받을 게 있다는 얘기를 듣고 급 즐거워졌음. 올 여름 펜타포트랑 지산 락페스티벌 출연은 힘들 거 같고 지산에 킬러스 오면 보러 가야겠다. 위저만 보러가긴 좀 아까워. 근데 어디서 자?

5월 12일 화요일

9월에 낼 EP에 들어갈 노래들을 확정했다. 앨범 제목은 그냥 쉽게 〈Warming Up〉.

1. 축배

2. 입금하라

3. 재회 (가능하다면)

4. 그리운 그 사람

5. 원초적 본능

6. 치킨런 (Acoustic Version)

7. 고기반찬 (Rock Version)

8. 축배 (Original Version)

LG 트윈스 2연패(+3).

5월 13일 수요일

봄인데 파릇파릇한 것들이 먹고 싶어서 오이를 샀다.

LG 트윈스 3연패(+2).

5월 14일 목요일

낙원상가.

연습 9-11시.

LG 트윈스 4연패(+1). 스윕이라니 제길.

8연승한 거 다 까먹고 있다.

황석영이 노망이 났다.

5월 15일 금요일 스승의 날

비가 온다고 동호가 파전에 막걸리 먹자고 해서 야구 보다가 8시에 만났다. 예전 전철역 근처에 있던 검정고무신이 장사가 잘됐는지 확장해서 프리버드 1층으로 옮겼더군. 모둠전 시켜놓고 먹고 있는데 누군가가 와서 사인을 받아갔다. 한 달에 한두 번씩 일어나는 아직도 어색한 일. 신기해하는 동호. 막걸리를 별로 좋아하지 않는지라 배불리 전을 먹고 입가심으로 맥주를 먹으러 Birds에 가서 좀 마시다가 상화가 합류했다. 상화가 다른 바에 키핑해둔 봄베이를 먹으러 가자고 해서 계획에 없던 3차를 달렸다. 좀 있다 상화의 선배가 합류했다. 이런 식으로 사람들이 계속 바뀌어가면서 술을 마시면 결국 필름이 끊어지고 마는데 오늘은 좀 자제했다. 내일 〈스타트렉〉을 보아야 하므로. 영화가 두 시간이나 한다는데 건강한 몸으로 봐야지. 해롱대는 상태로 귀가하여 미친 게임의 하이라이트를 보며 취침. LG 트윈스 1승(+2).

5월 16일 토요일

〈스타트렉〉. 기나긴 시리즈라는 것만 알고 있고 예전에 TV시리즈를 몇 번 보긴 했어도 그 방대한 분량에 질려서 보다 말았는데, 이번 시리즈는 역시 극장판이라 그런지 허접한 세트와 유치한 CG를 남발하던 TV드라마보다 볼거리도 많고 나름 잘 짜인 시나리오.

어제 보지 못한 LG 게임을 복기.

비가 와서 야구가 쉬는 날. 내일은 더블헤더란다.

5월 17일 일요일

월요일에는 출판사에 샘플을 좀 보내줘야 하는데 쓴 글이 별로 없다. 일기만 보내주긴 너무 미안한데. 음악작업은 잠시 접어두고 집필에 매진해야 할 듯.

오후 4시 집에서 출발, 4시 30분경 목동야구장에 도착. 30년을 넘게 살면서 목동야구장에는 처음이다. 뜬금없이 지금은 사라진 동대문야구장이 그리워졌다. 시내 한가운데 있어서 계속 있긴 미안한 위치이긴 했지만 업적 만들기에 목을 맨 정치논리에 밀려서 사라지긴 좀 아쉬운 역사였다. 왜 추억을 떠올릴 그것을 내버려두지 못하는가. 추억 따위는 사는 데 필요가 없는 건가, 일제시대 지어진 낡은 야구장 따위는 필요가 없는 건가. 내 인생에 서울시장 따위가 필요없는 것과 마찬가지인가.

평생 야구장에 와서 야구를 본 게 50게임 정도 된 것 같은데 연장전은 처음이다. 내가 봤던 첫 게임은 잠실야구장 개장기념 경기. 이날 유중일이 잠실구장 1호 홈런을 쳤다. 나도 나름 야구역사의 한 페이지에 참여하고 있구나. 뿌듯하다.

꽤나 힘든 연장전 관람을 마치고 돌아오니 거의 12시. 맥주 한 병을 까고 나니 배가 더 고파져서 비빔면을 먹었다. 비빔면 두 개를 먹으면 2시에 하는 박찬호 선발 등판을 못 볼 것 같고, 한 개를 먹으면 왠지 모자랄 것 같아서 삶은 계란과 오이를 첨가하는 것으로 쇼부를 봤다. 꽤 든든하다. 단지 귀찮을 뿐.

지난 선발등판 때 꽤 좋았던 우리의 박찬호는 개판을 치고 2회에 내려갔다. 연약한 심성의 투수인지라 심판이 그런 식으로 어이없게 나오면 우리의 박찬호는 예외 없이 개판을 친다. 그리고 나는 가슴이 아파온다.

간만에 야외에서 놀았더니 꽤나 피곤했나보다. 급하게 잠이 들어 푹 잔 것 같다.

5월 18일 월요일

오후 2시 기상. 금요일 공연 연습을 수요일에 하기로 함. 공연 연습이 아니라 앨범에 들어갈 곡 연습을 해야 하는데 언제 하나. 애초 잡았던 5월 말, 6월 초는 힘들 것 같고 7월 전에는 끝내야겠다. 6월에는 공연을 잡지 말아야겠어. 6월 13일에 잡힌 거 하고 광주MBC 〈난장〉이라는 프로그램 녹화가 있을 거 같은데 그거 두 번 하고 나머지는 앨범에 들어갈 신곡들을 연습해야겠다. 7, 8월은 연습만 하고 공연은 쉬어줘야겠다. 9월에 앨범 내고 공연하려면 좀 쉬어야지. 6월에는 9월 공연 일정을 잡아야겠군. 추석 전에 할까 후에 할까.

6인분의 밥을 짓고 콩나물무침을 만들고 오뎅볶음을 만들어 며칠 치의 밑반찬을 준비했다.

5월 19일 화요일

아침까지 이것저것 들쑤시면서 놀다가 오전 10시나 되어서야 잠이 들었다. 청룡기 고교야구는 그 시간에 하고 있더군. 엄청 재밌는 폼을 가진 언더핸드 꼬마의 투구를 보며 취침. 5-6시쯤 일어나 밥을 챙겨먹고 또 인터넷질. 달빛요정 검색, 네이버 스포츠 국내/해외 야구 섹션 완독, 각종 음악 사이트 및 야구 사이트 눈팅, 악기 중고거래 사이트 눈팅 및 유튜브 탐험. 카라를 보기도 하고 소시를 보기도 하고 기타나 건반 샘플을 듣기도 하고 외국 뮤지션의 라이브 실황을 보기도 한다. 이러면 하루가 어찌나 잘 가는지. 안 해본 사람은 말을 마시길.

5월 20일 수요일

연습.

5월 22일 금요일

사운드홀릭 공연.

월급날.

5월 23일 토요일

공연 다음날은 무조건 절대 휴식. 나의 유일한 낙. 시체놀이.

주사위는 던져졌다

조중동 인터뷰 사절합니다. 기자가 무슨 죄가 있겠습니까. 친일파가 문제인 거죠. 중앙일보는 인터뷰 하고 싶으면 이건희 할아버지 스피드 즐기실 때 끼워주면 한번 생각해볼게요. 아, 물론 인터뷰비 1억 주시면 가능합니다. 난 그런 놈이니까요. 커피는 제가 살게요. 서로 얼굴 붉히진 말아요, 당신은 누군가의 졸개이고 저는 카라의 노예일 뿐이니까요.

-홈페이지 인사말 중에서

김연아 올림픽 금메달!

2010년 2월 26일 금요일. 밴쿠버 동계 올림픽에서 김연아가 금메달을 땄다. 그리고 거기에 맞춰서 MBC 신임사장 발표. 그 며칠 전에 MBC가 파업을 시작할 거라는 걸 알았다. MBC에서 연락이 왔었다. 며칠 후에 신임사장이 발표될 거고 그에 맞춰서 파업출정식이 있을 예정인데 그날 오셔서 노래 몇 곡 해주시면 좋겠다고. 나야 뭐 돈 받고 노래하면 언제나 땡큐니까 불러주셔서 감사하다고 하고 여느 때처럼 시간과 장소 등을 물었는데 통화를 하다보니 뭔가 이상한 거다. "그런데 그날 사장이 발표되는 걸 어떻게 알아요?" "아, 그날 김연아가 금메달 따면 그때를 노려서 신임사장이 발표될 거 같아요. 금메달을 못 따도 마찬가지일 것 같구요."

이 정권의 대단한 점은 '에이, 설마 그렇게까지 하겠어' 라고 생각하는 유치하고 치졸한 짓들을 정말로 현실에 옮겨다 놓는다는 점이다. 나 같은 딴따라도 예상 가능한 짓거리를 대놓고 한다는 점이다. 영화를 너무 많이 본 걸까. 웬만한 음모론에는 눈도 깜빡하지 않는다.

그날 나는 오후 두 시에 여의도 MBC 2층 로비를 가득 채운 노조원들 앞에서 노래를 불렀다. 맨 앞줄에서는 연식이 좀 되어 보이는 분들이 각 잡힌 박수로 〈스끼다시 내 인생〉에 화답해주었고, 뒤쪽에 있는 젊은 친구들은 〈고기반찬〉에 호응해주었다. 멀리서도 존재감이 확실한 강기갑 아저씨는 예의 그 우렁찬 목소리로 투쟁을 독려했고, 급하고 뻘쭘하게 노래를 마친 나는 연락을 줬던 PD와 몇 마디 노가리를 까고 돈을 받고 흐뭇한 마음에 집으로 돌아와 김연아 경기를 반복해서 보았다. 김연아 이전에는 몰랐었다. 피겨스케이팅이 그렇게 아름답다는 걸.

마침 그날은 홍대앞에서 한 달에 한 번씩 열리는 클럽데이. 내게는 공연을 하고 술을 마시는 날이지만 뮤지션이 아닌 사람들에게는 홍대앞 춤추는 클럽에서 짝짓기를 하고 욕망을 쏟아내는 날. 홍대앞에는 새벽까지 사람들이 넘실대지만 공연장에는 사람이 별로 없다. 그나마 라인업이 괜찮게 짜인 달에는 다른 밴드들의 명성에 붙어 공연 같은 공연을 할 수 있는 날. 썰렁한 공연을 마치고 뒤풀이를 하는 내내 가장 훌륭한 안주는 김연아 금메달이었다.

그리고 그다음주, 다른 클럽에서 공연을 했다. 리허설을 마치고 근처 중국집에서 밥을 먹고 있는데 TV에서 '2010 밴쿠버 올림픽 선수단 환영 국민 대축제'라는 걸 중계하고 있었다. 80년대의 그것이 보였다. 구구절절 설명하고 싶지도 않은 독재의 망령. 저짓거리를 하고 싶어서 미디어법 가지고 장난을 치고 MBC를 먹으려고 난리를 치는 거지. 역겨운 채널은 케이블 조선일보만으로도 충분해. 밥이 얹힐 것만 같았다. 웩, 역겨운 쉐키들. 소시도 나오고 카라도 나왔다. 역시 귀엽다. 덕후들이 생길 만하다. 나도 '카덕'임을 인증한 지 오래. 꽤 유명한 인디밴드도 나왔다. 행사비에 락 스피릿을 팔았군. 근데 얼마나 받을까?

조전혁이 주최한 3집 가수 정두언 콘서트에 연예인들이 참가를 취소했을 때 나는 나를 불러줬으면 좋겠다고 생각했다. 나는 갈 수 있다고 생각했다. 나는 가도 된다고 생각했다. 단, 행사비는 1억. 세금은 내가 부담하지 뭐. 나머지는 그린피스에 기부하고 싶었는데 천만 원은 따로 챙기고 싶었다. 아는 밴드들 섭외해서 무료공연을 주최하고 싶었다. 서울광장에서 〈나는 개〉를 부르고 싶지만 일단은 부를 수 없다. 영혼을 판다면 평생이 행복할 텐데. 나의 변절은 언제일까.

다큐멘터리 음악을 하기로 했다

며칠 전에 메일이 하나 왔다. 한예종에 다니는 학생인데 졸업작품으로 야구 다큐멘터리를 하나 찍었고 지금 편집 중인데 음악감독으로 참여해줄 수 있겠느냐고. 나야 시간 투자한 만큼 금전적 보상이 있다면 당연히 한다는 답장을 보냈고 직접 만나서 영상을 보고 구체적인 이야기를 하기로 했다. 그게 어제의 술 약속. 2010년 5월 3일 월요일. 껍데기를 먹고 맥주를 먹은 이야기.

2009년 1년 동안 고교야구 만년 꼴찌팀 원주고를 따라다니며 찍은 다큐멘터리였다. 일단 예고편 17분짜리. 현재 감독은 왕년 태평양 에이스였다가 임선동이 현대로 갈 때 현금과 함께 LG로 팔려온 안병원. 추억의 이름이다. LG에서는 전성기가 지난 상태라 좋은 기억이 별로 없지만 태평양에서는 괜찮은 공을 뿌렸던 기억이 있다. 다큐를 찍고 편집 중인 올해부터는 LG 트윈스의 좋았던 시절 마지막 에이스 신윤호가 코치로 와 있다고 한다. LG 트윈스 팬으로서는 참으로 눈물겨운 조합이다.

안병원이 좋았던 시절의 기억은 잘 나지 않지만 신윤호의 2001년도는 참으로 눈부셨다. 2002년도 LG 트윈스가 한국시리즈 준우승과 이동현의 팔꿈치를 맞바꾼 것처럼 2001년도 신윤호는 투수 3관왕

(다승왕 + 구원왕이라는 말도 안 되는)과 연봉 1억을 자신의 야구인생과 맞바꿨다. 만년 유망주로 2군을 떠돌다 김성근 감독을 만나 제구력을 잡고 에이스로 떠올랐지만 그의 전성기는 딱 1년이었다. 이후 긴 부상의 터널. 몇 년을 재활했지만 결국 방출. 2008년에는 자신을 당당한 가장으로 만들어준 김성근 감독 아래에서 부활을 꿈꾸며 SK와 계약을 하지만 몇 게임 던지지 못하고 은퇴. 다른 팀을 응원하는 팬들도 존경해 마지않는 야신 김성근 감독의 선수 혹사에 대한 부분은 다들 어느 정도 인정하는 면. 하지만 구속만 빨랐던 만년 유망주를 연봉 1억 원짜리, 제대로 된 선수로 만들어준 것도 인정해줘야 한다. 김성근의 야구는 언제나 양날의 검. 하지만 투수는 자기의 어깨와 팔꿈치를 소모하며 늙어갈 수밖에 없는 숙명. 문제는 관리일 것이다.

역시 나는 야빠이자 엘빠. 안병원과 신윤호의 이야기를 하다보니 처음 만난 자리인데도 어색하지 않았다. 나이를 먹으면서 느끼는 건데 남자는 같은 스포츠팀을 응원하는 것만으로도 쉽게 친해진다. 게다가 우리는 지난 10년의 가슴 아팠던 기억을 공유하고 있다. 언젠가는 함께 기뻐할 날도 오겠지. 그것이 야구를 보는 재미, 기대감.

한예종 4학년으로 졸업작품 심사만 남은 이 감독의 나이는 스물아홉. 꿈과 현실의 사이에서 고민할 나이. 현재는 동생과 자취를 하고 있단다. 학교 다니는 것 이외에 경제적인 면을 어떻게 해결하고 있는지가 궁금했다. 실례를 무릅쓰고 물어봤다. 알바로 바텐더를 하고 있었는데 다큐를 찍으면서 병행하기가 너무 힘들어 현재는 영화에만 집중하고 있다고 한다. 어쩌면 자신의 마지막 작품일지도 모르는데 나중에 후회하고 싶지 않다고. 아, 내가 이런 친구에게 돈 안 주면 못한다고 떼를 썼구나. 괜히 미안해졌다. 게다가 술까지 얻어먹었다. 다음에는 내가 꼭 쏘리라.

1집 만들었던 때의 생각이 났다. 음악을 해야 하나 말아야 하나. 알량한 학벌로 월급 100만 원 벌러 취직을 해야 하나. 그러다 나도 마지막이라는 생각으로 앨범을 만들었지. 그렇게 운 좋게 아직까지 딴따라의 신분을 유지하고 있는 거고. 큰 도움은 안 되겠지만 이 친구 영화를 열심히 해야겠다는 생각이 들었다. 나이 스물아홉의 내가 생각나기도 했고 다들 경제동물이 되어 미쳐 돌아가는 세상에 꿈을 향해 자신의 젊음을 바치고 있는 친구를 보니 기분이 좋아지기도 했다. 나도 언젠가부터 돈이 움직이지 않는다면 나서지 않는 뻔한 딴따라가 되어가고 있었으니까.

17분짜리 예고편을 보는데 눈물이 찔끔 났다. 다른 지역 팀에서 못한다고 쫓겨난 선수들이 주축이 된 만년 꼴찌 원주고 야구부가

2009년 화랑대기 4강에 올라가는 이야기. 야구는 그 자체로 극적인 지라 다큐멘터리 형식으로 찍어도 웬만한 드라마 같은 느낌이 난다. 야구를 좋아한다면 당연히 감동적인 스토리이고 야구를 잘 몰라도 충분히 재미를 느낄 수 있는 작품이었다. 80분짜리 장편으로 편집 중이라고 한다.

노래가 들어가는 타이틀곡은 엔딩 크레딧에, 각종 장면에 필요한 음악들은 원래 내가 발표했던 노래들을 재편곡하거나 새로 만들기로 했다. 만나서 얘기하기 전에는 원래 있던 노래들을 재활용해서 작업할까 생각했는데 영상을 보고 나니 다음 앨범 제목이자 타이틀곡으로 만들어두었던 〈너클볼 콤플렉스〉를 써야겠다는 생각이 들었다. 좀 아깝기는 하지만 영화 내용에 딱 맞는걸. 영화음악으로 OST를 내야겠다는 생각도 들었다. 신곡이 몇 곡 들어가고 예전 곡이 몇 곡 추가된 미니앨범이 될 것 같다. 또 미니앨범이 나온다고 불평하는 사람들이 좀 있을지도 모르겠군. 하지만 지금 상황에서 정규앨범을 내는 건 생각만 해도 끔찍하다. 이젠 스트레스 받으며 음악하고 싶지 않다. 하고 싶은 음악을 하고 싶을 때 할 테다. 예술은 다음 세상에. 아티스트 짓거리는 아티스트가 된 다음에.

이 영화가 부산영화제도 나가고 각종 영화제에서 상도 좀 받았으면 좋겠다. 내 젊은 시절의 꿈에 관한 영화이기도 하고, 순수한 열정을 순수한 열정으로 찍은 영화이기도 하고, 현실적으로 내 음악 하나를, 음반 아이템 하나를 바친 결과물이 될 것 같으니까. 꿈이 꿈대로만 남지 않았으면 좋겠다. 찬란히 빛났으면 좋겠다. 그에게도 나에게도, 어디에서든.

We Rule

기억하기 쉬운 날이었다. 2010년 5월 홍대 축제 중의 하루. 꽤 오랜 시간 같이 살았음에도 사이가 나빠지지 않은 전 룸메이트 H군에게서 전화가 왔다. 학교 가서 술 마시고 놀자고. 정신차려 이 쉐이야, 육두문자를 남발하며 부산 사내와 히히덕거리다가 결국 한잔하기로 했다. 술 먹자는 유혹은 뿌리치기 힘들다. 후배 S도 온다고 했다.

그날은 한 달에 한 번씩 홍대앞 인디레이블 모임인 '서교음악자치회', 일명 '서교반상회'의 정기모임. 가수로서 레이블 사장, 매니저 모임에 나가는 게 좀 뻘쭘하긴 하지만 그래도 나가서 얼굴이라도 한 번 비추면 공연이라도 한 번 더 잡을 수 있을까 싶어서 나가는 아직은 좀 어색한 모임. 별 말 없이 레이블 소식 듣고 이 얘기 저 얘기 하다가 새마을식당에 가서 반주를 곁들인 식사를 하고 홍대로 향했다.

운동장에 차려진 수많은 주점들. 시장바닥이 따로 없구나. 우리 동아리 주점은 어디 있나. 아아, 그런데! 요새 여대생들 참 헐벗었군. 우리 때는 치마 입고 오면 놀리고 그랬는데. 오호, 이게 그 유명한 홍대 미대생들의 댄스파티. 땡큐. 그러다 주점을 찾아들어가 매년 똑같은 소시지야채볶음과 파전을 맛없게 안주 삼아 맥주 몇 병을 먹었다. 여기 있는 후배들이랑 학번차가 거의 20년. 첫사랑에 성공했으면 아들딸뻘인 아이들이 후배라고 줄줄이 와서 기수별로 인사를 했다. 옛날 얘기 좀 하다가 요새 애들 발육상태 참 좋다는 둥 헛소리를 일삼다가 홍대 후문 쪽 횟집에 다른 후배가 '뉴 여친'과 한잔하고 있다는 전화를 받았다. 어린애들 노는 데 늙은이들이 와서 노땅질 하는 것 같아 회나 한 점 먹기로 했다. 아 맞다, 내가 예전에 그 후배한테 200만 원 빌렸다가 아직도 안 갚았는데. 아니, 못 갚았지. 아니 갚을 수도 있는데 기타 사고 그랬지. 아아 이놈의 신용회복 신세. 또 눈치 보이겠군. 안 그래도 후배 S가 볼 때마다 갚으라고 잔소리하는데 자꾸 다른 곳에 쓰게 되네. 그놈 장가갈 때 축의금으로 갚아야지. 그런데 하는 짓 봐서는 결혼은 아주 먼 일일 것 같다. 1년에 한 번 볼까 말까 한데 여친이 계속 바뀌는 대견하고 자랑스러운 녀석 같으니.

회를 먹으며 '뉴 여친'에게 점수 따게 후배 칭찬 및 헛소리를 지껄이다가 자리를 옮겨 세계맥줏집에서 에딩거, 칭따오 등을 먹었던 것 같다. 시간이 늦어져 자리를 정리하고 후배들은 각자의 집으로 향했고 나는 H군과 실내에 자리 잡은 조폭떡볶이를 먹으며 예전 트럭에서 먹던 때가 좋았다는 얘기를 했다. 그 시절 세관이는 춤추는 걸 좋아해서 혼자 가기 뻘쭘할 때 나를 데리고 클럽에서 놀다가 집에 가는 길에 허기진 배를 채우려 원조 조폭떡볶이를 애용했다. 이때까지 먹은 술의 양을 계산해보자.

서교반상회 소주 3잔 + 홍대 축제 맥주 2병 + 횟집 소주 반 병 + 세계맥주 3병 = 소주 1병 + 맥주 5병

얼큰히 취할 정도의 양이다. 집에 갈까 한잔 더 할까 상의하다 일단 홍대 지하철역 쪽으로 내려가기로 했다. 소주는 더 먹기 힘드니 맥주나 더 할까 뭐 그런 뻔한 얘기를 하면서 내려오다 청기와주유소 앞 신호등 앞에서 신호를 기다리고 있는데 경찰차 한 대가 지나갔다. 세관이한테 "어라, 짭새가 지나가네" 뭐 이런 식으로 얘기했던 거 같다. 그런데 경찰차가 서더니 경찰 두 명이 내린다. 그중 젊은 녀석이 당신 지금 뭐라고 했냐고 눈을 시퍼렇게 뜨고 묻는 것이다. 때리지만 않았을 뿐 달려들었다는 표현이 맞겠지. 제복의 공포심은 성욕에도 활용되는 훌륭한 페티시니까. 평소 같았으면 짭새든 개새든 씹새든 뭐가 지나가든 말든 내 갈 길을 갔을 터. 그런데 시퍼렇게 젊은 녀석이 당신 운운하면서 눈을 부라리니 열통이 터져서 죽겠는 거다. 옆에 친구도 있겠다. 폭주가 시작됐다.

"아 씨발, 짭새를 짭새라고 부르지 뭐라 그래?"

“아니, 이 사람이! 안 되겠구만, 신분증 내놓으쇼.”

“뭐야 신분증? 웃기지 마시지!”

“어허, 이러면 강제로 서로 연행해갈 수밖에 없겠네.”

신체접촉이 시작되었다. 경찰 두 명이 앞뒤에서 나를 제압하려 시도했다. 방어는 당연한 인간의 본능. 수갑을 들이댄다. 옆에서 말리던 H군도 동반폭주!

“아니 이 개새끼들이, 정권에 빌붙어서 알랑거리는 것들이 죄없는 사람한테 수갑을 채우려고 하네!”

그러나 그들은 훈련을 받은 제압 전문가들. 넘어져서 안 끌려가려고 발버둥치다가 바지가 벗겨졌다. 마침 그날 벨트를 안 찼다. 제길. 순간 그들이 더 당황해했다. 그러더니 사진을 찍기 시작했다. 나도 아이폰으로 동영상을 찍으려 시도했다. 그러나 실패. 그렇게 나는 서교파출소로 끌려갔다.

그렇게 끌려간 시각이 밤 열두 시 삼십 분경, 새벽 한 시가 좀 안 되었던 때였을 것이다. 유흥가 파출소라는 게 다 그렇지 뭐. 취객들의 승강이가 이어지고 있었다. 내 여친을 때렸네 마네 하는 정의로운 남친이 너는 내가 지켜주겠다는 옛 약속을 지켜주고 있었고, 화장실에서는 한 여인이 목 놓아 울고 있었고, 나는 한쪽 구석에서 H군과 함께 자포자기한 상태로 앉아 있었다. 아아, 이런 시답잖은 권력 앞에서도 나는 무기력하구나. 나보다 좀더 현실적인 사리분별력을 가진 H군은 어떻게든 파출소를 빠져나가려 경찰에게 화도 내보고 어르기도 했지만 이미 상황은 종료된 듯했다. 언제나 그렇듯 오가는 농담 한마디, 노래 하나 쓰겠군 ㅋㅋ. 서로를 보며 키득거리다 그것도 심드렁해져서 핸드폰을 만지작거리다 그 당시 한창 열중하던 트위터에 글을 올렸다.

지나가는 경찰한테 짭새라고 했다가 수갑 차고 서교파출소에 왔어요 ㅋ
ㅋㅋ 내일까지는 못 갈 거 같아요

아, 트위터 대단했다. 하루 만에 천 명이 넘는 사람들이 나를 팔로했다(덕분에 2개월 뒤 달빛요정은 도미노피자 스마트폰 이벤트에서 1만5천 원짜리 쿠폰을 획득해 피자 한 판을 공짜로 먹는 기쁨을 누린다). 제길, 글 괜히 올렸네, 심심해서 올린 건데 파장이 너무 크잖아. 잠시 후 임신 9개월 만삭의 몸을 끌고 H군의 와이프가 등장. 웃고 있지만 웃는 게 아니다. 임산부의 부른 배를 무기로 좀더 협상을 해보는 H군. 잠시 후 소식을 들은 달빛요정 밴드의 베이스 J군 등장. 아 쪽팔려. 금방 나갈 줄 알고 한잔 더 하려고 불렀는데 쉽게 나갈 분위기가 아니다. 일단 J군을 귀가시키고 우리는 새벽 다섯 시경 마포경찰서로 끌려갔다. 어라, 왜 이 길로 돌아갈까? 93년도 길동에서 방위할 때 통지서 돌리고 일부러 늦게 동대로 복귀하던 생각이 났다. 월급 받고 일하는 것들도 신입들은 다 똑같구나. 경찰서 지능팀이라는 데서 하품을 찍찍 흘리며 귀찮은 듯 조서를 작성하던 형사와 한 시간쯤 해명 아닌 해명을 하고 (대학이랑 가족관계, 재산 그런 건 왜 물어보는데?) 새벽 이슬을 맞으며 경찰서를 나오는데 미안해서 먼저 보냈던 H군 부부가 맞은편 식당에서 나를 기다리고 있다. 그래 감방에서 나왔으면 두부를 먹어야지. 참 맛없게 두부찌개를 먹었다. 고등학교 때 가출한 다음에 잡혀와서 아버지랑 밥 먹는 느낌이랄까.

집에 돌아오니 아침 일곱 시. 핸드폰을 충전하고 당시 열중하던 핸드폰 게임 We Rule을 실행하여 열두 시간 전에 심어놓았던 당근을 수확하고 잠이 들었다. 내가 지배할 수 있는 건 3.5인치 아이폰 액정 안의 이 세계밖에 없구나. WOW 달라란 여관에 뉘여놓은 내 드루이드는 잘 있을까.

더 이상 사건이 커지는 것을 막기 위해 트위터에 해명글을 올리고 엿같은 기분으로 자는 둥 마는 둥 비몽사몽 상태로 있는데 오후 한 시쯤에 전화가 왔었던 것 같다. 모 신문 기자인데 음악 잘 듣고 있고 얼마 전에 나온 3.5집도 참 좋았고 뭐 그런 인사치레를 먼저 한다. 제길, '짭새 드립' 인터뷰 하자고 하겠군. 아니나 다를까 어제 사건에 대해 인권침해와 관련 인터뷰를 하고 싶단다. 싫다고 했다. 쪽팔리다고. 난 뮤지션일 뿐이라고(시건방 떨긴). 조중동 인터뷰 거부를 선언한 이후 다른 인터뷰도 거의 안 했는데 이런 걸로 기사에 오르내릴 순 없지. 그리고 잠이 들었다 일어나니 전화 및 문자가 많이 와 있었다. "형님, 최고! 형님만이 진정한 펑크 뮤지션!" 같은 딴따라들 문자가 많았고 착한 시민들의 걱정 어린 문자도 많았다.

어쨌든 나는 몇 개월 뒤 벌금 50만 원이 나올 거라는 예정고지를 받았다. 고지서가 나오면 기타이펙터를 팔아서 벌금을 낼 거다. 그걸로 내 죄는 사하여질 거라고 본다. 다시는 내 앞에서 짭새 사건 꺼내지 말도록. 나도 내 사전에서 '짭새'라는 어휘를 지웠다. 앞으로는 '경찰관님'이라고 부를 거다. 존경의 의미인지 비웃음의 의미인지는 알아서 판단하도록. 분노, 적개심이 죄가 되는지. 포괄적 국가반역죄라 부르시든지. 아 맞다, 그걸 국가보안법이라고 부르고 있던가. 제길 또 잡혀가겠네. 이게 다 실화라니, 아 쪽팔려.

(부탁)

파출소 끌려가면서 몸싸움할 때 잃어버린 인터넷에서 주문해서 그날 처음 썼던 LG 트윈스 모자 좀 찾아주세요. 살면서 집도 세 번이나 털리고 자전거도 세 번 도둑맞고 인터넷 중고거래 사기도 50만 원 당했는데 그런 건 왜 안 찾아주나요. LG 트윈스 올해 4강 못 가면 다 경찰이 책임지셈.

직구 같은 노래로 세상을 그리다

달빛요정역전만루홈런의 음악을 생각하며

김작가(대중음악평론가)

아쉬움은 남기려 한다. 애석함은 참기로 한다. 담담함을 더하려 한다. 그는 늘 스스로 작성한 보도자료의 끝에 '달빛요정이 달빛요정에 대하여 쓰다' 라는 문구를 붙였다. 이제 주어가 바뀔 수밖에 없는 상황이다. 앞으로 요절이라는 단어가 늘 따라붙을 이의 음악에 대해 이야기하려면 달리 방법이 없다.

달빛요정역전만루홈런은 총 여섯 장의 앨범을 남겼다. 정규앨범 석 장과 EP 석 장. 그는 인디뮤지션으로 불렸지만, 정작 인디음악계의 어떤 주류적인 흐름과는 상관없는 음악을 했다. 한국 음악계에서의 포지션은 인디로 통칭되는, 언더그라운드였으되 음악적 경향의

측면에서 보자면 80, 90년대 한국 대중음악의 어떤 흐름의 연장선상에 있었다고 해야 한다. 팬들은 그를 '포스트 김광석'이라 불렀다. 삶의 단면을 절절히 드러내는 가사와 굵직한 창법 때문이었다. 신해철은 그를 '김창기의 역상逆象'이라 했다고 한다. 동물원의 일상성을 계승하되 밝음과 따뜻함과는 거리가 먼, 우울하고 처절한 정서 때문이었을 것이다. 이 두 개의 지칭에는 공통점이 있다. 이야기 구조가 명확한 가사다.

2003년 발매된 데뷔앨범 〈Infield Fly〉에서 그에게 지명도를 안겨준 두 개의 노래가 있다. 〈절룩거리네〉와 〈스끼다시 내 인생〉. 〈절룩거리네〉는 MBC FM 〈신해철의 고스트네이션〉에 소개되면서 인기를 끌었고 이 프로그램의 인디차트에서 5주 연속 1위를 기록했다.

그 당시의 인디신에서 뮤지션이 지명도를 얻기 위해서는 우선 활발한 클럽 공연이 필요했다. 그 과정을 통해 반응과 입소문이 생기면 레이블과 계약을 거친 후 본격적인 활동을 시작했다. 그런 라이브 활동을 통해 생긴 반응을 기반으로 앨범을 내는데, 그중 반응이 좋아 공연의 마지막 곡으로 부르던 노래를 앨범 타이틀곡으로 삼아 홍보하는 시스템이 당연했던 시절이다. 하지만 달빛요정은 앨범을 내기까지 이렇다 할 클럽 공연을 한 적도 없었다. 그도 그럴 것이 그의 음악은 당시 인디음악계의 어떤 경향과도 상관없었기 때문이다. 즉, 마땅히 설 자리가 없었다는 얘기다.

〈절룩거리네〉는 펑크와 모던록, 어디에도 속해 있지 않은 노래였다. 말하자면 한나라당과 민주당이 양분하고 있는 정치구도에서 아무도 관심 갖지 않은 비주류 정치세력 같았다고 할까. 그럼에도 불구하고 이 노래는 세상에 등장하고 오래지 않아 화제가 됐다. 신해철이 소개하는 인디음악이 한두 곡도 아니었는데, 〈절룩거리네〉는 〈고스트네이션〉이 발굴해낸 대표적인 노래가 되었다. 그럴 수 있었던 것은 팔 할이 가사의 공이었다.

"지루한 옛사랑도 구역질 나는 세상도 나의 노래도 나의 영혼도 나의 모든 게 다 절룩거리네"라는 가사는 펑크에서라면 그리 어렵지 않게 찾아볼 수 있는, 자조적이고 비관적인 내용이다. "스끼다시 내 인생 스포츠신문 같은 나의 노래 마을버스처럼 달려라 스끼다시 내 인생"으로 절정에 오르는 〈스끼다시 내 인생〉 또한 다르지 않다. 그러나 명확한 1인칭 시점의 설정과 부르는 이의 빈 지갑과 통장잔고가 눈에 그려질 정도의 상황묘사는 달빛요정 음악을 규정하는 하나의 축이다.

물론, 인디신에서 이런 자조적 가사를 찾기는 어렵지 않다. 예전에도, 그리고 지금도. 하지만 달빛요정의 가사가 유독 주목받을 수 있었던 힘은 바로 확실한 가사 전달과 구체적인 상황을 떠올리게 하는 스토리텔링이다. 인디신의 부정적, 공격적, 혹은 자조적 가사들을 담은 많은 노래들에는 메시지는 있으되 스토리는 없었다. 혹은 공격적이거나 우물거리는 창법에 의해 정확한 내용을 전달하는 데 실패하곤 했다.

반면 달빛요정의 가사는 그 누구보다 직설적이고 구체적이다. 한때의 힘들었던 시절을 회상하게 하는 낭만의 정조가 아닌 당장 지금의 곤란하디 곤란한 현실을 직시하게 하는 투영의 정조. 그러나 아이러니하게도, 이런 지독한 좌절감들은 대부분 힘찬 멜로디와 사운드를 통해 전달된다. 전개부와 절정부의 낙차는 크고, 조성은 대체로 장조를 사용한다. 희망 없는 세상, 절망스러운 처지를 노래할수록 그의 목소리는 오히려 감격하듯 벅차오른다. 그것은 펑크, 혹은 서구의 록에서 발견할 수 있는 공격성과는 분명히 다른 것이다. 즉, 특정 장르의 클리셰를 따르지 않는다는 것이다. 앞서 그가 인디신의 주류적 흐름과 상관없는 음악을 했다고 말한 이유다.

이런 특성을 살리기 위해서였을까. 달빛요정의 사운드는 여느 록밴드들의 그것과는 다른 면을 보인다. 밴드 음악, 혹은 밴드 사운드와 함께하는 싱어송라이터 음반의 사운드에서 중요한 건 밸런스다. 보컬, 기타, 베이스, 드럼, 키보드 등의 악기의 소리가 고루 잘 들리고, 적당한 위치에서 맺히는 사운드는 밴드 앨범 녹음의 기본이다.

그러나 달빛요정의 음반들에서 전면에 나서는 건 보컬이다. 한 단어 한 단어를 비교적 또렷이 말하는 그의 발성법과 함께 도드라지게 들리는 보컬은 그의 가사에 힘을 더하고 방점을 찍는 요인이었다. 녹음에 대한 노하우가 없을 때 발표된 1집은 물론이고 노하우가 넉넉히 쌓이고, 밴드의 느낌을 강조했던 3집 〈Goodbye Aluminium〉까지 일관된 경향이었다.

이는 인디신의 방법론이라기보다는, 가수 중심의 문화가 정착되어 있는 주류 대중음악에서 흔히 만날 수 있는 사운드다. 밴드 음악을 기반으로 하는 보컬리스트들은 노래를 할 때 가사를 흘려보낸다. '이야기'보다는 '멜로디' 전달에 주안점을 두기 때문이다. 이는 청소년기에 한국 음악보다는 서구의 음악을 들으며 뮤지션의 꿈을 키우는 한국 음악 소비문화에 원인이 있다.

그러나 달빛요정역전만루홈런은 〈절룩거리네〉부터 〈나를 연애하게 하라〉까지, 모든 노래를 또박또박 끊어서 불렀다. 때로는 단어 단위로, 때로는 음절 단위로 한 음 한 음을 분명하게 발음했다. 단순히 가사를 분명하게 전달하는 것에 더하여, 노래의 메인 테마 부분을 더욱 강조하는 것 역시 달빛요정의 특징이다. 예를 들어 〈절룩거리네〉를 보자. 노래의 제목이 코러스에서 반복된다. 그리고 그 지점에서 보컬은 더욱 격앙된다. 강세는 더해진다. 〈스끼다시 내 인생〉이나 〈행운아〉 역시 마찬가지다. 제목이 곧 주제이며, 코러스에서 반복되는 형식은 80년대까지의 록음악에서 흔히 찾아볼 수 있던 패턴이다.

그가 초창기에 일반적인 인디음악 애호가들보다 평범한 생활인들에게 각광받을 수 있었던 것은, 10, 20대의 음악 매니아층보다 라디오를 통해 주로 음악을 접하게 되는 20, 30대의 일반인의 촉수를 건드릴 수 있었던 까닭일 것이다. 유형화된 식습관이 있듯이 청습관이라는 것도 존재하는 법이고, 달빛요정은 지난 시대의 정서와 가사를 그리워하는 이들에게 변주된 형태로 다가갔다.

그의 음악을 이루는 또 하나의 축은 사랑이었다. 사랑의 기쁨보다는 이별의 아픔이었다. '말없이 보내드리오리다' 도 아니고 '복수할 테야' 도 아니고 그저 속절없이 그리워하거나 원망하는 노래들이었다. 사랑으로 인해 세상이 아름다워 보일 때는 고작해야 TV 속 미녀 아나운서를 보는 경우(내가 뉴스를 보는 이유)였고, 사랑에 대한 갈

구가 가장 불타오른 건 외로움에 지쳤을 때(나를 연애하게 하라)였으며, 원망에 대한 노래로 얻고 싶은 건 '돈이나 벌었으면 좋겠다'는 생각(폐허의 콜렉션)이었다. 그도 분명히 연애를 해봤을 텐데, 88만 원도 못 버는 신세에서 출발해 결국 월 100만 원을 버는 기쁨 비슷한 것을 누리는 처지가 됐는데, 결국 그런 낭만은 달빛요정의 음악에서 주인공이 되지 못했다. 조연도 못 됐다. 아무리 삐딱하고 자조적인 사람이라도, 마음 어딘가에 갖고 있을 그런 사연과 생각 들을 펼쳐보지도 않고 그는 떠났다. 통속성과 사회성이 결합된 이야기와, 80년대 가요와 90년대 록이 버무려진 음악을 남기고.

그가 남긴 이야기와 음악은, 오히려 그의 사후 재평가되고 있다. 그가 쓰러졌다는 소식이 전해졌을 때, 그리고 결국 세상을 떠났다는 비보가 퍼졌을 때 그 파장은 여느 연예인의 부고와는 달랐다. 알다시피, 그가 유명한 뮤지션이었기 때문은 결코 아니다. 오랜 세월 한국 음악계에서 큰 족적을 남겼기 때문도 역시 아니다. 그의 노래를 이미 알고 있었던 사람들이 비보와 함께 달빛요정역전만루홈런의 음악을 다시 이야기했고, 그 음악이 이전에 그를 모르던 이들에게까지 뒤늦게 공감의 파도를 일으켰기 때문이리라.

그가 데뷔했던 2003년, 그리고 2011년. 그사이 한국 사회의 양

극화는 가파른 속도로 진행됐다. 1997년 국가부도사태 이후 구조조정의 프레임을 장악한 신자유주의에 의해 평생고용의 신화는 단숨에 사라졌다. 중산층은 빠른 속도로 붕괴했다. 국민의 정부가 출범했을 때 들끓었던 벤처 거품은 꺼지고, 참여정부 탄생의 기반이었던 더 나은 세상에 대한 기대도 사라졌다. 그리고 달빛요정역전만루홈런이 〈나는 개〉에서 "왜 날 광장으로 내몰아 왜 널 상대하게 만들어"라고 노래할 수밖에 없었던, 그런 세상이 찾아왔다. 88만 원 세대와 비정규직 문제가 그 어느 때보다 격하게 달아오르는. 이런 상황에서 그가 데뷔했을 때와 그가 세상을 떴을 때, 〈스끼다시 내 인생〉을 남의 이야기가 아닌 자신의 이야기로 받아들이는 사람은 언제가 더 많을까. 달빛요정이 드러낸 문제는, 그 7년 동안 대중음악이 변화하고 있는 현실을 제대로 담아내고 있지 못했다는 점이다.

주류 대중음악은 사랑타령, 이별타령을 넘어 의미 없는 의성어로 도배되며 아예 가사의 개념을 변화시켜왔다. 사회는커녕 개인의 투영마저 소멸시켜온 것이다. 창작자 위주의 시스템이 구축된 비주류 음악계에서도 '감성'과 '일상'이라는 개인적 이야기를 담아내는 경향이 대세가 됐다. 그런데 그것만으로 충분한가? 한국의 대중은 그것만으로 만족할 수 있는가? 고작해야 영화에서나 우리의 현실을 읽어낼 수 있는 상황은 올바른가? 그렇지 않다. 멀리는 밥 딜런을 예찬하고 가까이 김광석을 사랑했던 계층은 늘 존재했고, 지금도 그렇다. 그들에게 달빛요정역전만루홈런의 음악이란 뒤늦게 발견한 일기장 같은 게 아니었을까. 직구와 같은 서사로 채운, 가장 개인적인 이야기이자 가장 보편적인 이야기에서 자기 자신을 발견한 게 아니었을까. 2000년대 후반 '루저 문화'를 대변한다며 이슈가 되었던 장기하의 〈싸구려 커피〉보다 더욱 짙은 농도의 이야기를 그의 사후에서야 만난 게 아니었을까. 그래서 어느 가난한 뮤지션의 안타까운 죽음이 한 인간에 대한 애도를 넘어 음악에 대한 공명으로 나타나고 있는 게 아닐까. 가사가 음악의 전부는 아니겠지만, 무시되어서는 결코 안 되는 음악의 요소임을 달빛요정역전만루홈런에 대한 추모 열기는 말해준 게 아닐까. 친분이 있었던 이들은 물론이거니와, 생전 일면식도 없었던 동료 뮤지션들 100여 팀이 모여 추모공연을 준비한 사실이야말로 그의 음악이 결국 우리가 살고 있는 지금 이곳의 거울임을 보여주는 선언문 같은 게 아닐까. 예상외로 컸던, 달빛요정역전만루홈런 사후의 흐름을 보며 꼬리를 물었던 생각들이다. 아마, 틀리지 않을 거라고 나는 생각한다.

　나는 이 글의 첫 문장에서 아쉬움을 이야기했다. 그는 다음 앨범은 밝게 가겠다고 했다. 진짜 사랑노래를 쓰겠다고 했다. 작사 작곡만 하고 노래는 다른 뮤지션들에게 맡기겠다고 했다. 그래서 돈 좀 벌어보겠다고 했다. 매니저도 없이 혼자 활동하다가, 주변에 매니지먼트를 맡기기로 했다. 그의 하드디스크에는 이를 위해 만들어놓은 노래들이 잠들어 있다. 갑작스레 친구를 떠나보낸 동료 뮤지션들이 그 노래들을 어떤 식으로든 세상에 내놓을 예정이다. 그가 보여주지 못했던, 달빛요정이라는 이름에 어울릴 법한 밝음이 그가 없는 세상에서 빛을 볼 수 있기를. 아쉬움은 그때 덜해질 것이다.

노랫말 모음

1집 Infield fly

1. Infield Fly
2. 절룩거리네
3. 361 타고 집에 간다
4. 스끼다시 내 인생
5. 행운아
6. 달빛요정역전만루홈런 (bootleg mix)
7. Happy Birthday, Layla
8. 슬픔은 나의 힘
9. 유리
10. 엇갈림
11. 그대 내 모든 것 (bonus track)
12. 쓸쓸한 서울, 노래 (bonus track)
13. 어차피

(EP) 1.5집 Sophomore Jinx

1. 어차피 난 이것밖에 안 되 (strong version)
2. showmethemoney
3. 첫눈 오는 그날에
4. 어디서 어떻게 언제쯤 얼마나
5. showmethemoney (slow version)
6. 어차피 난 이것밖에 안 돼 (clean version)
7. Finite Incantatem (Hermione acoustic mix)

2집 Scoring Position

1. 제육볶음의 비밀
2. 폐허의 콜렉션
3. 나는 매일 조금씩 단단해져
4. 혼자만의 에로티시즘
5. 길동전쟁
6. 역전아라리
7. 너의 노래
8. 구걸
9. 만나지 않기로 해
10. 이제 일 년
11. 멋지게 끝내자
12. 오즈 (hidden track)

(싱글) 2.5집 Single Hit #1

1. 달려간다

2. 모든 걸 다 가질 순 없어

3. 이러지 마

4. 슬픔은 나의 힘 (version 2007)

5. OZ (acoustic version)

6. 좋은 사람 (version 2007)

3집 Goodbye Aluminium

1. Goodbye Aluminium

2. 나의 노래

3. 치킨런

4. 도토리

5. 고기반찬

6. 스무 살의 나에게

7. 길동전쟁 2

8. 내가 뉴스를 보는 이유

9. 나를 연애하게 하라

10. 달려간다 (album version)

11. 모든걸 다 가질 순 없어 (album version)

12. 요정은 간다

13. 칩거

14. 사나이 (bonus track)

(EP) 3.5집 전투형 달빛요정 – PROTOTYPE A

1. 축배

2. 입금하라

3. 나는 개

4. 피가 모자라

5. 치킨런 (sad version)

6. 고기반찬 (rock version)

(참여앨범)

mint paper project vol. 3 Life

14. 주성치와 함께라면

1집 Infield fly

절룩거리네

시간이 흘러도 아물지 않는 상처

보석처럼 빛나던 아름다웠던 그대

이제 난 그때보다 더

무능하고 비열한 사람이 되었다네

절룩거리네 하나도 안 힘들어

그저 가슴 아플 뿐인걸

아주 가끔씩 절룩거리네

깨달은 지 오래야 이게 내 팔자라는 걸

아주 가끔씩 절룩거리네

허구헌 날 사랑타령 나잇값도 못하는 게

골방 속에 처박혀 뚱땅땅 빠바빠빠

이제 난 그때보다 더

무능하고 비열한 사람이 되었다네

절룩거리네 하나도 안 힘들어

그저 가슴 아플뿐인 걸

아주 가끔씩 절룩거리네

지루한 옛사랑도 구역질 나는 세상도

나의 노래도 나의 영혼도

나의 모든 게 다 절룩거리네

내 발모가지 분지르고 월드컵 코리아

내 손모가지 잘라내고 박찬호 20승

세상도 나를 원치 않아

세상이 왜 날 원하겠어

미친 게 아니라면

절룩거리네 절룩거리네 절룩거리네

361 타고 집에 간다

언제나 이 시간만 되면 막히는 이 길

난 그동안 군대도 다녀왔고

내가 태어났을 때보다 자장면은

열 배나 비싸졌다는데

짬통 같은 버스가 뒤굴뒤굴 굴러다니는 이 길은

보기 좋게 선심 써서 두 배 정도 좋아졌다

두 배쯤은 넓어졌다 나머지는 어디에 흘렸나

언제나 이 시간만 되면 울리는 전화

오늘은 또 어디서 날 부르나

처음 술을 배울 때처럼 술값 따윈

아직도 만만하기만 해

그래서 사람들은 벌컥벌컥 마셔대는 건가보다

그래 오늘 기분이다 내가 한번 쏴줄 테다

어디 한번 맞아봐라 천국으로 보내주마 행복하게

달려라 날아라 하늘 끝까지

밟아라 엔진이 불타 터져버릴 때까지

말 좀 해다오 시내버스야

내 갈 곳이 어딘지 좀 말해다오

언제쯤 돼야 내 차를 가질 수 있을까

오래전에 면허는 따놨는데

어쩜 까먹었을지 몰라

오락실에 들러서 점검해봐야지

예전처럼 똑같이 두근두근 내 마음은 설레지만

정말 예전과는 달라

몇 천 배는 좋아졌다 몇 만 배는 복잡하다

제비우스 갤러그 엑스리온

달려라 날아라 하늘 끝까지

밟아라 엔진이 불타 터져버릴 때까지

말 좀 해다오 시내버스야

내 갈 곳이 어딘지 좀 말해다오

이제는 집에 다 왔다 나는 내릴 거다

바퀴벌레만 나를 반기는 곳

그곳으로 나는 향한다

그 녀석들과 함께 TV를 볼 거다

여기저기 빨래가 나뒹구는 방에서 한판 자주고

내일 아침 다시 보자 구질구질한 세상아

버스에서 다시 보자 그때에는 어딘지 좀 알려다오

달려라 날아라 하늘 끝까지

밟아라 엔진이 불타 터져버릴 때까지

말 좀 해다오 시내버스야

말 좀 해다오 시내버스야

내 갈 곳이 어딘지 좀 말해다오

제발 말해줘

졸업하고 처음 나간 동창회 똑똑하던 반장놈은

서울대를 나온 오입쟁이가 되었고

예쁘던 내 짝꿍은 돈에 팔려 대머리 아저씨랑

결혼을 했다고 하더군 하지만 나는 뭐 잘났나

스끼다시 내 인생 스포츠신문 같은 나의 노래

마을버스처럼 달려라 스끼다시 내 인생

이사 가서 처음 나간 반상회 영희 엄마 순희 엄마

잘났다고 떠들어대는 게 지겨워

반상회비 던져주고 나오는데 좀 조용히 살라네

그것도 노래라고 하나요 하지만 나는 뭐 잘났나

스끼다시 내 인생 스포츠신문 같은 나의 노래

마을버스처럼 달려라 스끼다시 내 인생

취직하고 처음 갔던 야유회 맘에 두던 미스리를

배불뚝이 부장 추근덕거려 죽갔네

매일 낮 점심시간 둘이 만나 쿵더쿵 그짓거리

소문이 사실이 아니기를 하지만 나는 뭐 잘났나

스끼다시 내 인생 스포츠신문 같은 나의 노래

마을버스처럼 달려라 스끼다시 내 인생

쓰메끼리 찾아라 임성훈 등장했다 아침이다

이다도시 시끄러워 스끼다시 내 인생

언제쯤 사시미가 될 수 있을까

스끼다시 내 인생

행운아

알 수 없는 그 어떤 힘이 언제나

날 지켜주고 있어

지금까지 잊고 있었던 거야 난 행운아

죽는 날까지 살겠어 어렵지 않아

난 자신있어 한번 살아보겠어

쓰러져도 난 다시 또 일어나

다시 시작해 니가 없어도 좋아 이젠

나는 준비하고 있었던 거야

언제 어느 때 어디에서

내게 다가올 그 행운들에

조금씩 다가서고 있었던 거야

나는 행운아 나는 행운아

이젠 내게와 나의 행운아 나는 행운아

알 수 없는 그 어떤 힘이 언제나

날 지켜주고 있어

나는 행운아 나는 행운아

달빛요정역전만루홈런

아무것도 들리지 않아 나는 이제 세상의 중심

그 무엇도 나를 멈출 순 없어

물러설 곳은 없어 한 가지만 생각해

때려서 넘기는 것뿐야

바로 이거야 오늘따라 유난히 공이 크게 보여

내 인생의 가장 짜릿한 손맛

9회말 주자만루 투 아웃 투스리 풀카운트

나에게 주어진 마지막 기회가 온 거야

오늘을 기다렸어 지금이 바로 그때

모두 다 일어나 외쳐라 달빛요정역전만루홈런

이제 느낄 수가 있어 거대한 함성의 파도

그 모든 건 나를 향한 거야

불타는 강속구 그 어떤 변화구도 날 막을 순 없어

던져라 나의 영광을 위해

9회말 주자만루 투 아웃 투스리 풀카운트

나에게 주어진 마지막 기회가 온 거야

오늘을 기다렸어 지금이 바로 그때

모두 다 일어나 외쳐라 달빛요정역전만루홈런

만루홈런

슬픔은 나의 힘

오랜 시간이 흘러

누구의 무엇도 아닌 혼자가 되었네

널 그리워하며 가슴 아프지만

내가 살아 있다는 그걸 느낄 수 있어

슬픔은 나의 힘

이렇게 영원히 잊혀진다는 것

사랑이라 믿었던 시간들에게서

천천히 지워진다는 것

너의 빈자리 갈라진 틈새에 난 갇혀 있어

유리

그대 언제나 눈부시게 빛나지만

그대는 그저 투명한

빛도 그림자도 모두 다 지나칠 뿐

언젠가는 결국 혼자가 돼야 해

그대 흘렸던 날카로운 눈물의 파편

나는 산산이 조각나

지금의 난 이제 정말 다른 사람

당신은 내 청춘의 무덤일 뿐이에요

잊어야 한다면 떠나야 한다면

처음부터 다시 시작해야 한다면

안녕 안녕 난 모든 걸 받아들일 테니

이젠 안녕 그대도 모르는 그대 안에

몰래 숨겨둔 내 젊은 날의 비밀

이젠 모두 안녕 유리

당신은 내 청춘의 무덤

아름다운 추억일 뿐

당신은 내 다른 삶의 시작

영원을 꿈꿨던 사랑

당신은 내 청춘의 무덤

아름다운 추억일 뿐

엇갈림

다시 만나면 우리 하나가 될 수 없는 또 다른 하나로

다시 만나면 그땐 망설이지 않기를 부탁해

늘 엇갈리기만 했네 우리 널 떠올리기만 해도

내겐 슬픔이 밀려오네 해묵은 그리움 이젠

다신 만나지 않기를 마주보지 않기를

내가 너를 본 그 순간에도

너의 눈빛이 나를 쓰다듬을 그때도

계속 엇갈리길 예전처럼 영원히

늘 엇갈리기만 했네 우리 널 가질 수 없다는 걸 알아

어쩔 수 없는 거야 너를 향한 이끌림 그저

다신 만나지 않기를 마주보지 않기를

내가 너를 본 그 순간에도

너의 눈빛이 나를 쓰다듬을 그때도

서로 엇갈리길 예전처럼 영원히

그대 내 모든 것

정말로 좋을 거야 그대 내게 온다면

나는 그대 보고만 있어도 행복해

자꾸만 보고 싶어 매일 만나는데도

그대에게서 오직 단 하나만 원해

별로 어려운 일이 아냐 그냥 내 곁에

그냥 내 곁에 있으면 돼 그대

정말로 잘해줄게 이 세상 그 누구보다 더

행복하게 해줄게 나를 믿어봐

사랑해 사랑해 그대 하나만을 원해

누구도 부럽지 않아 그대만 있다면

내 모든 것 그대 내 모든 것

자꾸만 보고 싶어 매일 만나는데도

그대 언제쯤 나를 받아들일 건지

별로 어려운 일이 아냐 이 좋은 느낌이

부담스럽지 않을 그때 말해줘

정말로 잘해줄게 이 세상 그 누구보다 더

행복하게 해줄게 나를 믿어봐

사랑해 사랑해 그대 하나만을 원해

누구도 부럽지 않아 그대만 있다면

내 모든 것 그대 내 모든 것

그대 내 모든 것

쓸쓸한 서울, 노래

어디냐고 어디로 갈 거냐고 묻는 전화도 없이

무작정 길을 나서기는 했는데

별다른 할 일도 없어 그냥 이렇게 서울구경

참 많이도 다녔네 그 짧은 시간 동안

우리 발길 닿는 곳마다 느껴지는 너의 향기

어쩜 내 안의 또 다른 내가

나를 이끌고 있는지도 몰라

아직도 너를 사랑하는 내 안의 또 다른 내가

아직도 너만을 사랑하는 내 안의 또 다른 내가

나를 자꾸만 이 길로 이끄나봐 참 보고 싶어

정말이야 난 너무 무서웠어

참 가고 싶어했던 놀이공원

내 부끄런 모습 너에게 보여주기는 싫었어

너도 알잖아 나 겁 많은 거

아무것도 못 해줬네 그 오랜 시간 동안

너에게 후회하고 있지만 이젠 다 소용없네

어쩜 내 안의 또 다른 내가

나를 이끌고 있는지도 몰라

아직도 너를 사랑하는 내 안의 또 다른 내가

아직도 너만을 사랑하는 내 안의 또 다른 내가

나를 자꾸만 이 길로 이끄나봐

참 보고 싶지만 돌아올 수 없는 걸 알아

받아들일 수 없다는 것도 잘 알아

그냥 한번 불러봤어 쓸쓸한 서울 노래 라랄랄랄라

보고 싶어 보고 싶어 보고 싶어

어차피

보고 싶으면 뭐하나 어차피 만날 수도 없는데

전화나 한번 해볼까 아니야

어차피 그냥 끊어버릴 거잖아

보고 싶으면 뭐하나 어차피 만날 수도 없는데

그래도 궁금한 걸 어쩌나

이렇게 조금씩 내게 멀어지는 그대

설마 날 완전히 잊은 건 아니겠지

내 사랑이 끝나는 그날이

너의 새로운 사람을 확인하게 되는 그날이 아니길

이제 영원히 사랑이라는 이름으로

다시는 만날 수 없다면

서로를 잊을 수 있는 더 좋은 사람을

같은 날 만나길 그렇게 영원히 행복하길

우리 이제 서로에게 망설이거나 가슴 아프지 않게

우리 이제 서로에게 망설이거나 가슴 아프지 않게

어차피 만날 수도 없는데 보고 싶으면 뭐하나

어차피 만날 수도 없는데

어차피 어차피 만날 수도 없잖아

언젠간 잊혀질 언젠가는 잊혀질 옛사랑 안녕

(EP) 1.5집 Sophomore Jinx

어차피 난 이것밖에 안 되

그리 불행하지만은 않았지만

언제나 행복하지만은 않았었다고

말할 수도 있는 거잖아

사람들은 이런 나를 불평투성이라고 욕해

오 그리고 나에겐 지워지지 않는

낙오자의 바코드만 따라다녀

인정할 수 있어 가끔씩은 행복했어

이해해줘 단 한 번만 나를

나에게 이 세상은 개좆같아

어차피 난 이것밖에 안 되

낙하산과 사다리 없이 너와 같을 순 없어

낙하산만 준비된다면 문제없어

하늘을 날 수 있어 너와 똑같이

어차피 난 이것밖에 안 되

아무것도 나는 두렵지 않아

오 세상이 씹창 나든 말든 아무래도 상관없어

망가질 건 망가져야 해

사노라면 언젠가는 좋은 날이 올 거라고

그래 오 한때는 내게도 누군가를

사랑했던 날이 있었지만

이제 아냐 인정할 수 있어

showmethemoney

기억해 언제나 내가 널 지키고 있다는 걸

어쩌다 가끔은 힘들겠지만

널 향한 내 맘은 변하지 않을 거야

조금만 기다려줘 사랑해

사실은 자신없어 아직도 모르겠어

뭘 어떡해야 하는 건지 그냥 난 네가 좋아

자꾸만 널 생각하게 돼 영원히 내게 머물러줘

기억해 언제나 내가 널 지키고 있다는 걸

어쩌다 가끔은 힘들겠지만

널 향한 내 맘은 변하지 않을 거야

조금만 기다려줘 사랑해

참 많이 힘들었어 그렇게 오랜 시간

난 헤매이기만 했었네

이제는 알 것 같아 사랑도 꽤 할 만하단 걸

고마워 내게 너뿐이야

기억해 언제나 내가 널 지키고 있다는 걸

어쩌다 가끔은 힘들겠지만

널 향한 내 맘은 변하지 않을 거야

조금만 기다려줘 사랑해 사랑해

이 세상처럼 날 버리면 안 돼

첫눈 오는 그날에

여름이 지나갈 그 무렵에

손가락에 들인 봉숭아 고운 물이

첫눈이 내리는 그날까지 남아 있다면

나의 사랑이 이루어질 거라고

믿었던 나의 어린 시절은

아직도 선명한 그때 사진 속에

남겨두고 나는 떠나가네 나의 길을

남들이 걸었던 똑같은 길

그 길을 다시 또 내가 걷네

누구든 한 번쯤 꾸었었던 꿈들이

꺾이는 그런 때야

그들과 다름없이 (꿈을 잃어가고 있어)

첫눈 오는 그날에 (첫눈 오는 그날에)

세상에 지쳐 있는 (주름진 내 손끝에)

봉숭아 고운 물을 (첫눈 오는 그날에)

간직할 수 있다면

남들이 걸었던 똑같은 길

그 길을 다시 또 내가 걷네

누구든 한 번쯤 꾸었었던

꿈들이 꺾이는 그런 때야

그들과 다름없이 (꿈을 잃어가고 있어)

첫눈 오는 그날에 (첫눈 오는 그날에)

세상에 지쳐 있는 (주름진 내 손끝에)

봉숭아 고운 물을 (첫눈 오는 그날에)

간직할 수 있다면

Finite Incantatem

우연히 만난 줄 알겠지

하지만 모든 건 전부 다 어설픈 나의 마법연습

넌 이용당한 거야 후회하지만 어쩔 수 없었어

난 너무 어렸어 다시 만나면 잘할 수 있을까

아직도 두려워

너 나를 떠났다고 생각하고 있겠지

난 당연하다고 생각해

버림받아 마땅해 돌아와 한번만 나에게

다시 기회를 줘

이렇게 널 기다릴 뿐인 내게 내게 내게

언젠간 돌아올 거라고 그렇게 나는 믿고 있어

따뜻했던 두 손만 준비해 그걸로만 충분해

사랑했지만 말할 수 없었어 그저 망설일 뿐

이제 알았어

조금 더 너에게 솔직해야 했어 내 두 손을

봉인된 나의 마법 내 저주받았던 영혼에

눈부신 햇살을 줘

돌아와 한 번만 나에게 다시 기회를 줘

이렇게 널 기다릴 뿐인 내게 내게 내게

다시 기회를 줘 나에게 나에게

다시 기회를 줘 한 번만 너를 사랑할 수 있게

나에게 다시 기회를 줘

한 번만 너를 사랑할 수 있게

나에게 다시 기회를 줘

한 번만 너를 사랑할 수 있게

이렇게 너를 기다릴 뿐인 내게 내게 내게 내게

2집 Scoring Position

오늘은 그녀에게 이상한 냄새가 나

어릴 적 아버지가 풍기던 그 냄새야

늦은 밤 술에 취해 돌아와서 나를 안았을 때

느꼈던 그 냄새 제육볶음

오늘은 유난히도 화장이 진해 보여

무엇을 감추려고 가면을 쓰는 걸까

지금 나를 가르칠 수 있는 너의 그런

학벌만으로도 넌 충분히 아름다워

나를 가르쳐봐 나를 가르쳐봐

버스에서 해답 배워 문제를 풀어봐

계속 지껄여봐 모른 척해줄게

알 수 없는 내 미래를 가리켜봐

어여 어여 어여 어여

나도 언젠가 누군가를 가르칠 수가 있게

허락될 그때가 오면

배웠던 그만큼만 가르쳐주는 거야

돈이나 버는 거야

어른들은 원래 다 그래

나를 가르쳐봐 나를 가르쳐봐

버스에서 해답 외워 문제를 풀어봐

계속 지껄여봐 모른 척해줄게

알 수 없는 내 미래를 가리켜봐

어여 어여 어여 어여

나를 가르쳐봐 나를 가르쳐봐

나를 가르쳐봐 나를 가르쳐봐

나를 가르쳐봐 나를 가르쳐봐

나를 가르쳐봐 나를 가르쳐봐

오늘은 그녀에게 이상한 냄새가 나

어릴 적 그 여자가 풍기던 그 냄새야

잘됐어 나도 역시 이상한 냄새가 나

괜찮아 우리 모두 이상한 냄새가 나

폐허의 콜렉션

그녀가 지나간 폐허의 콜렉션

도대체 얼마나 짓밟고 다닐 건데

무너진 사랑탑 파멸의 콜렉션

너도 별다를 것 없어

이제 나의 노래의 1절이 되어라

아까워 사랑한다는 그 말들

나는 또 인생을 낭비했어

지겨워 이게 뭐하자는 건지

부끄러워 나는 당한 거야

이제 너에게 사랑은 없어

모두 다 네가 뿌린 씨앗이야

이젠 내게도 사랑은 없어

누군갈 다시 좋아하게 돼도

잊지 마 그래봤자 난

그녀가 지나간 폐허의 콜렉션

도대체 얼마나 짓밟고 다닐 건데

무너진 사랑탑 파멸의 콜렉션

너도 별다를 것 없어

이제 나의 노래의 2절도 해봐라

잘 살아 아니 똑바로 살아

잘 들어 그렇게 사는 거 아냐

고마워 또 하나 배우게 됐어

다시는 아무도 안 믿어

언젠간 너도 당할지 몰라

적당히 가려가며 집적대봐

언젠간 나도 좋아질 거야

어쩌다 모든 일이 잘 풀려도

잊지 마 그래봤자 난

그녀가 지나간 폐허의 콜렉션

도대체 얼마나 짓밟고 다닐 건데

무너진 사랑탑 파멸의 콜렉션

너도 별다를 것 없어

이런 너의 노래로 작업도 해봤지만

안 되더군 그저 나는

그녀의 콜렉션 폐허의 콜렉션 파멸의 콜렉션

그녀가 지나간 폐허의 콜렉션

도대체 얼마나 짓밟고 다닐 건데

무너진 사랑탑 파멸의 콜렉션

나도 별다를 것 없어

이런 너의 노래로

돈이나 벌었으면 좋겠어

폐허의 콜렉션 파멸의 콜렉션

나는 매일 조금씩 단단해져

처음엔 웃어넘겼어 그냥 웃어넘겼어

내 안에서 꿈틀거리는 무언가를 느끼게 됐지만

그 후에도 나는 여전히 웃고 있어

늘어만 가는 상처 속에서 하루를 보내지만

예전과는 달라

조금씩 단단해지는 나를 난 느껴

나는 아직 아물지 않았어 이런 날 부셔봐

나를 밟고 올라서 행복할 수 있다면

얼마든지 허락할게 마음껏 밟고 올라봐

난 매일 조금씩 달궈져서

며칠 후면 활활 타오를 것 같아

조금씩 달궈지는 나를 느껴

훨훨 날아오를 나를

하루하루 늘어가는 멍을 볼 때마다

나는 느껴 오 나를 느껴

나는 매일 조금씩 단단해지고 있어

나는 느껴 오 나를 느껴 오 나를 느껴

나는 매일 조금씩 단단해지고 있어

나는 매일 조금씩 단단해지고 있어

혼자만의 에로티시즘

오늘도 나는 벗지만 부끄럽지는 않아

내가 택한 나의 길인걸

더불어 부와 명예를 모두 다 얻어도 좋겠지만

난 내가 이 길을 택했던 처음부터

사람들과 엇갈려 있어

아무도 내가 꿈을 쫓는지 몰라

그저 나의 벗은 몸을 가끔씩

원할 뿐이야 나는 보여줘

그러나 그건 내 전부가 아니야

나는 남들과 조금 다른 선택을 했었던 것뿐야

왜 그렇게 힘든지 몰라

그러나 나는 쉽게 벗지는 않아

내가 택해 스스로 벗어

내가 원했던 나의 에로티시즘 앞에서만

난 벗을 수 있어 난 벗을 수 있어

길동전쟁

난 내가 배워야 할 모든 걸

동사무소에서 모두 배웠어

예전에 나는 단 한 번도 한 사람만을 미워하거나

내 자신을 지키기 위해 음모를 꾸민 적은 없었어

난 내가 배워야 할 모든 걸

동사무소에서 모두 배웠어

예전에 함께 술을 먹던 내 친구들이 전방에서

조국에 충성을 다할 때 나는 이름 없는 다방의

레지와 이룰 수 없는 사랑에 빠져 있었네

아직도 끝나지 않은 전쟁 아직도 끝나지 않은 사랑

그러나 국방부 시계는 잘도 돌아가는데

세상에 의미 없는 일에 목숨을 거는 사람들이

너무너무 많았어 나의 전우여

보람찬 하루일을 끝마치고서

두 다리 쭈욱 펴면 우리 집 내 방

길다방 레지와 이룰 수 없는 사랑에 빠져 있었네

역전아라리

내가 아주 옛날부터 들어왔던 슬픈 노래 아리랑

그 노래를 내가 다시 불러요

아리랑 아리랑 아라리요 아리랑 고개로 넘어간다

나를 버리고 가시는 님은 십리도 못 가서 발병 난다

나를 버리고 가시는 님은 십리도 못 가서

아리랑 그 고개 넘어서 찾아가면

떠나간 내 님이 나를 또 기다릴까

아리랑 노래를 부르며 찾아가자

아리랑 아리랑 아라리요

나를 버리고 가시는 님은 십리도 못 가서 발병 난다

나를 버리고 가시는 님은 십리도 못 가서

아리랑 그 고개 넘어서 찾아가면

떠나간 내 님이 나를 또 기다릴까

아리랑 노래를 부르며 찾아가자

아리랑 아리랑 아라리요

떠날 수 없어

(떠날 수 없어 떠날 수 없어 떠날 수 없어)

떠날 수 없어

(떠날 수 없어 떠날 수 없어 떠날 수 없어)

너의 노래

너와의 사랑은 아름다웠지

그래 아직도 난 널 잊지 못했어

가끔 생각해 아니 언제나 너를 향해 노래해

아무도 듣지 못할 낮은 목소리로만

너를 사랑했던 기억을 노래해

언제나 너를 그리워하지만

다시는 돌아가고 싶지 않아 그때로

나는 너무나 가슴 아팠네

나의 옛 사랑 먼 훗날 우리

우연히 다시 만나면 받아줘 나의 노래를

그때까지 내가 모아둔 너의 노래를

기억해 언제나 누군가 너를 향해

노래하고 있단 걸 하지만 사랑은 아니란 걸

나의 옛 사랑 먼 훗날 우리

우연히 다시 만나면 받아줘 나의 노래를

그때까지 내가 모아둔 너의 노래를

구걸

그댄 나에게서는 사랑을 원하지 않는다는 걸 알아

그때 그렇게 물러서야 했어

이젠 더 이상 돌이킬 수도 없어

나도 이러길 바란 건 아냐

행복하고 싶어 그대의 눈빛을 원해

그대 따뜻했던 눈빛을 원해

하지만 그대의 그 어떤 것도 줄 수 없다면

나를 가지고 놀아도 좋아 나를 데리고 놀아도 좋아

그저 그대 곁에 그대 곁에 머물게만 해줘 제발

꺼지라는 눈빛만은 제발

그대 곁에 그대 곁에 머물게만 해줘

이럴 순 없어 이러면 안 돼 날 떠나지마 날 버리지 마

치사한 구걸이라도 난 좋아

그대의 곁에만 머물게 해줘

나를 가지고 놀아 나를 데리고 놀아

지금까지 그랬던 것처럼

나를 가지고 놀아 나를 데리고 놀아

지금까지 그랬던 것처럼 말야

만나지 않기로 해

우리 이제 다시는 만나지 않기로 해

나는 이제 잊었어 그대 역시 마찬가지였잖아

다시는 만나지 않아도 돼 이젠

사랑이 영원함을 분명히 믿지 않게 됐으니

그대 이렇게 우리 영원히

만나지 못할 것을 알았다면

잘해줄걸 그랬어 조금만 더 그대에게

잘해줄걸 그랬어 하지만 우리 이제 영원히

만나지 않기로 해 만나지 않기로 해

만나지 않기로 해 영원히 만나지 마

하지만 왜 우리는 헤어지게 된 걸까

아직도 난 알 수 없지만 어쨌든

만나지 않기로 해 만나지 않기로 해

만나지 않기로 해 영원히 만나지 마

다시는 만나지 마 다시는 만나지 마

영원히 만나지 마

이제 일 년

이젠 널 만나도 괜찮아 예전처럼 두렵진 않아

다 알아 누구나 내가 널 좋아했단 걸 기억해

힘들었어 그때는 너무

많은 시간이 흘렀는걸 나도 많이 뻔뻔해졌어

천천히 조금씩 시간에 나를 맡기는 방법을

깨달았어 그렇게 난

자유로워졌어 행복하진 않지만

영원히 너를 그리워만 할 수도 없잖아

이젠 잊을 때도 됐는데 너를 잊을 때도 됐는데

자꾸만 뒤돌아 보게 되는 건 아직

너를 사랑해서가 아냐 가끔 그럴 때가 있을 뿐

어쩌란 말야 생각나는 걸

널 사랑한 기억 널 사랑했던 기억

행복했어 그저 너를 바라만 보는 것으로

이제는 오래된 아픈 추억

그래 봤자 이제 일 년 그래 봤자 이제 일 년

그래 봤자 이제 일 년 그래 봤자 이제 일 년

멋지게 끝내자

이렇게 끝내자 다신

뒤돌아보지 말자 보내주자 이젠

멋지게 끝내자 모든 그리움

묻어두자 잊혀지자 이젠

바쁘게 살아보자 그러다가 문득

가슴 시린 그날에 어쩌다 한 번씩

너를 원망하는 것쯤은 이해해주겠지

끝내주자 멋지게 보내주자 아무 일도 아닌 것처럼

너에게서 돌아서자 조용히 물러서자

지금까지 아무것도 해준 것 없지만

마지막 이 순간 멋지게 끝내자

이렇게 끝내자 마치 예전에도

몇 번씩 그랬던 것처럼

바쁘게 살아보자 그러다가 문득

가슴 시린 그날에 어쩌다 한 번씩

너를 원망하는 것쯤은 이해해주겠지

끝내주자 멋지게 보내주자 아무 일도 아닌 것처럼

너에게서 돌아서자 조용히 물러서자

지금까지 아무것도 해준 것 없지만

마지막 이 순간 멋지게 끝내자

영원히 잊혀지자 조용히 돌아서자

모두 다 잊어주자

오즈(OZ)

누구에게나 삶이란 건

오즈를 찾아가는 길거나 짧은 여행

그 길에서 널 만나고 사랑하고 가끔 떠나보내고

너무 힘들 땐 그냥 아무에게나 매달리고만 싶었어

왜 나만 혼자 이런 거야

(OZ) 어쩌다 문득 혹시 여기가 아닐까

(OZ) 여기가 바로 내가 찾던 그곳

(OZ) 어쩌면 그냥 지나친 건지도 몰라

괜찮아 뒤돌아보진 않겠어 이젠 너와 함께 하겠어

아무도 내게 알려주지 않았어.

어딘가 있을 거라고만 자신 없게 얘기할 뿐

되돌아가진 않겠어 영원히 너와 함께 하겠어

(싱글) 2.5집 Single Hit #1

달려간다

기다린다 이렇게 널 기다린다 이렇게 널

누구도 널 대신할 수는 없어 이렇게 널

사랑한다 이렇게 널 사랑한다 이렇게 널

누구도 널 대신할 수는 없어 이렇게 널

노래하는 순간에도 네가 보고 싶어

조금만 더 기다려 너를 향해

달려간다 지금 너에게

아무도 우릴 갈라놓을 순 없어

사랑한다 오직 너만을 영원히 함께하자 이제

이렇게 널 노래한다 너를 사랑한다

조금만 더 기다려 너를 향해

달려간다 지금 너에게

아무도 우릴 갈라놓을 순 없어

사랑한다 오직 너만을 영원히 함께하자 이젠

이렇게 조금씩 날 받아들여

난 그때까지 너를 기다릴게

너를 지켜줄게 너와 함께라면 난 행복해

달려간다 지금 너에게

아무도 우릴 갈라놓을 순 없어

사랑한다 오직 너만을 영원히 함께하자

날 기다려줘서 고마워

모든 걸 다 가질 순 없어

널 사랑하지 않아도 난 이렇게 행복한걸

이제 자유로워질거야 너 없이도 행복해질거야

아직은 아쉬워 참 많이 아쉬워

그래도 이제는 여기서 끝내는 게 좋겠어

어차피 모든 걸 다 가질 순 없어

하지만 아직은 붙잡고 싶은걸

이러다 모든 걸 다 잃을 수 있어

널 잊어야겠어 이렇게 영영

더 많이 힘들지 몰라 돌아가려 할지도 몰라

(어떻게 더 힘들어)

받아들이지 마 그냥 내버려둬

지금껏 그랬듯 혼자서 쓰러지게 버려둬

어차피 모든 걸 다 가질 순 없어

하지만 아직은 붙잡고 싶은걸

이러다 모든 걸 다 잃을 수 있어

널 잊어야겠어 이렇게 영영 영영

정말 좋아했어 정말 사랑했어

그래서 네게 너무 미안해

나는 떠날 거야 너를 버릴 거야

모든 걸 다 가질 순 없어

어차피 모든 걸 다 잊을 순 없어

아직도 이렇게 널 노래하잖아

이러다 너에게 돌아갈 수 있어

받아들이지 마 영원히 영영

이러지 마

잊을 수 있다면, 지울 수 있다면

그 모든 슬픔과 아픔을 단 한순간에

내게 천천히 조용히 물드는

시커먼 노을에 난 오늘도 잠이 들어

이러지 마 내게 언제나 나에게

기쁨뿐이어야 해 내게 다가오지 마

구역질 나는 사랑 모두 다 게워냈어

당신이 말하는 그 사랑을 난 믿지 않아

시간이 지나면 다 잊을 거라고

오래전 언젠가 우리가 했었던 말이야

난 믿을 수 없어 너도 변할 거야

영원을 꿈꾸던 나도 이렇게 변했으니

오늘 아침 개밥으로 준 그게 아마 사랑일 거야

슬픔은 나의 힘

306페이지 참조

오즈(OZ)

316페이지 참조

좋은 사람

나보다 더 좋은 사람을 만나서 행복하길 바래

사랑이라 말할 수 있는 그런 아름다운 사람을

그 사람을 사랑한다고 느끼면 너무 망설이지 마

그 사랑이 어긋나도 넌 그 사람을

영원히 잊지는 않을 거야

그땐 너도 알게 될 거야

사랑하지 않는 사람을 매일 만나주는 것만큼

그걸 알면서도 자꾸만 빠져드는

내 마음도 무척 힘들었지만

죽을 만큼 슬프진 않아 그건 네가 아직도

이 세상에 살아 있기 때문이야 사랑해 아직 너만을

참 좋은 사람 (좋았었던 그 기억만으로도)

참 좋은 사람 (처음 만난 그날의 기억처럼)

하지만 사랑할 수 없는 (이제는 잊어야만 하는)

이제는 잊어야만 하는 (아직은 잊을 수가 없는)

좋았던 사람

3집 Goodbye Aluminium

Goodbye Aluminium

아무런 소용이 없대 너를 잊으래

더 행복해 질 수 있대 끝내버리래

너무나 소중했는데 다 잊어버리래

다 지워버리래 모두

그래 너무 혼자만 좋아했어

이젠 나를 사랑해볼 거야

떠나거라 보내주마

잘 가거라 행복했다

너와 함께했었던 그때

너는 내게 전부였다

간직하마 기억 속에 추억 속에

하지만 이젠 안녕

안녕

나의 노래

덤벼라 건방진 세상아 이제는 더 참을 수가 없다

붙어보자 피하지 않겠다 덤벼라 세상아

나에겐 나의 노래가 있다 내가 당당해지는 무기

부르리라 거침없이 영원히 나의 노래를

나 항상 물러서기만 했네

나 항상 돌아보기만 했어

남들도 다 똑같아 이렇게 사는 거야

그렇게 배워왔어 속아왔던 거지

덤벼라 건방진 세상아 이제는 더 참을 수가 없다

붙어보자 피하지 않겠다 덤벼라 세상아

너 내게 넘을 수 없는 벽 너 내게 좋아질 거라 했어

너도 역시 똑같아 이제는 믿지 않아

사랑은 내게 없어 나한텐 없어

난 강해질 거야 내 삶의 주인이 될 거야

아무도 나를 막을 수는 없어 가지겠어

내가 원했던 그 모든 것들을

덤벼라 건방진 세상아 이제는 더 참을 수가 없다

붙어보자 피하지 않겠다 덤벼라 세상아 워

참 많이 불러봤어 그리움 기다림 원망의 노래들

이젠 날 사랑하겠어 당당해지겠어 그 누구보다 더

덤벼라 건방진 세상아 이제는 더 참을 수가 없다

붙어보자 피하지 않겠다 덤벼라 세상아

나에겐 나의 노래가 있다 내가 당당해지는 무기

부르리라 거침없이 영원히 나의

영원히 나의 영원한 나의 노래를

오래전 널 바래다주던 길

어쩌다 난 이 길을 달리게 된 걸까

이러다 널 만나게 될까봐 난 두려워

직업에는 귀천이 없다고 배웠지만

현실은 그렇지 않더군

난 부끄러워 키 작고 배 나온 닭배달 아저씨

영원히 난 잊혀질 거야 아무도 날 몰라봤으면 해

난 버티지 못했어 모두 다 미안해 내게도 너에게도

내 인생의 영토는 여기까지

주공 1단지 그대의 치킨런

세상은 내게 감사하라네 그래 알았어

그냥 찌그러져 있을게

어제 나는 기타를 팔았어

처음 샀던 기타를 아빠가 부실 때도

슬펐지만 울지는 않았어 어제처럼

내일부턴 저금을 해야지 그래도 난

한때는 세상을 노래하던 가수였는걸

언젠가는 다시 기타를 사야지

욕망은 파멸을 불러와 여기에 좋은 증거가 있어

날 박제해도 좋아 교훈이 될 거야 이래선 안 된다는

내 인생의 영토는 여기까지

주공 1단지 그대의 치킨런

세상은 내게 감사하라네 그래 알았어

그냥 찌그러져 있을게

찌그러져 있을게

찌그러져 있을게

내 인생의 영토는 여기까지

주공 1단지 그대의 치킨런

세상은 내게 감사하라네 그래 알았어

그냥 찌그러져 찌그러져 찌그러져 있을게

내 인생의 영토는 여기까지

도토리

세상이 정말 좋아졌나봐

나 같은 것도 가수랍시고 판을 냈어

신문에도 나오고 TV에도 나왔다네

가문의 영광이라 할 만해

원했던 원치 않았던

노래를 팔아서 먹고살아야 할 텐데

신비주의 전략을 포기해서 그런 걸까

얼굴이 알려져서 망했어

나는 무겁고 안 예쁘니까 뭘 해도 마찬가지

주는 대로 받아먹는 게 뼛속까지 익숙해도

아무래도 이건 쫌 짜증나

도토리 이건 먹을 수도 없는

껍데기 이걸로 뭘 하란 말야

아무리 쓰레기 같은 노래지만

무겁고 안 예쁘니까

이슬만 먹고 살 수는 없어

일주일에 단 하루만 고기반찬 먹게 해줘

도토리 싫어 라면도 싫어

다람쥐 반찬 싫어 고기반찬이 좋아

나는 무겁고 안 예쁘니까 뭘 해도 마찬가지

하루하루 살아 있는 게 기적 같아 고맙지만

사람답게 살아보고 싶어

도토리 이건 먹을 수도 없는

껍데기 이걸로 뭘 하란 말야

아무리 쓰레기 같은 노래지만

무겁고 안 예쁘니까

이슬만 먹고 살 수는 없어

벗으라면 벗겠어요

벗으라면 벗겠어요

개처럼 벌어서 정승처럼 쓰겠어요

당당하게

일주일에 단 하루만

고기반찬 고기반찬 고기반찬 먹게 해줘

도토리 싫어 도토리 싫어

주려면 좀 많이 주든가

팔아서 고기반찬 해 먹게

어차피 넌 이 세상의 주인공이 아냐

고기반찬

고기반찬 고기반찬 고기반찬이 나는 좋아

고기반찬 고기반찬 고기반찬이 나는 좋아

아무리 노래가 좋아도 아무리 음악이 좋아도

라면만 먹고는 못 살아 든든해야 노랠 하지

고기반찬 고기반찬

가지려 하지 마

다 정해져 있어 세상의 주인공은 니가 아냐

이 멋진 세상을 그냥 받아들여

어차피 넌 이 세상의 주인공이 아냐

스무 살의 나에게

그때 나는 세상이 언젠가

내 것이 될 줄로만 알았지

하지만 나는 이런 멋진 세상에

아무것도 아닌데

승리자의 남겨진 기록이

역사란 걸 이미 알고 있어

하지만 나는 처음부터 실격당했어

기회조차 없었어 가지려 하지 마

다 정해져 있어 세상의 주인공은 니가 아냐

이 멋진 세상을 그냥 받아들여

어차피 넌 이 세상의 주인공이 아냐

남들이 다 하는 대로 살아

아무리 애써봐도 헛거야

도망쳐도 결국 돌아오게 돼

안 되는 건 안 돼 가지려 하지 마

다 정해져 있어 세상의 주인공은 니가 아냐

이 멋진 세상을 그냥 받아들여

길동전쟁 2

내가 노력하지 않아도

난 내가 얻어야할 것들을 저절로 얻게 되고

진정으로 내가 원했던 그것들에게서

조금씩 멀어짐을 하루하루 확인하면서

어릴 적 꿈들에게서 천천히 멀어져가

단지 세월의 힘으로

내게 충성하게 된 그 녀석들에게

어젯밤 술이 덜 깬 눈빛 악취를 풍기며

조용히 물어봐 어디 짱박힐 데 없냐고

차라리 나에게 총과 실탄을 다오

무기력한 이 젊음을 겨냥하고

마침내 과녁이 찬란히 부서질 때

내가 살아 있음을 느낄 수 있도록

단지 조국의 힘만이

나를 떠밀고 있어 개처럼 살라고

죽어서도 이 땅의 거름이 되는 거라고

가르치고 있어

나도 피할 순 없겠지

차라리 나에게 총과 실탄을 다오

무기력한 이 젊음을 겨냥하고

마침내 과녁이 찬란히 부서질 때

내가 살아 있음을 느낄 수 있도록

세계와 우주를 꿈꾸던 소녀는

이제 남한의 신용불량자

나만의 잘못은 아니야

그래도 갚아주겠어 쪽팔리니까

언젠가는 나 역시 다 받아들이겠지

나만 혼자 살 수는 없으니까

모두들 다 그렇게 살다가 죽어갔대

그저 이 땅에 살아남을 수 있도록

내가 뉴스를 보는 이유

어느 가을 어느 날 이제는 흘러가

옛 배우가 되어버린 그의 영화를

무표정한 얼굴로 바라보다가

지루해서 채널을 돌렸지

지루해서 돌렸던 다른 채널엔

무시무시했었던 끔찍한 사건을

무표정한 얼굴로 이야기해주는

아나운서가 너무 예뻐서

그다음날 그리고 그다음날도

매일 저녁 아홉 시만 되면

나는 뉴스를 보네 알고 봤더니

세상은 너무도 복잡하고 어렵더군

그러나 나는 그 여자가 너무 예뻐서

뉴스를 보는 걸 암만 봐도 너무 예뻐

그녀 때문에 이 세상은 너무도 아름다워

그다음날 그리고 그다음날도

아홉시면 난 뉴스를 볼 거야

우리 같이 즐겨봐 너도 알게 될 거야

세상은 너무도 복잡하고 어렵단 걸

그러나 나는 그 여자가 너무 예뻐서

뉴스를 보는 걸 암만 봐도 너무 예뻐

그녀 때문에 아름다운 세상

당신들의 멋진 세상

그녀 때문에 이 세상은 너무도 아름다워

아름다운 세상 아름다운 그녀

아름다운 이 세상

나를 연애하게 하라

언제였나 사랑하는 사람의 손을 잡고

길을 걸어봤던 때가

나를 떠나면 다들 행복해져

나야말로 모두 다에게 행복을 퍼다주는 사람

난 아직 이렇게 언제나 혼자로만 있는데

나를 연애하게 하라 사랑하게 하라

뜨겁게 활활 타오르게 하라

난 너무 지쳤어 너무 힘들어

나를 연애하게 하라 사랑하게 하라

사랑받는 건 바라지도 않아

난 그저 내가 사랑하고 있다고 느낄

그런 사람이 가끔 필요할 뿐

난 그다지 좋은 사람이 아니야

그렇다고 멋진 사람도 아니야

내게 선택의 기회 따윈 없어

떠난다면 보내줘야만 했었어

모두들 나에게 고마워해야 해

이제는 행복해졌을 테니

나를 연애하게 하라 사랑하게 하라

뜨겁게 활활 타오르게 하라

난 너무 지쳤어 너무 힘들어

나를 연애하게 하라 사랑하게 하라

사랑받는 건 바라지도 않아

난 그저 내가 사랑하고 있다고 느낄

그런 사람이 가끔 필요할 뿐

어디서 누구를 어떻게 만나야

행복해질 수가 있을까

언제쯤 얼마나 더 멋진 연애를

해볼 수 있을까

사랑은 더 이상 나에겐 없어

내게 사랑은 없어

나에게 사랑은 없어

그저 날 연애하게 하라

달려간다

316페이지 참조

모든 걸 다 가질 순 없어

317페이지 참조

요정은 간다

아무리 생각해봐도 이렇게 사는 건 아냐

다 때려치고 어딘가로 숨어버리고만 싶어

아무리 버둥거려도 먹고살기가 힘들어

그 알량했던 자존심을 버릴 때가 온 건가봐

내가 세상을 비웃었던 것만큼

나는 더 초라해질 거야 아무래도 좋아

나는 내 청춘을 단 하나에 바쳤을 뿐

그저 실패했을 뿐 그저 무모했을 뿐

난 잊혀질 거야 지워질 거야

모두에게서 영원히

난 노래할 거야 어디에서든

혼자서 가끔 이렇게 아무도 몰래

내가 세상을 사랑했던 것만큼

난 너무 아쉽고 섭섭해 아무래도 좋아

나는 내 젊음을 아낌없이 바쳤을 뿐

그저 실패했을 뿐 그저 무모했을 뿐

난 잊혀질 거야 지워질 거야

모두에게서 영원히

난 노래할 거야 어디에서든

혼자서 가끔 이렇게

요정은 간다 이제 요정은 없다

그저 그런 인간이 되어

노래하겠지 또 어디에서든

혼자서 가끔 이렇게

초라한 수컷이 되어

아무도 몰래 아무도 몰래

칩거

나를 걱정하지 마 모든 게 좋아질 거야

시간이 지나면 예전보단 조금 나아질 거야

지금 난 여기 어두운 방구석에서

세상을 등진 채 단지 분노하며

찌그러져 있지만

언젠간 모든 게 다 좋아질거라고 생각해

그건 내가 이미 푸른 하늘의

찬란히 빛나는 햇살의 아름다움을

알고 있기 때문이야

한때야 이제 얼마 남지 않았어

아직 난 모든 걸 다 용서 못 했지만 괜찮아

그건 내가 이미 푸른 하늘의

찬란히 빛나는 햇살의

아름다움을 알고 있기 때문이야

한때야 이제 얼마 남지 않았어

다 좋아질 거야

다 좋아질 거야

다 좋아질 거야

사나이

나는 사나이라오 이 땅의 사나이라오

지치고 힘들어도 버텨야 하는

사나이라오 서글픈 사나이라오

그대 이런 날 위로해주오

슬퍼도 참아야 해 눈물 흘리면 안 돼

더 뻔뻔해져아 돼 다들 그렇게 살아

하지만 무릎 꿇거나 비굴해져서는 안 돼

나는 사나이라오 이 땅의 사나이라오

지치고 힘들어도 버텨야 하는

사나이라오 서글픈 사나이라오

그대 이런 날 위로해주오

좋은 날이 오겠지 내게도 언젠가는

그대와 함께라면 나의 인생이 가장 찬란히

빛나는 그날에 나와 함께해주오

나는 사나이라오 이 땅의 사나이라오

지치고 힘들어도 버텨야 하는

사나이라오 서글픈 사나이라오

그대 이런 나에게로 와 내게

내게 가끔씩은 가끔씩은

어깨를 빌려줘

내가 잠시 쉬어갈 수 있게

내가 다시 달려갈 수 있게

나는 사나이라오 이 땅의 사나이라오

지치고 힘들지만 내일이 있는

사나이라오 모두 이겨낼 거라오

이 땅의 모든 사나이들처럼

그대 날 지켜봐주오

영원히 사랑해주오

(EP) 3.5집 전투형 달빛요정

- PROTYPE A

축배를 들어라 오늘을 위해서

내일을 향해서 축배를 들어라

어쩌면 좋아 사는 게 왜 이렇게 힘들어

오늘은 위로를 받아야겠어

두려움 없던 그 시절로 돌아가보는 거야

친구여 오늘만은 나와 함께

뜨겁게 빛나는 우리 젊음과 청춘에

잔을 높여라 아낌없이 마셔라

축배를 들어라 오늘을 위해서

내일을 향해서 축배를 들어라

한 잔은 내게 한 잔은 버림받은 세상에

한 잔은 그리운 그 사람에게

서글펐지만 희미한 희망으로

버텨온 어둠의 시간들아 잘 있거라

뜨겁게 빛나는 우리 젊음과 청춘에

잔을 높여라 아낌없이 마셔라

축배를 들어라 오늘을 위해서

내일을 향해서 축배를 들어라

축배를 들어라 오늘을 위해서

내일을 향해서 축배를 들어라

그날이 온다면 그날이 온다면

축배를 들어라 축배를 들어라

세상이 내게 묻는다

지금껏 넌 얼마나 열심히 살았느냐고

그 누구보다 치열했던 삶이었냐고

나를 다그친다

그래서 변명해본다

조금은 게으르고 그래서 가난했지만

적어도 나는 정의로웠다

너에게는 별 의미 없겠지만

한 번 더 세상에 나를 맡겨볼까

한 번 더 속는 셈 치고 믿어볼까

나 혼자서 아무리 울부짖고 소리쳐봐도

이 땅의 정의는 메이드 인 차이나

결국엔 나도 똑같다

정의가 있네 없네 잘난 척하고 있지만

1억만 주면 닥칠 것이다 입금하라

정말로 닥치는지

입금하라 입금하라 입금하라 입금하라

한 번 더 세상에 나를 맡겨볼까

한 번 더 속는 셈 치고 믿어볼까

나 혼자서 아무리 울부짖고 소리쳐봐도

이 땅의 정의는 메이드 인 차이나

이 땅의 정의는 메이드 인 차이나

이 땅의 정의는 메이드 인 차이나

나는 개

내가 멍멍대면 너는 찍찍대고

나는 개 너는 쥐

내가 멍멍대면 너는 찍찍대고

나는 개 너는 쥐

왜 날 혁명가로 만들어

왜 날 빨갱이로 만들어

네가 아니어도 나는 개

왜 날 광장으로 내몰아

왜 널 상대하게 만들어

네가 아니어도 나는 개 너는 쥐

나는 개 너는 쥐

나는 개 너는 쥐

왜 날 혁명가로 만들어

왜 날 빨갱이로 만들어

네가 아니어도 나는 개

나의 혁명은 시작됐어

너의 삽질은 끝날 거야

그날이 와도 나는 개 나는 개 나는 개

피가 모자라

친구들이 걱정하네 그러다 잡혀간다고

무서운 세상이라고 몸조심해야 한다고

뒤끝이 장난이 아냐 쩨쩨하고 오만하지

천박한 너의 웃음은 우리들 탐욕의 대가

알아서 꺼져주면 안 되겠지

정녕 이렇게 피를 봐야겠니

모자라 피가 모자라

하지만 그 피가 내 것은 아니길

난 비겁해 너와 똑같아

숨어서 이렇게 노래만 부르네

더워서 나가기 싫어 오래 서 있기도 싫어

하지만 책임져야지 추악한 욕망의 대가

그만큼 해 먹었으면 안 되겠니

정녕 이렇게 피를 봐야겠니

모자라 피가 모자라

하지만 그 피가 내 것은 아니길

난 비겁해 너와 똑같아

숨어서 이렇게 노래만 부르네

난 비겁했어 어제까진

하지만 이젠 하지만 이젠

물러서지 않겠어 물러서지 않겠어

두 번 다시는 두 번 다시는

모자라 피는 모자라

하지만 그 피가 우리의 것이 아니길

치킨런

319페이지 참조

고기반찬

321페이지 참조

(참여앨범) mint paper project vol. 3 – Life

주성치와 함께라면

왜 난 웃고 있는 걸까 이젠 눈물이 말랐나

모두 다 인정해도 돼 나는 사랑의 패배자

눈물이 한 방울 흘러 슬퍼서 그런 건 아냐

웃겨도 눈물이 나와 그래 숨기고 싶었어

모두 다 소용없는걸 결국엔 나 혼자였어

함께해도 혼자였어 지금까진

주성치와 함께라면 행복했어

너를 잊을 수 있었어 모든 게 좋았어

오맹달도 나를 위로했어

지워버려 사랑할 수 없다면

그냥 떠나보내 괜찮아 모든 건 다 좋아질 거야

주성치와 함께라면

더 이상 물러설 곳도 뒤돌아볼 곳도 없어

느끼고 생각한 대로 사는 거야

주성치와 함께라면 행복했어

너를 잊을 수 있었어 모든 게 좋았어

오맹달도 나를 위로했어

지워버려 사랑할 수 없다면

그냥 떠나보내 괜찮아 모든 건 다 좋아질 거야

주성치와 다 함께!

뽀로뽀로미 뽀로뽀로미

내 사랑의 유통기한은 만 년

뽀로뽀로미 뽀로뽀로미

내 사랑의 유통기한은 만 년 백만 년 천만 년

내 사랑의 유통기한은 천만 년 백만 년 천만 년

아무것도 들리지 않아

나는 이제 세상의 중심

그 무엇도 나를 멈출 순 없어

아무것도 들리지 않아

나는 이제 세상의 중심

그 무엇도 나를 멈출 순 없어

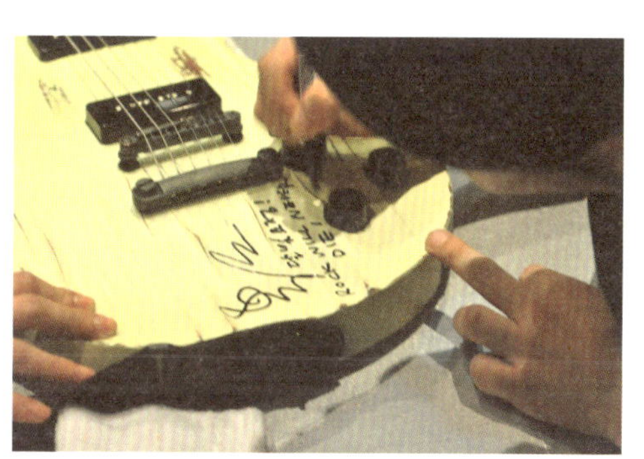

물러설 곳은 없어 한 가지만 생각해

때려서 넘기는 것뿐야

바로 이거야 오늘따라 유난히 공이 크게 보여

내 인생의 가장 짜릿한 손맛

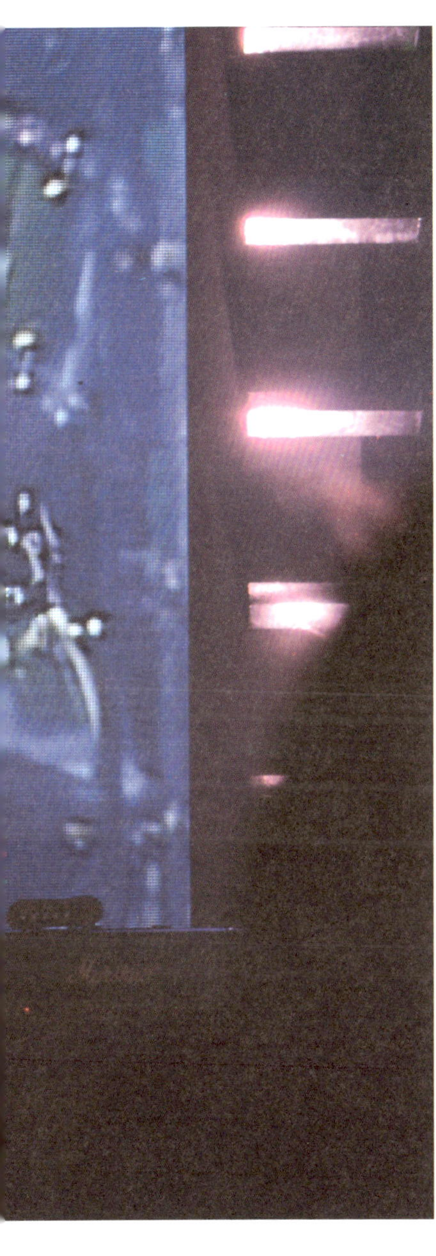

이제 느낄 수가 있어 거대한 함성의 파도

그 모든 건 나를 향한 거야

불타는 강속구 그 어떤 변화구도

날 막을 순 없어

던져라 나의 영광을 위해

9회말 주자만루 투 아웃 투스리 풀카운트

나에게 주어진 마지막 기회가 온 거야

오늘을 기다렸어

지금이 바로 그때

모두 다 일어나 외쳐라

달빛요정역전만루홈런

만루홈런